EVROPA

JOEL TURNIPSEED

Bagdad Express

Kriegstagebuch

Illustrationen von Brian Kelly

Aus dem Amerikanischen übersetzt
von Harald Riemann

Europäische Verlagsanstalt

Die amerikanische Originalausgabe erschien 2003 unter dem Titel
»Baghdad Express. A Gulf War Memorial« bei Borealis Books

Dieses Buch erzählt Erinnerungen, es ist kein journalistischer Bericht. Die Namen all derer, die nicht zu meinen engsten Freunden oder Verwandten zählen, habe ich geändert, um ihnen Anonymität zu gewähren und sicherzustellen, dass eventuelle Irrtümer in der Erinnerung mir und keinem anderen angelastet werden.

Informationen zu unseren Verlagsprogrammen finden Sie im Internet
unter www.europaeische-verlagsanstalt.de

Bibliografische Information Der Deutschen Bibliothek
Die Deutsche Bibliothek verzeichnet diese Publikation in der
Deutschen Nationalbibliografie; detaillierte bibliografische Daten
sind im Internet über http://dnb.ddb.de abrufbar.

Umschlaggestaltung: projekt ® | Walter Hellmann, Hamburg
Illustrationen: © Brian Kelly 2003,
deutsches Lettering Brian Kelly 2003
Signet: Dorothee Wallner nach Caspar Neher »Europa« (1945)
Herstellung: Das Herstellungsbüro, Hamburg
Satz: Greiner & Reichel, Köln
Druck und Bindung: Freiburger Graphische Betriebe

Printed in Germany
ISBN 3-434-50574-1

Une philosophie doit être portatif.
Eine Philosophie muss tragbar sein.

Paul Valéry, Tagebücher

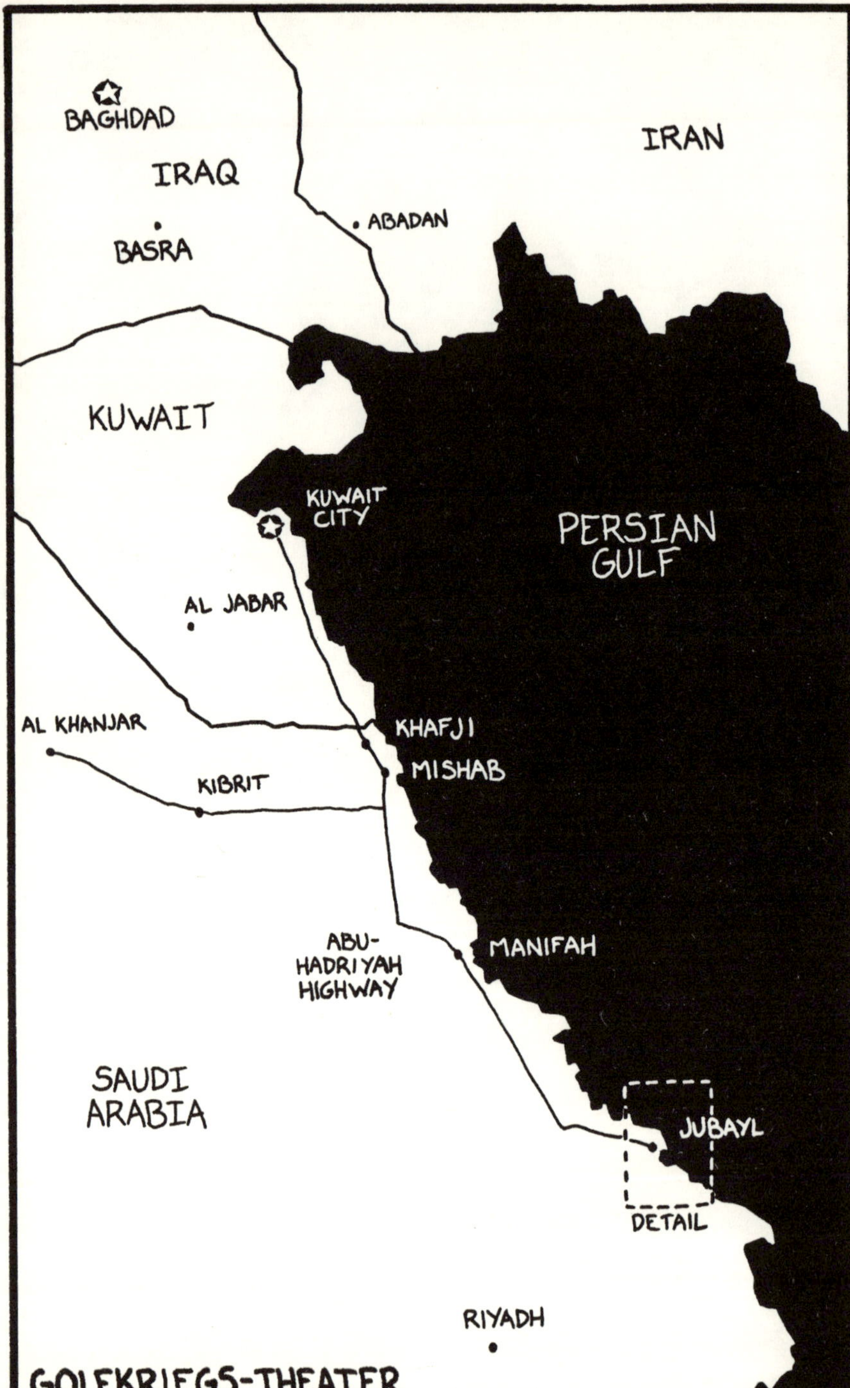

GOLFKRIEGS-THEATER

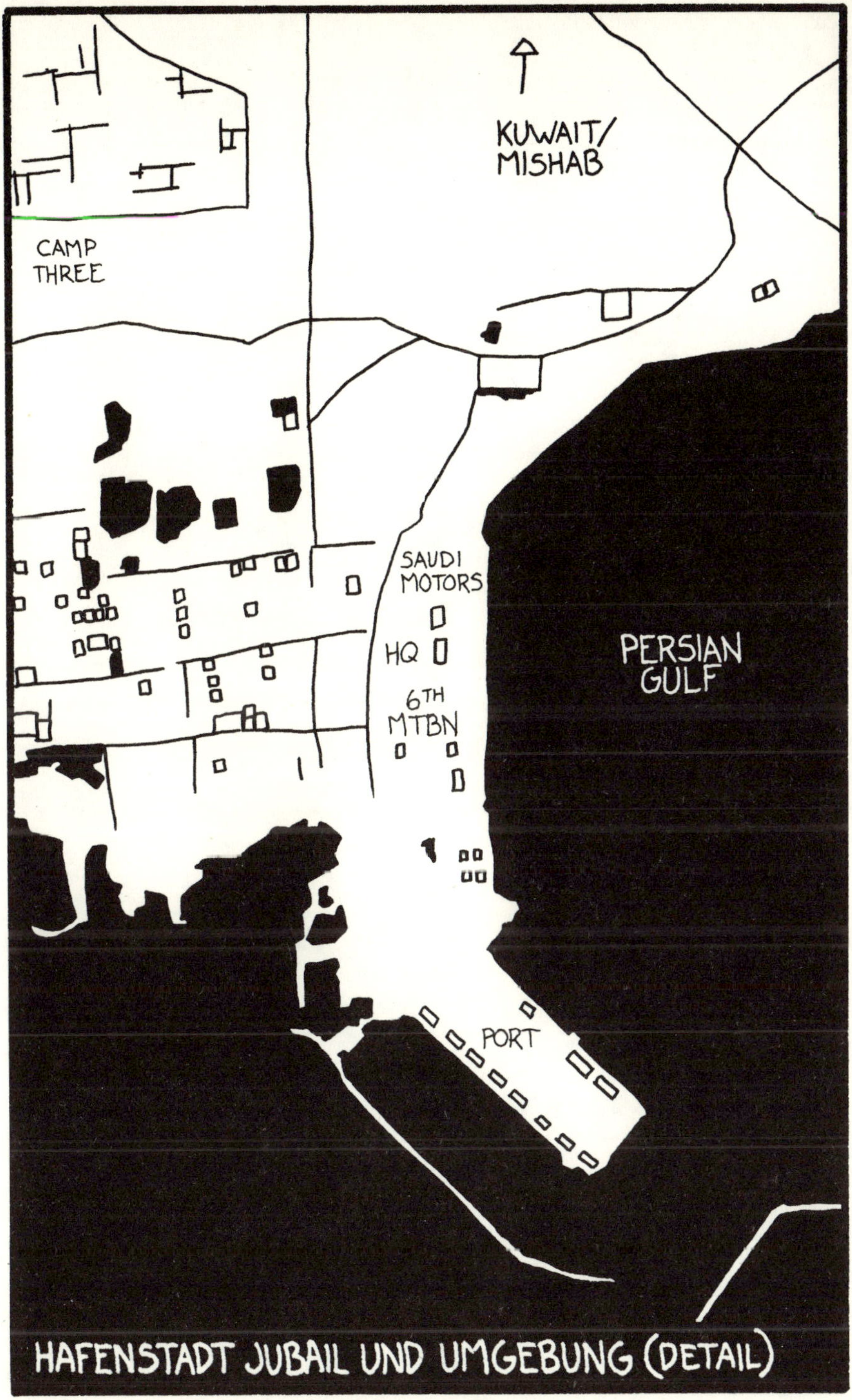

HAFENSTADT JUBAIL UND UMGEBUNG (DETAIL)

Norton Air Force Base

Alles flog vorüber wie die Schatten der spärlichen Wolken über der Wüste Kaliforniens. Wir stiegen die gummibeschichteten Stufen des Marine-Corps-Busses hinunter auf den klebrigen Asphalt der Norton Air Force Base. Automatisch hoben wir die Hand zum Gruß – zu niemand Bestimmtem; zur Sonne. Es war der Nachmittag des 17. Januar, der Tag, nach dem der Krieg begonnen hatte.

Wir waren früh aufgestanden, hatten die Ausrüstung zusammengepackt und letzte Hand an die ALICE-Rucksäcke und H-Gurte gelegt: Taschenlampen, Ka-Bar-Kampfmesser und Werkzeuge und Patronentaschen und Erste-Hilfe-Taschen verschnürt und angeschnallt und mit Isolierband an Nylonschnüren befestigt, die am Patronengurt in H-Form über unseren Körper liefen. Wir überprüften unsere chemische Waffenausrüstung und unsere Gasmasken. Wir reinigten unsere M-16er. Zum ersten Mal trugen wir die Wüsten-Tarnuniformen, die wir »Schokoladenstreusel« nannten. Wir alle waren Reservisten, als LKW-Fahrer einberufen, aber der Auftrag des Corps besagt, dass jeder Marine ein Kämpfer ist.

Am Tag zuvor waren wir nach dem Frühstück auf Camp Pendleton hintereinander ins Kino marschiert. Die Leinwand war hochgezogen, und auf der Bühne stand nur ein Rednerpult mit Mikrophon.

Mehrere Stabs- und Artillerie-Sergeants schritten die Gänge ab, während wir warteten. Dann hörten wir Schritte hinter den Kulissen, die den zackigen Rhythmus des Kriegs anschlugen. Ein ein Meter fünfundachtzig großer Oberst mit schütterem Haar spurtete auf die Bühne und schnappte sich noch im Gehen das Mikrophon aus der Halterung wie Wayne Newton in seiner Imitation von General Patton.

»Guten Morgen, Marines!«, sagte er.

»Morgen, Sir.«

»Der erste Tag eines gottverdammten Kriegs, und ihr kriegt noch nicht mal ein richtiges gottverdammtes Gutenmorgen zustande? Ich sagte: ›Guten Morgen, Marines!‹«

»Morgen, Sir!«

»Hur-ra, da geht mir doch gleich einer ab. Also, Ladys und Gentlemen, bestimmt sitzen Sie jetzt vor mir und fragen sich, was ich hier von Krieg fasele«, sagte der Oberst und tönte dann mit Fistelstimme: »Aber das ist doch nur der Todesstreifen, Sir.« Er machte eine Pause. »Gequirlte Scheiße! Dieser Hurensohn Saddam Hussein wird keinen Schritt zurückweichen und wir ebenso wenig. Warum? Weil er ein gottverdammter, bescheuerter Araber ist und wir das Marine Corps der Vereinigten Staaten!«

Eine einzelne Stimme ertönte aus der Menschenmenge: »Den Irakern werden wir mal hübsch in den Arsch treten, Sir.«

»Was haben Sie gesagt?«, fragte der Oberst.

Der Typ, etwa dreißig Reihen weiter hinten, stand auf. »Den Irakern werden wir mal hübsch in den Arsch treten, Sir.«

»Sollen Ihnen ein paar von den anderen Schlappschwänzen hier dabei helfen, oder wollen Sie sich die Ehrenmedaille ganz alleine holen?«, wollte der Oberst wissen. »Was wollt ihr anderen Möchtegern-Marines?«

»Den Irakern in den Arsch treten, Sir.«

»Was?«

»Den Irakern in den Arsch treten, Sir.«

»Ich glaub, mein müder, alter Arsch muss in den Ruhestand treten, ich kann euch Mädels einfach nicht richtig hören.«

»DEN IRAKERN IN DEN ARSCH TRETEN, SIR!«

»Verdammt noch mal, die Scheiße gefällt mir«, sagte der Colonel. »Muss meinen Arsch rüberkriegen, um Seite an Seite mit euch zu kämpfen, Marines.« Er senkte den Kopf. »Jetzt Spaß beiseite, ich muss euch über ein paar grundsätzlich lebenswichtige Dinge aufklären. So Gott will, befinden wir uns im Krieg, sobald ihr, Ladys und Gentlemen, den Sand Saudi-Arabiens betretet. Ehrlich gesagt, glaube auch ich, sogar Gott will, dass ihr den Irakern in den Arsch tretet, dazu einen Logenplatz für die Schlacht der Schlachten.«

Er machte wieder eine Pause und senkte dabei das Mikrophon zur Hüfte. Als er wieder sprach, war er ernst, ganz der gute Onkel.

»Ich will ehrlich sein, Marines. Ihr werdet LKWs in die Hölle fahren. Ölbrände. Leichen. Grauenhafte Scheiße. Und wenn wir Saddam zu Allah, dem Allmächtigen, katapultieren, wird er dreißig Prozent aller auf ihn losgelassenen Marines mitnehmen. Jawohl, *dreißig Prozent.* Und ihr Jungs werdet Sattelschlepper fahren, werdet die Breitseite eines Viehstalls mitten durch die bewaffneten Reihen steuern. Werft einen Blick nach links, dann nach rechts. Einer von euch dreien wird in einer Kiste samt Purple Heart und zusammengefalteter Fahne zuruckkommen.«

Wir taten wie gesagt und dachten: »Schade, dass der Trottel hier neben mir nicht zurückkommt.«

Dann juxte er wieder: »Habt ihr Schiss? Verdammt Recht habt ihr. Und hält euch das etwa davon ab, die ruhmreiche Tradition unseres geliebten Corps hochzuhalten? Verflucht, keinesfalls! Ihr seid die besttrainierten, bestausgestatteten Marines, die je den Fuß auf ein Schlachtfeld gesetzt haben. Das Vaterland und Gott sind an eurer Seite. Ihr seid motiviert, entschlossen, zäh, knallhart austeilend, Wüstenfüchse, Saddamhasser, furchtlos, mit Eiern aus Stahl, blitzblanke High-Tech-Krieger de luxe. Morgen seid ihr in Saudi-Arabien. Im Krieg. Semper Fi, Marines.«

Die Woche zuvor, am 11. Januar, waren wir nach Camp Pendleton geflogen. Meine Mutter und ich waren an dem Tag um fünf Uhr aufgestanden, nachdem wir bis zwei aufgeblieben waren. Es war ein kalter Morgen in Minneapolis, der Schnee frisch und tiefblau im Mondlicht. Der einzige Rat meiner Mutter auf der Fahrt zum Flughafen: »Halte den Feind auf der anderen Seite, okay?«

Mom. Die restliche Fahrt über schwiegen wir. Als wir zum Terminal spazierten, ging die Sonne auf. Wir waren allein, wurden nur hier und da von ein paar Passagieren mit geröteten Augen oder Besatzungsmitgliedern des Flughafens überholt, die einen gelben Frachtkarren steuerten.

Von den ungefähr dreißig für den Flug gebuchten Marines war erst ungefähr die Hälfte da, als wir ankamen. Rauchschwaden stiegen nervös von den Zigaretten auf. Väter und Söhne und Ehefrauen erschienen nach und nach in kleinen Gruppen, schwatzten ein bisschen, um dann wieder schweigend auf und ab zu gehen. Als schließlich ein blasses Morgenlicht die Wartehalle füllte, war nur noch Platz zum Stehen. Wir flogen zwar in Zivil, aber die Marines waren sofort an ihrem Haarschnitt zu erkennen: Am Ohr und am Kragen null Haar, graduell bis zu drei Zoll nach oben hin sich verlängernd – Pottschnitt. Ehefrauen und Ehemänner und Mütter und Kinder schrien durcheinander, riefen eintreffenden Freunden »Hier sind wir!« zu. Ich tat dasselbe.

»Sei so gut und sorg dafür, dass du rechtzeitig zur Hochzeit zurück bist«, sagte meine Freundin Maggie, während wir uns umarmten.

»Und wenn es unerlaubtes Entfernen von der Truppe sein muss«, erwiderte ich.

»Das sollte kein Problem sein«, sagte sie.

Dann wandte ich mich meinem besten Freund Mark zu. Wir streckten beide die Arme aus, hielten eine Hand und legten einander den anderen Arm um die Schulter. Sarah, meine – ja, was, zum Teufel, war sie eigentlich? Wir hatten uns einmal geküsst, versuchsweise – stand neben uns und wippte auf den Hacken. Sie war hübsch, aber zerbrechlich – eine Ballerina. Wir hatten uns erst vor kurzem kennen gelernt. Nach einer unbeholfenen Umarmung wandten wir uns voneinander ab.

Eine Minute später wurde ich von der Woge all derer mitgerissen, die an Bord einer 727er nach Kalifornien auf der Route zum Persischen Golf waren. Als der Flieger über Arizona war, richtete sich der Captain per Lautsprecher an uns und wollte wissen, ob irgendjemand schon mal den Grand Canyon besucht hätte. Ein paar Hände gingen hoch, und der Flugbegleiter verschwand hinter der Cockpittür. Plötzlich schwenkte das Flugzeug ab, ging senkrecht nach unten.

»Wenn ihr nach rechts unten schaut, Marines, seht ihr das herrlichste Stück Land Amerikas: den Grand Canyon. Ich fliege jetzt die ganze Länge des Canyons ab und mache wieder kehrt, damit ihn auch die andere Hälfte von euch sehen kann. Es wäre eine Schande zu sterben, ohne dies hier gesehen zu haben.«

Wir konnten hören, wie der Fluglotse den Piloten anpfiff und ihm befahl, wieder auf Kurs zu gehen.

»Was, zum Teufel, weiß der schon?«, teilte uns der Pilot mit. »Er muss ja nicht in den Krieg.«

Er flog eine 8er-Schleife, und die nächsten fünf Minuten lang blickte ich direkt in den Grand Canyon hinab.

Auf der Norton Air Force Base marschierten wir forsch unter den C-5-Transporter und ließen unsere Seesäcke auf die Paletten fallen, die in ihrem Schatten lagen. Unser Ziel war ein niedriges Gebäude aus Schlackeblöcken, das an die Hangars angeschlossen war und dessen Industrie-Stahltüren von orangefarbenen Bauzylindern offen gehalten wurden. Drinnen waren durcheinander Klappstühle aufgestellt, auf die wir uns fallen ließen, Arme um die Rückenlehne geschlungen, Beine gespreizt. Ein paar Männer lagen vor den Schlackeblockwänden und schliefen, ausgestreckt oder zusammengerollt wie Kinder, Gewehr im Arm, den Kolben zwischen den Oberschenkeln und den Lauf in den Armen wiegend. Niemand von uns hatte in der Nacht zuvor viel geschlafen.

Uns blieb knapp eine Woche, um uns auf den Krieg vorzubereiten. Am ersten Tag waren wir nichts als ein hin und her schlurfender Sauhaufen. Der Minneapolis-Bus kam als erster vom L.- A.-Airport LAX im Camp Pendleton an. Dann brachten Busse die Reservisten aus Dallas und Memphis und Green Bay, aus Philadelphia und Whidbey Island, Washington. Lange Reihen von Marines in Zivil kletterten aus den Bussen und begutachteten mit großen Kinderaugen ihre neue Umgebung: Männer, die sich über Balkone beugten, auf Dächern erschienen, Bäume erklommen, in Kreisen zusammenkamen. Dann formierten wir uns je nach Reserveeinheit. Rannten hin und her. Warteten. Schließlich ließen uns die Stabsoffiziere wissen, dass die Unterkünfte noch verschlossen waren, und wir setzten uns hin, wo wir gerade standen.

Herausgeputzt in Khakihosen, weißen Oxfords und dunkelgrüner Wolljacke, mit einer Brille aus Schildpatt und Gold saß ich unter einem Baum. Ich rauchte meine Pfeife und bemühte mich, philosophisch dreinzublicken, während ich den Füllhalter über eine leere Seite meines Tagebuchs hielt. Die anderen Marines bewarfen sich gegenseitig mit Steinen und Bällen, rauchten und rissen Witze.

Gegen Mittag kam jemand angefahren, um die Unterkünfte aufzuschließen. Instinktgeschärft vom Herumsitzen auf dem Boden, sammelten wir unsere Siebensachen und Gedanken, drückten unsere Zigaretten aus und formierten uns schlurfend: vierzig Zoll Abstand Rücken an Brust, vier Zoll Schulter an Schulter – Achtung, Marines!

In den Unterkünften hatten wir kaum Gelegenheit, die Seesäcke auf unsere Kojen zu werfen, und man ließ uns antreten: Futter fassen, dann ran an die Arbeit. Wir legten neue Filter in unsere Gasmasken ein, während wir uns Lektionen über nukleare, biologische und chemische Waffen anhörten. Wir überprüften unsere Schutzanzüge gegen chemische Waffen, tauschten unsere alten grünen Uniformen gegen neue grüne Uniformen und Wüsten-Tarnanzüge ein. Wir unterschrieben zahllose Papiere. Wir überprüften zwei-, dreimal unsere Erste-Hilfe-Taschen. Ein Dutzend Mal wurden wir zum Appell gerufen. Es waren nur noch wenige Tage bis zum Ablauf der Frist, die Präsident Bush dem Irak gesetzt hatte. Am 15. Januar sollte der Krieg beginnen.

Als wir frei bekamen, warf ich meine neu erworbenen Chemie-Kampfanzüge und Uniformen in den Spind und ging hinaus zu der rostigen Feuerleiter unserer Unterkunft. Die Sonne ließ den Himmel wie ein Grateful-Dead-T-Shirt strahlen; gerade war sie hinter den Hängen verschwunden, die uns von der Pazifikküste trennten. Ich zog Pfeife und Tabaksbeutel aus der Tasche, rollte ein Büschel Tabak zusammen, stopfte die Pfeife, zündete sie an, stopfte wieder und schmauchte, alles wie immer in beruhigender Ordnung.

Das gedämpfte Scheppern von Metallstufen vibrierte unter meinen Füßen. Hinter mir wanderten Männer von Koje zu Koje und unterhielten sich dabei über die Vorbereitungen auf den Krieg und einen Abend im Mannschaftskasino.

Unter mir erklang eine Stimme: »Rauchst 'ne Pfeife, was, Turnip?« Es war Solter, einer der Jungs aus Minneapolis.

»Wie hast du das bloß erraten?«

»Hab's gerochen. Erinnert mich an meinen Opa. Denkst du noch immer über all den philosophischen Kram nach?«

»Das hast du wohl auch gerochen, was?«

»Nur so gedacht. Kommst du ins Kasino?«

»Nein, ich hau mich heute Abend früh hin. Und du?«

»Weiß nicht. Ich ruf lieber erst meine Frau an. Sie macht sich Sorgen, dass wir in den Krieg müssen.«

»Na, müssen wir ja wohl auch, oder?«

»Meinst du?«

»Hast du je die Worte *Remember the Maine* gehört?«

»In der Schule oder so, weiß nicht mehr.«

»Sie bedeuten *Wir ziehen in den Krieg, ob's dir passt oder nicht, also fang erst gar keinen Scheiß mit uns an.* Sag deiner Frau, dass du in den Krieg musst, Solter.«

Ich fühlte mich wie ein Arschloch. Ich war ein Arschloch. Aber es war kein Zweifel: Wir zogen in den Krieg. Es war sinnlos, das zu leugnen. Eine halbe Stunde später war Bush im Fernsehen und informierte das amerikanische Volk.

Die Frist war am Abend abgelaufen, ehe wir mit dem Bus zur Norton Air Force Base gebracht worden waren, aber wir hatten noch nicht gehört, ob der Krieg erklärt war. Jetzt sahen wir den Jungs von der Logistik zu, die schwer mit ihren Transportkarren zugange waren und unseren Flieger beluden. Über all diese Geschäftigkeit warf der drahtverstärkte Glasvorbau des Hangars die Schatten freiwilliger Service-Leute zurück, die kalte Pizza und abgestandene Cola austeilten. Alles Frauen in einer Uniform aus rotbefleckten Kitteln, mit weißer Dauerwelle, weißen Sportschuhen und Billigjeans. Ihre geröteten Augen waren geschwollen unter violetten Tränensäcken. Der Kerosingeruch drang bis in den Vorbau ein, über dem wir die C-5 sehen konnten, die uns in den Krieg bringen sollte. Die Frauen standen hinter dem ausgeklappten Gemeindetisch und bedienten gerade einen einzelnen Marine. Als er zurück zu seinem Stuhl ging, folgte ihm eine von ihnen und streckte den Arm aus, um den Fernseher anzudrehen.

Der sanfte Klick, dann das scharfe statische Knacken brachten Leben in den lustlosen Haufen: CNN explodierte auf der Mattscheibe und sandte ein Alarmsignal durch unser Nervensystem. Flugabwehrgeschosse und Feuersignale erleuchteten den Himmel über Bagdad, und Sirenen jaulten unter dem Getöse von Bomben. Die Männer, die auf dem Boden geschlafen hatten, stellten sich langsam vor den beiden Telefonkabinen an, und die erste Stuhlreihe füllte sich mit Männern, die sich den Hals verrenkten und kein Auge von dem Schauspiel ließen. In das stille Schlurfen der Marines hinein, die sich in einem Warteraum der Norton Air Force Base in Kalifornien den Schlaf aus den Augen wischten, sagte jemand: »Scheiß-Amerika, wir ziehen in den Krieg.« Kein einziges Hurra war zu hören.

Auf dem Flug nach Saudi-Arabien gab es einen Zwischenstopp im spanischen Torrejón. Als wir den Bauch der C-5 über die Stahlrampe verließen, sahen wir endlose Riesenformen, verhangen von einem mitternächtlichen Dunst, eine dichte Weiße, beleuchtet von spärlich platzierten Halogenlampen, herumwirbelnden Flutlichtern und den rotierenden orange-rot-gelben Lichtern der Reihen an B-52-Bombern und C-5-Transportmaschinen.

Im Hangar, der als Transitunterkunft diente, sahen alle CNN. Ich setzte mich dazu, das ALICE-Gepäck noch aufgeschnallt (wir waren runtergegangen in einen Kaninchenbau, aber ALICE stand für »All-Purpose Lightweight Individual Carrying Equipment« – Ein-Personen-Leichtgewicht-Allzweck-Ausrüstung). Um die Fernseher in zwei Ecken drängten sich U.S. Army Rangers, National Guardsmen und Marines; British Army und Marines; außerdem ein paar Kanadier; alle den Blick fest auf die Bildschirme gerichtet. Blitzlichtgewitter über Flugabwehr-Aufspürer, die aus Bagdad heraus in alle Richtungen flogen. Reporter, die vor dem Hintergrund heulender Sirenen berichteten. Dann erfuhren wir, dass irakische SCUD-Raketen Israel getroffen hatten. Larry Register in Jerusalem hielt an einem chaotisch überhäuften Schreibtisch einen Telefonhörer, während er von einem Burschen mit Gasmaske an den

Ton angeschlossen wurde. Lou Dobbs forderte ihn auf, die Kamera aus dem Fenster zu halten. Sirenen heulten.

»Verdammtes Israel, Mann«, sagte jemand.

»Verdammtes Israel«, stimmten wir zu.

Wolf Blitzer bestätigte aus dem Pentagon die Landung einer SCUD-Rakete. *»... massive Reaktionen von Seiten Israels, aus der Air Force, aus der Israeli Air Force, die sich schon den ganzen Tag lang auf diese Art Angriff gefasst gemacht hatte.«*

»Der Krieg ist vorbei, Jungs«, sagte einer der Rangers. »Bagdad wird ein durchlöcherter Parkplatz sein, bevor wir diesen Hangar hier verlassen haben.«

Richard Roth aus Tel Aviv. *»Wir hören gerade Explosionen.«*

Zittrige Kameraaufnahmen, dann Schnitt ins Studio. Ich saß auf meinem Gepäck, rauchte Kette und aschte auf den Boden wie alle anderen auch. Szenen aus Daran, Riad, Jerusalem, Tel Aviv, Washington und Atlanta flimmerten in dem blauen Dunst. Und wieder Wolf Blitzer.

»Offenbar werden damit alle Gleichungen für diesen Krieg neu geschrieben.«

»Von wegen Krieg, Mann, die Israeli Air Force wird das Ganze morgen noch vor dem Frühstück beenden.«

»Wir wissen inzwischen, dass Israel Vergeltung üben will, sofern dies nicht schon geschehen ist. Wie wir aus israelischen Quellen hier in Washington erfahren, plant die Israeli Air Force einen massiven Vergeltungsschlag.«

Charles Jaco aus Saudi-Arabien. *»Okay, Jungs, legt es in Trümmer. Von hier aus!«*

Schnitt nach Tel Aviv zu einem israelischen Polizeibeamten vor einem Haufen Schutt. *»Was soll ich Ihnen sagen? Krieg ist kein Ferienlager.«*

Aus dem Pentagon teilt Wolf Blitzer mit, dass man trotz widersprüchlicher Berichte glaubt, in den SCUD-Raketen, von denen acht in Israel niedergingen, seien weder chemische noch biologische

Kampfstoffe gewesen. Er schaltet live nach Saudi-Arabien, wo im Hintergrund die Sirenen heulen. »*Von einem Luftwaffenstützpunkt in Saudi-Arabien starten Flieger.*«

Die Verbindung reißt ab, Verzerrungen, dann Schnitt zu Blitzer. »*Wir haben keine Verbindung mehr.*«

CNN – wir waren so versunken, als hätten sie eine Direktverbindung zu unserer Großhirnrinde geschaltet: eine kettenrauchende Kriegsburg in einem Hangar am Mittelmeer. SCUD-Raketen in Tel Aviv. CNN. Elektrische Nächte in Bagdad. CNN. Sirenen in Daran. CNN. Generäle mit raffiniertem Einflug-Video in Riad. CNN gibt dem Begriff »Kriegsschauplatz« eine neue Dimension.

Die Sitze einer C-5 aus gewebtem Leinen sind klein und beengt nach hinten ausgerichtet. Die meisten Jungs schliefen jetzt in den zweiten Tag unserer Reise hinein, irgendwo über dem Mittelmeer. Ich konnte kein Auge zukriegen und schmökerte mich durch Platons *Staat*, wobei ich mit einem rosa Stift die Passagen markierte, die mein Leben verändern sollten:

> Mit gestählter Kraft muss man sich an diesen Glauben halten und zum Hades fahren, damit man sich dort nicht von Reichtum und anderen derartigen Lastern berücken lasse; damit man nicht auf eine Tyrannis hereinfalle oder andere derartige Lebenslose, und dadurch viel irreparables Unheil anrichte, und selbst noch Schlimmeres zu erdulden habe. Nein, um das Lebenslos wählen zu lernen, das stets die Mitte zwischen solchen Auswüchsen hält und das jeweilige Übermaß – in Gut und Böse – meidet in diesem und möglichst auch in jedem folgenden Leben. Denn so gelangt der Mensch zur höchsten Glückseligkeit.

Unsere Stabsunteroffiziere Boomer und Landers erschienen oben auf der Treppe mit Tragetaschen. Wir hatten MREs (Meals Ready to

Eat – Fertiggerichte) in unserem ALICE-Gepäck, also gab's auch kein Essen an Bord.

Einen Snack?

»Kopf hoch, Marines. Wir verteilen jetzt Kugeln. Dreihundertsechzig pro Mann. Jeder steckt zwanzig in sein Magazin. Ich weiß, sie fassen dreißig, aber ihr macht sonst die Sprungfeder kaputt, also nicht alle auf einmal. Verstaut den Rest in eurem ALICE-Gepäck. Und verliert bloß keine – ihr müsst sie wieder abgeben, wenn wir nach Hause kommen.«

Es war schon eine Sache für sich, an die zweihundert Arsch an Ellbogen zusammengedrängte Marine-Reservisten, die plötzlich ihre M-16er hervorholen und die Magazine mit 5,56-mm-NATO-Patronen auffüllen. Jemand hinter mir rief: »Fliegt schön mit unserer Airline, ihr Ärsche! Das Corps kommt vom Schuss ab.«

Jeder Marine ist ein Kämpfer. Ich kann mich nicht mehr genau erinnern, was mein Senior Drill Instructor in der Grundausbildung von Beruf war, aber er war so was wie ein Marine-Corps-Postbeamter. Trotzdem kriegte er dich im Handumdrehen am Arsch. Ein hundsmiserabler Postbote mit Schwarzgurt. Das sind die Marines. Chesty Puller, der höchstdekorierte Marine der Geschichte. Smedley Butler, Autor von *War is a Racket (Krieg ist Radau)* und der einzige Marine, der die Medal of Honor zweimal bekam. Lee Harvey Oswald. Charles Whitman – er erschoss vierzehn Menschen aus einem Hochhaus der University of Texas; sein Vater hatte ihn buchstäblich ins Marine Corps geprügelt. Noch der Letzte von uns im Gelände wurde bis aufs Blut traktiert und von Grund auf neu im Marine Corps Recruit Depot aufgebaut; noch der Letzte von uns konnte sich als Held mit Eiern aus Titanium erweisen; noch der Letzte von uns hatte dieselbe Chance, zu einem Psychotiker mit dem Finger am Abzug zu werden, dem das scharfe Ballern in Fleisch und Blut übergegangen war.

Im Camp Pendleton kriegten wir bei aller hastigen Überprüfung der Ausrüstung einen Tag am Schießstand hin. Mir gefiel der Rhythmus am Schießstand – Heranziehen von Schießscheiben oder Warten aufs Abfeuern. Zweihundert Meter. Dreihundert Meter. Fünfhundert Meter. Immerhin: Ich traf einen mit Hundemarke, Marine-Corps-Bezeichnung für einen Pappkameraden, aus einer Viertelmeile Entfernung mit neun von zehn Schüssen ins Schwarze – ohne aufgesetztes Fernrohr. Ich sah zu, wie die Jungs die Zielscheibe über den sanft wabernden Nebel über dem Gras hoben. Die Sonne ging gerade hinter dem Rand der fast zwei Meter hohen Wand aus braunen Grasnarben auf. Bald würde ihr Horizont mit weißen Leinwänden voller aufgeklebter Zielscheiben gesprenkelt sein.

»Fertig nach links, fertig nach rechts … alles fertig an der Feuerlinie. Soldaten, ihr könnt schießen, wenn euer Hund auftaucht.«

Ich spürte die Steinchen auf der Asphalt-Feuerlinie, spürte meinen Puls im Tragriemen meines Gewehrs. Ich änderte den Blick, konzentrierte mich nicht länger auf meine Nasenspitze, sondern auf eine Viertelmeile Entfernung, bildete aus der Rückseite meines Gewehrs und der Frontsicht, den grauen Punkt in der Ferne, ein Dreiecksblickfeld, während ich den Körper routinegemäß in Ruhe brachte: atmen, entspannen, zielen, halten, abdrücken.

»Feuer einstellen! Feuer einstellen! Entladen, absetzen und sichern!«

Mehr als fünf Footballfelder entfernt markierte ein Aufklärer die Einschüsse. Und dann kamen die versengten Löcher. Ihr nitratgeladener Rauch roch nach Tod und auch nach Kindheit – irgendwo zwischen verbranntem Fleisch und den Zündkapseln, die ich als Kind verschossen hatte. Das Ganze hatte etwas Romantisches, aber auch etwas von Wahnsinn.

Mir war, als könnte ich den Schießstand noch riechen, als ich in der C-5 auf meinem engen Platz hockte. Müde vom Lesen, nahm ich das Gewehr über die Schulter und stieg in das offene Schott unter mir. Meine Stiefel schlugen einen gedämpften metallischen Akkord auf die Planken, die den Frachtraum entlang verliefen. Ich wunderte mich, dass ich in einer fliegenden Höhle herumspazieren konnte. Paletten, auf denen sich unsere nylonumwickelten Seesäcke stapelten, standen in einer Ecke neben mehreren Sperrholzkisten voller aufgestempelter Seriennummern und Einheitszugehörigkeiten. In der Mitte des Frachtraums standen die festgeketteten beiden Minensucher: Panzer mit schweren Ketten und Bulldozer-Schaufeln aus Stahl, dicker als eine Faust, Stahl, dessen Ablenkwölbung sich bis zu einer stumpfen Kante dicht unter meine Augen hob.

Ich ging hinüber und fuhr mit den Fingern über die kalte Oberfläche der Schaufel, ihre sandgeschliffene Glätte und unbesiegbare Festigkeit.

Am äußersten Ende des Stauraums kletterte ich einen steilen Treppenschacht zwischen dem Cockpit und dem Offiziersdeck nach oben. Der Besatzungsleiter erhob sich von seinem Sitz vor dem Offiziersdeck.

»Ich nehm dein Gewehr, Marine.«

»Dann gilt es also noch?«, fragte ich. »Man darf ins Cockpit?«

»Ja, ich kann dich nur nicht mit dem Gewehr reinlassen«, erwiderte er, »aus nahe liegenden Gründen.«

»Entführer?«, fragte ich.

»Nein, es ist wirklich eng da drinnen. Scheiße, was soll's?«

Ich öffnete die Tür weit genug, um mich hineinzuquetschen, und hockte mich hinter den Sitz des Navigators. Alle Piloten saßen zurückgelehnt da und unterhielten sich, während das Flugzeug von alleine flog.

»'n Abend, Gentlemen«, sagte ich.

»'n Abend, Marine«, rief der Kapitän. »Genießen Sie den Flug? Nicht allzu holperig, oder?«

Wir waren durch ein paar ernste Turbulenzen geflogen und hatten bestimmt das Gefälle zwischen einer Hoch- und einer Tiefdruckfront übersprungen, denn wir fühlten uns an einem Punkt angelangt, an dem wir nicht nur um unseren Mageninhalt bangten, sondern auch um unsere Schwerkraft. Das Durchstoßen der Front hatte uns aus den Sitzen gerissen.

»Ja, das war toll«, sagte ich, »wirklich toll. Als alle mit dem Schlucken durch waren, hatte einer die Nerven zu rufen: ›Bitte noch so einen für Chesty!‹«

»Sagen Sie mir, wer's war, und er soll das Deck schrubben, wenn wir in Jubayl landen. Was kann ich heute Abend für Sie tun?«

Wir unterhielten uns darüber, wie eine C-130 zu fliegen sei, was ich getan hatte, als man mich in die Marine Corps Platoon Leaders Class einberief. Dann sprachen wir über Augenheilkunde: Augenübungen, um Sichtbeeinträchtigungen zu korrigieren, das Problem von Rotgrünblindheit und Armaturenbrett; wir gingen durch das ganze Deck – das große und kleine Arkanum der Sehkraft.

»Sie wissen, dass Sie immer noch Navigator werden können, wenn Sie eine Brille tragen«, bot der Navigator an und setzte zum Spaß eine schwarz gerahmte Militärbrille auf, wozu er frech-blöde grinste. Mir fiel ein, dass wir sie BCGS nannten: birth-control glasses – Geburtenkontrollbrille.

»Wo sind wir überhaupt?«

»Wir sind jetzt ungefähr hundert Meilen vor der Küste Ägyptens. Wenn Sie hinaussehen, hier nach rechts, können Sie Alex ausmachen.«

»Alexandria? Da stand mal die größte Bibliothek der Welt.«

»Bibliothek? Da, wohin Sie jetzt kommen, gibt's keine Bibliothek, Marine.« Der Navigator sah hinüber zum Kapitän und hob die Augenbrauen.

Die Armaturenbretter und Kabinenlampen beleuchteten die Fenster mit unseren Spiegelungen, und ich strengte mich an, durch die Dunkelheit einen kaum sichtbaren beleuchteten Fleck zu erkennen.

»Ich brauche keine Bibliothek«, sagte ich. »Ich habe meine eigene mitgebracht. Einen halben Seesack voller Bücher.«

Alle im Cockpit drehten sich nach mir um.

»Das ist ja toll, Marine. Die werden Ihnen bestimmt sehr gelegen kommen, wenn Sie beispielsweise einen Bunker daraus bauen.«

Wir lachten alle, hörten dann abrupt auf. Noch ein paar Minuten lang stand ich hinter den Piloten und blickte schweigend aus dem Fenster, gebannt von der unveränderlichen Dunkelheit vor uns.

Schritte

WAS DACHTE SICH SADDAM HUSSEIN? Woran dachte ich? Am meisten dachte ich in jenen Tagen über Philosophie nach, tief im Feuer, und spazierte über den Campus mit Starrblick in weite Fernen. Wenn ich nicht an Philosophie dachte, suchte ich eine Unterkunft. Alles andere kam danach: Futon, Reisschale, Stifte, Zeitungen, Bücher – das war alles. Ich besaß nicht einmal ein Fahrrad.

Zum ersten Mal wurde ich im August einberufen, Wochen vor Saddams Kuwait-Invasion. Ich war gerade mit meinem Kumpel Dave aus Minneapolis zusammengezogen, mit dem ich nach der High School zu den Marines gegangen war. Wir studierten beide an der Uni und waren jetzt einberufen und für ein paar Wochen der Marine Corps Air Station, Cherry Point, North Carolina, zugewiesen. Dave fungierte als Koch und ich als fortgeschrittener Kraftfahrzeugmechaniker. Das war nicht gerade förderlich für unseren Job dort, der darin bestand, die »Shop Queens anzuziehen« – ausgeschlachtete LKW-Skelette, deren Bestandteile dafür gebraucht wurden, die restlichen Fahrzeuge für den Transport fertig zu stellen. Unser Shop-Boss zeigte auf eine Palette mit Teilen, dann auf die Gerippe von Fünftonnern und sagte: »Montiert das auf die LKWs.« Das taten wir, von neun Uhr früh bis fünf Uhr nachmittags, Tag für Tag. Nach der Arbeit spielte ich mit Dave Karten und verbrachte die Zeit damit, zwischen CNN und dem Programm, das über den Senatswahlkampf zwischen Jesse Helms und Harvey Gant berichtete, hin und her zu schalten.

Im September dann kam ich nach Hause.

Etwa eine Woche vor Weihnachten wurde Dave erneut einberufen und zum Hamburgerbraten zur Marine Corps Air Station in El Toro, Kalifornien, geschickt.

Kurz nach Neujahr saß ich mit meinem Kumpel Mark in einem Café in Minneapolis. Durch den langsam aufsteigenden, sich kräuselnden Rauch hindurch sah ich den Studenten zu, wie sie unten auf der Straße warm vermummt und gebeugt durch die Tore auf den Campus stapften. Wir saßen an unserem Ecktisch. Der Anspruch der Kunst blieb ebenso hehr wie unsere weitschweifigen Debatten, aber hier gehörten sie uns. Es war uns, als säßen wir seit Jahren an diesem Tisch und debattierten über unsere Hausarbeiten oder Stücke, die wir dem *Minneapolis Daily* zukabelten, sprächen über Philosophie und Politik und Religion, spielten Go – ein altes chinesisches Spiel mit einfachen Regeln, das sich in seinem Verlauf zunehmend zu kniffeliger Komplexität entwickelt. Manchmal saßen wir einfach da, tranken schwarzen Kaffee, starrten schweigend aus dem Fenster und gaben uns der trägen Langeweile von Wintertagen hin. An dem Tag sprachen wir über Krieg.

»Nimm mal an, du kriegst den Anruf«, sagte Mark. »Was dann?«

Ich zögerte. »Du weißt, was der alte Henry sagen würde: ›Tu es dem Philosophen gleich und geh mit leeren Händen zum Tor hinaus.‹«

KNOW THYSELF
ICH WOLLTE DAS RECHTE LEBEN FÜHREN-ABER WAS FÜR EINS?
EIN LEBEN DES GEISTES ODER DER TAT?
OPEN
GEFECHTSLINIEN

CNN
CNN
CNN
CNN ZEIGT ALPTRÄUME ZU FESTEN SENDEZEITEN
UND ICH MACHE EINE KOSTÜMPROBE FÜR DAS KRIEGSTHEATER.
SEIT IHR SO WEIT?

Marks große Tugenden als Freund und Intellektueller waren seine klarsichtige Geduld, seine Bereitwilligkeit, die Dinge voranzutreiben, sachte, immer mit einem Lächeln, nie in die Enge. Er fragte: »Was hat der alte Joel dazu zu sagen? Ich meine, ist die Yachtenregel gültig?«

Die Yachtenregel: Erstelle eine Liste der Dinge, die für die Reise unbedingt notwendig sind – dann reiße sie mitten durch. Ich wusste nicht, ob er das wörtlich oder im übertragenen Sinne meinte.

»Na ja«, erwiderte ich, »ich nehme nur an Vorlesungen teil, für die ich mich eingeschrieben habe, wenn ich nicht einberufen werde. Was die Wohnung angeht, räumt Maggie ihren Kram bereits aus, also sehe ich mich nach was um. Auf jeden Fall reise ich mit leichtem Gepäck.«

Tatsache war, dass ich nicht die geringste Ahnung hatte, wo ich wohnen sollte, wenn ich *nicht* einberufen werden würde.

Als ich nach Hause kam, schlurfte ich die Treppe hoch, über der eine einzelne Glühbirne ihr Arme-Leute-Licht auf den Türriegel meiner Wohnung warf. Bis Dave kurz vor Weihnachten einberufen wurde, hatten wir mit seiner Freundin Maggie diese verwahrloste Zwei-Zimmer-Wohnung auf der Franklin Avenue geteilt. Wir stellten Essensreste für die Penner raus auf die Mülltonnen und beantworteten die Fragen der Polizei, als die Frau von unten vergewaltigt worden war oder wenn eine der Frauen aus Somalia auf ihren Ehemann einstach. Da Dave jetzt fort war, zog Maggie zu ihren Eltern. Mein Vertrag lief aus.

Das Wohnzimmer war fast leer geräumt – ein paar Milchkästen standen verstreut auf dem cremefarbenen Teppichboden. Ein Schwarz-Weiß-Fernseher flimmerte bläulich. Ich ging in die Küche, warf die letzte Räumungsaufforderung vom Tresen und dann automatisch einen Blick in den leeren Kühlschrank. Das Telefon klingelte.

»Ist Lance Corporal Turnipseed da?«

»Das heißt wohl, ich bin wieder nicht befördert worden«, erwiderte ich.

»Hier ist Staff Sergeant Dix. Haben Sie was zu schreiben?«

»Nein.«

»Holen Sie sich was. Morgen früh um null-sieben-dreißig melden Sie sich zum Drill, am Sonntag melden Sie sich um null-sieben-dreißig. Sie haben Montag und Dienstag Zeit, persönliche Dinge zu erledigen, und am Mittwoch um null-sieben-dreißig treten Sie als Marine Ihren Dienst an. Haben Sie etwas, das eingelagert werden muss?«

Ich sah mich in dem leeren Zimmer um.

»Jetzt, in diesem Moment?«, fragte ich. Natürlich war Ironie hier völlig unangebracht, fehl am Platze, missbraucht und lächerlich, so nackt vor feindlichem Publikum, vor Staff Sergeant Dix.

Das brauchte er nicht zu wissen, und wir gingen im Einvernehmen auseinander. Meine Beziehung zum Marine Corps war seit einigen Jahren eher gespannt, seit kurzem gehörte eine Zeit der Trennung dazu. Manche Leute sprachen sogar von Desertieren. Im Grunde genommen war es nur UA – unerlaubte Abwesenheit – gewesen, mein Status über vier Monate im Frühling. Ich wollte damals kein Marine mehr sein. Also war ich nicht zu Reserveübungen gegangen.

Als ich das erste Mal auf den gelben Fußmarkierungen des Marine Corps Recruit Depot in San Diego stand, war das Einzige, worauf ich nicht von Geburt an vorbereitet worden war, ihr Fünfundvierzig-Grad-Winkel: Ich stolperte über den großen Onkel. Ich brauchte die Hälfte der Grundausbildungszeit, um zu kapieren, was Sergeant Ratliff beim Drill meinte, wenn er schnauzte: »Den Ball treten, Turnipseed, den Ball treten, wie ein Fußballspieler.« Für jemand, der nicht viel Federlesens mit uns machte, kam es mir komisch vor, dass er nicht geradeheraus rief: »Turnipseed, du Krücke, dreh deine Füße gefälligst fünfundvierzig Grad nach außen wie die gelbe Fußmarkierung!«

Abgesehen von meinem beschränkten Marschiertalent war ich ein Traumrekrut: genug daneben, dass ich nirgendwo anders hinkonnte; gewitzt und aggressiv genug, etwas beweisen zu wollen. Am Ende ging ich mit einem zusätzlichen Streifen am Ärmel über die Bühne, ein Abschluss mit Prädikat.

Von da an ging's bergab: Immer wenn der Konflikt zwischen dem Ideal und der Wirklichkeit des Marine Corps zutage kam, sehnte ich mich nach dem Ideal. Wenn *Esprit de Corps* bedeutete, »Unterstütz deinen Kameraden«, wenn *Semper Fi* bedeutete, »Wenn du nicht schwarz bist, stellst du mich beim Sporttest entweder als Fettarsch hin oder mein Arsch könnte auf dem Spiel stehen«, machte ich dafür immer öfter das Marine Corps und nicht die Marines verantwortlich.

Jetzt, wo ich auf dem College war, wollte ich Philosoph sein, im Café sitzen und über Kierkegaard reden. Wenn mir der Sinn nach einer zweiwöchigen Reise stand, wollte ich nach San Francisco oder Manhattan und nicht in einen palmenbestandenen Wüstenstützpunkt der Luftwaffe oder ins mückenverseuchte Camp Ripley in North Dakota. Nach mehreren Versuchen, mich zu erleuchten, darunter eine ziemlich interessante Debatte über Platons *Staat* und den Uniformkodex des Militärgerichts, schickte mir unser Trainer einen Brief, in dem er mir eine endgültige Entlassung aus dem Dienst anbot. Wenn ich unterschrieb, war ich raus; wenn ich noch ein Fitzelchen Rückgrat oder Anstand besaß, könnte ich den Drill absolvieren und Marine bleiben. Fast hätte ich unterschrieben. Doch stattdessen verbrachte ich ein paar Wochen im Mai und Juni damit, Übertragungskisten auf einem Fünftonner zu installieren. Im August besetzte Saddam Hussein Kuwait unter ausdrücklicher Versicherung der Vereinigten Staaten, das sei cool. Für keinen von uns gab's ein Zurück. Wer weiß, vielleicht telefonierten Beamte vom Auswärtigen

Amt mit Bagdad, um Saddam Husseins Ängste mit Lügen zu beschwichtigen, und zwar genau in dem Moment, in dem einer der Marine-Corps-Offiziere die meinen beschwichtigte.

Schließlich und endlich, genau wie am Anfang, war das Corps alles, was ich hatte.

Nachdem ich den Hörer zurück auf das Wandtelefon gelegt hatte, ging ich zum Fenster und sah hinunter auf die Straße. Sie lag jetzt unter einer leichten Schneedecke und langen Schatten, sodass Straßen und Autos etwas Magisches, Verwunschenes hatten. Still stand ich vor den nackten Fenstern, die Hände in die Hüften gestützt, und dachte nach … weiße, statische Gedanken über nichts Besonderes.

Ich ging zurück in die Küche, um zu telefonieren. Niemand zu Hause. Weder Mark noch Sarah, weder meine Mutter noch meine Großeltern, weder mein Bruder noch meine Schwester, und Maggie sauste hin und her zwischen unserer sich schnell leerenden Wohnung und dem Dachboden ihrer Eltern, der mit dem Kram von drei Kindern, die jetzt das College besuchten, voll gestopft war. Meinen Vater würde ich auf keinen Fall anrufen. Nachdem ich wieder unschlüssig ins Wohnzimmer geschlendert war, setzte ich mich auf einen Milchflaschenkasten.

Scheiße.

Was für eine Scheiße.

Ich stecke in der Scheiße. Die Scheiße stinkt. Warum bloß diese Scheiße?

Ich deklinierte Scheiße rauf und runter und gab es dann auf. Wie sagt man auf Anrufbeantwortern, dass man in den Krieg muss?

Ich ging zum Fernseher und stellte den Ton lauter, schaltete um, und da saß irgendein High-School-Diskussionsgruppenmitglied und schwadronierte darüber, wie wir uns »diesen Kerl Saddam schnappen müssen«. Ich hatte das Gefühl, ich würde von einem Kind in den Krieg geschickt. Ich schaltete weiter, und Ron Kovac, der ein Buch über seinen Dienst in Vietnam, wo er seine Beine verloren hatte, geschrieben hat, brüllte ins Megaphon. Das war an und für sich schon cool, aber ich war mir nicht sicher, ob wir Saddam nicht in den Arsch treten sollten. Auf keinen Fall wollte ich für diesen Krieg nach Kanada fahren. Ich schaltete den Fernseher aus.

Ich musste den leeren Räumen entfliehen, die, in Anbetracht der einsetzenden Beschleunigung meiner persönlichen Geschichte, weniger wie eine Gefängniszelle im übertragenen Sinne auf mich wirkten, sondern tatsächlich wie eine echte. Ich ging die dunklen Stufen wieder hinunter auf einen Spaziergang. Es war bitterkalt und das bedrohlich nüchterne Licht auf dem kohlensauren Schnee viel zu grell zum Nachdenken. Unter dem feindseligen Knirschen eines Bürgersteigs im Januar marschierte ich eisern zum Holiday-Krämerladen.

Da ich nichts Bestimmtes brauchte, schlenderte ich träge die Regale entlang und summte vor mich hin: *Lost in the Supermarket.* Ich schlenderte vorbei an Krimskrams, an Kinkerlitzchen, Mittelchen und Wässerchen und fühlte mich leer, zum Heulen. Das Erste, was ich tun wollte, nachdem ich erfahren hatte, dass man mich einzog, war, von meinem letzten Klimpergeld Brezeln und eine Cola zu kaufen. Zum Henker damit, verdammte Scheiße. Ich warf alles zurück in die Regale für Kartoffelchips und ging zum Tresen.

Ich sah den Kiffer hinter der Kasse an und sagte: »Geben Sie mir 'n Päckchen Zigaretten.« Dabei rauchte ich nicht einmal.

»Äh, eine bestimmte Marke?«, fragte er.

Ich fühlte mich völlig bescheuert. »Camels«, sagte ich.

»Ach ja?« Er hatte mich durchschaut, und seine blutunterlaufenen Augen leuchteten kurz auf. »Was für welche? Ohne Filter? Mit Filter? Lights? Schachtel? Was?«, fragte er in so rascher Abfolge, als könnte er mich damit zu Boden werfen und mir unter dem Druck seiner bloßen Knöchel ein Geständnis entreißen.

»Ohne Filter«, erwiderte ich und lehnte mich zurück gegen den Zeitschriftenständer. Das schien ihn zufrieden zu stellen. Nachdem ich die Überreste meines Besitzes auf den Tresen gelegt hatte, ging ich zurück in die von Schnee und Dunst erfüllte Nacht. Das Spiegelglas des Holiday-Ladens lag noch nicht hinter mir, als ich mir unter dem herabfallenden Schnee ungeschickt Streichhölzer anzündete, bibbernd im Halbschutz des Busunterstands, bis die gedämpft kirschrote Glut meiner ersten Zigarette aufglomm.

Das Linkische, Unbeholfene war mir nicht neu: Ich war da hineingeboren worden. Als es meinem Vater langweilig wurde, meine Mutter zu prügeln, zog er aus unserem Wohnwagen aus. Ich war zwei. Es folgten Jahre, deren einzige Konstante dauernder Wechsel war: aus dem Wohnwagen ins Studentenwohnheim der Universität von Illinois und dann nach Duluth. Als meine Mutter einen Nervenzusammenbruch hatte, wurde ich mit meinem kleinen Bruder Mike zurück nach Little Chute, Wisconsin, verfrachtet. Als mich meine Stiefmutter dann nicht länger ertrug, wurde ich allein nach Burnsville, Minnesota, verfrachtet. Da meine Mutter entschied, ich sei ihr immer noch zu viel, verfrachtete sie mich zurück nach Little Chute, wo ich erfuhr, dass ich beim Wissenschaftswettkampf der vierten Klasse den zweiten Platz erlangt hatte. Mein Vater und meine Stiefmutter nahmen mich mit nach East Duluth, und ich kam in die siebte Klasse, dann hinaus nach West Duluth in die achte Klasse. Dann wurde meine Mittelschule geschlossen, und ich fuhr mit dem Bus in die neunte Klasse einer neuen Schule. Als ich das Paddel zerbrach, mit dem mich meine Stiefmutter verhauen wollte, ging ich zurück zu meiner Mutter, die jetzt in einem Vorort von Minneapolis lebte. Alles zusammengenommen, war ich jedes Jahr in einer anderen Stadt in einer anderen Schule, angefangen vom Kindergarten bis zur zehnten Klasse. Das hatte mich zum Sachverständigen für Einsamkeit gemacht.

Da ich niemanden hatte, der mir zeigte, wer oder wie ich sein sollte, suchte ich überall danach – und zwar verzweifelt. Wenn es möglich wäre, in der fünften Klasse Nihilist zu sein, dann wäre ich einer gewesen: ersuchte Sticheleien im Stil von *Saturday-Night-Life,* äffte Elvis Costello auf die unbändige Art meines Onkels Dave nach, blieb bei meinen Großeltern in Connecticut zu lange auf und las die *Mad*-Hefte von Onkel Howard und *The Anarchist's Cookbook* und andere esoterische Blättchen und Hefte aus Hippie-Kommunen – wo die Jungs alle Gras rauchten und die Weiber mit nichts als einem Gurt über den Titten rumliefen, in der einen Hand ein Baby, in der anderen eine Kalaschnikow.

Ich war ein totaler Freak.

Meine ganze Jugend hindurch hatte ich Albträume, in denen ich vor einem explodierenden Auto davonlief. Einfach so, bei der Fahrt auf einem Highway mitten im Nirgendwo. Einmal, als Teenager, erzählte ich meiner Mutter davon.

»Das waren keine Albträume«, sagte sie. »Dein Vater ließ mich mit Ratenzahlungen für den Wohnwagen und einem 1963er Pontiac zurück. Als ich dich und Mike eines Tages zur Kindertagesstätte fuhr, fing er Feuer. Ich musste dich rauszerren und Mike über den Highway tragen, ehe er in Flammen aufging.«

Ich wandte mich der Philosophie zu, um mir, Stein auf Stein uneinnehmbar, einen Bunker der Wahrheit zu errichten, in dem ich die größere Arbeit, mir ein uneinnehmbares Glück zu errichten, aufnehmen konnte. Das war das Einzige, was zählte; und während ich in den Krieg zog, hatte ich irgendwie das Gefühl, dass ich diese Aufgabe in der Wüste, wo noch stets die Weisheit erlangt wurde, zu Ende bringen würde.

Meinen letzten Abend als Zivilist verbrachte ich bei meiner Mutter. Der Schnee kam wie Schwärme weißer Käfer gegen Marks Windschutzscheibe geflogen, die ganze lange, stille Fünfunddreißig-Meilen-Fahrt über hinaus zu ihrer neureichen Phantasie-»Farm«, die sie mit meinem Stiefvater Bill teilte: zwei Hektar Apfel-, Hagedorn- und Kirschbäume, dazu Weiden, Eichen und Pinien. Ein paar Quadratmeter Garten. Zaunpfosten mit lose baumelndem Geländer. Vom knorrigen alten Ast einer Weide herab, auf dem sanften Hang vor der Veranda, der sich über zwei Seiten des Hauses hinzog, hing eine Schaukel an zwei Seilen. Alles verborgen unter einer dicken Decke aus Schnee und Dunkelheit. Es war schon spät, als Mark mich abholen kam, und es wurde noch später, während wir durch das schnell zunehmende Schneegestöber fuhren. Das Radio war aus, und alle Dinge mündeten in Stille. Eine Stille, in der das Surren des Motors und das Knirschen der Reifen auf dem Schneematsch nur wie von ferne zu uns drangen.

Mit einem kurzen Händedruck und dem Zuklappen des Kofferraums überließ mich Mark einer letzten Nacht in der Familie. Mein Zuhause war das nicht. Ich seufzte tief, als ich vor der Tür stand, die grünen Seesäcke zu beiden Seiten gestapelt. Mit dem Überqueren der Türschwelle betrat ich eine andere Welt: Efeumuster, Potpourri-Blüten, Messingteekessel, Eichenfurnier, blank polierte Eichenböden, die Pseudorustikalität gemalter Kühe und Pseudogefühle.

Das abendliche Vergnügen bestand weitgehend aus Banalem und gipfelte in einer Kostümprobe für den Krieg: Ich stieg in die Tarnkleidung mit dem H-Gurtwerk, an dem das Besteck, der Munitionsbeutel, die Erste-Hilfe-Tasche, die Taschenlampe und mein ALICE-Gepäck hingen. Um eine Hüfte war die Gasmaske gebunden, meine Flak-Jacke und Helm um Brust und Schädel. Allein in der Bibliothek, zog ich mich um und hoffte, alle mit meiner Verwandlung zu überraschen. Während ich vom Philosophen zum Soldat wurde, schaute ich in die Regale, die neu gefüllt mit meinen Büchern waren: mit meinen prämierten Ausgaben von Emerson und Thoreau, den Jahrhundertwende-Houghton-Miflin-Editionen in blauem Leinen, einem zweihundert Jahre alten Gibbon in zwölf Bänden und Dutzenden philosophischen und klassischen Titeln der Cambridge und Oxford University Press. Alles durcheinander in die Regale gestopft, die normalerweise *National Geographics,* Anleitungen für Holzschnitzereien und praktischen Ratgebern Unterstand boten. Als ich mir die Bücher im untersten Fach ansah, musste ich über meine Füße lachen: Ich trug noch immer Schottenmuster-Socken, die genau zum Buchrücken der Kierkegaard-Princeton-Ausgabe mit ihrem bunten Grün-rot-blau-Muster auf schwarzem Untergrund passten. Stiefel waren auf den üppigen Teppichen natürlich strengstens verboten.

Ich richtete mich auf und rief ins Wohnzimmer: »Okay, seid ihr bereit?«

»Komm noch nicht raus!«, rief meine Mutter fröhlich. »Ich muss erst noch warten, bis das Blitzlicht aufgeladen ist!« Bei ihr im Wohnzimmer waren mein Bruder Mike, meine Schwester Carrie und mein Stiefvater Bill.

Auf dem Bibliothekstisch lag ein neues, in Leder gebundenes Buch. Es war so getrimmt worden, dass es wie ein Gutenberg-Band aussah, dick an Seiten. Der Titel lautete schlicht »Familie«. Unser Stammbaum. Ich schlug die alten Sepia-Porträts und Dokumente aus der Alten Welt und den Kindertagen der Neuen Welt auf. Bis hin zur Gegenwart durchblätterte ich die Seiten, während sich meine Familie im Wohnzimmer unterhielt. Auf der Seite meiner Mutter waren die Angaben über mich aufgeklebt, ich überflog sie, nahm die Worte zur Kenntnis, die ich selbst abgegeben hatte, und ...

»Okay, du kannst jetzt rauskommen«, rief meine Mutter. Aber ich war schon zurückgezuckt, bevor sie gerufen hatte.

Ich hielt inne, das Gesicht gerötet, der Puls pochte im Hals und in der Katgut-Enge meiner Brust. Die Stimme versagte mir, als ich nach einer Entschuldigung suchte, Zeit genug, mich zu sammeln. Ich biss die Innenseite meiner Wangen blutig und sog den Atem ein. »Verdammte Scheiße«, murmelte ich und atmete flach. Jemand mit wenig Sensibilität und noch weniger Klugheit hatte den Namen meines leiblichen Vaters eingetragen – ja, ich wusste es ja, ich bin ein *Bastard,* geboren als Palimpsest: adoptiert und mit neuem Namen versehen, noch ehe ich meinen ersten Atemzug getan hatte. Als meine Mutter von irgendeinem Kerl auf einer Party geschwängert wurde, der danach nichts mehr mit ihr zu tun haben wollte, führte mein Vater meine Onkel an, dem Kerl die Fresse zu polieren. Er erschien ihr wie ein Held.

Mein Vater – namentlicher, nicht leiblicher, über den kein Wort mehr fallen soll – war seinen Eltern in Gary, Indiana, weggelaufen; davongelaufen vor Trunksucht, Schurkerei und hitziger Verzweiflung, aus den Stahlwerken mit nach Hause gebracht. Er landete in einem Grundausbildungslager in einer neuen Hölle und stand eines Tages einfach auf und spazierte davon. Ich habe Geschichten von Betrunkenen über ihr Davonkommen per Faustrecht gehört, weiß aber nur, dass er schließlich unter einem Decknamen als Tourneebegleiter der Rockband meiner Onkel nach Duluth kam. Zu der Zeit bewohnte meine Großmutter in Duluth ein riesengroßes weißes Haus mit Säulen und gotischen Scheusalsköpfen an der Vorderfront und arbeitete als Anzeigenschreiberin und Redakteurin beim CBS Radio und der TV-Tochtergesellschaft. Sie hatte an der Universität von Minnesota Englisch und Geisteswissenschaften studiert, einer der großen Studiengänge damals, an dessen Spitze Warren Beach stand. Allen Tate, Saul Bellow, John Berryman und Robert Penn Warren machten in den Jahren nach dem Krieg alle ihren Weg als Professor. Meine Mutter, meine Onkel und ihre Familie müssen verdammt attraktiv auf meinen Vater gewirkt haben, sogar mehr noch als das sichere Kanada ein paar hundert Meilen entfernt.

Mein Onkel Tom setzte sich nach Kanada ab. Ich glaube, er blieb, bis Carter ihm Pardon gewährte, und verbrachte seine ersten beiden Jahre damals im Sanatorium. Chuck, der Bandleader, war Wehrdienstverweigerer und man setzte ihn als MP an der Cam Ranh Bay in Vietnam ein.

Meine Eltern zogen auf die Südseite von Chicago. Nach ein paar Monaten zogen sie wieder in die Maisfelder von Urbana, Illinois, und in ein schönes, bequemes Haus.

Es wäre schon schmerzlich genug zu sagen: »Und das waren die goldenen Jahre, als ich noch zu ihm aufsah.« Aber wie ich so in der Bibliothek stand, wurde mir klar, dass er schon damals angefangen hatte, alles zu versauen: Denn als ihm meine Großmutter einen Job gab – er immer noch auf der Flucht –, hatte er seine *echte* Sozialversicherungsnummer auf den Formularen angegeben und landete während der Schwangerschaft meiner Mutter in Colorado im Knast.

Als Bill fragte: »Kommst du nicht?«, lächelte ich. Das tat ich wirklich und spazierte um die Ecke ins Wohnzimmer, wobei ich in meiner Ausrüstung und mit der Gasmaske wie ein lächerliches menschliches Insekt aussah und mich auch so fühlte.

»Eine *Metamorphose*!«, sagte ich beim Eintreten ins Wohnzimmer. Ich fühlte tiefe Traurigkeit, in der sich Ironie und Melancholie mischten wie Bier und Wein – erbärmlich. So erbärmlich es war, war es doch besser als die reine unvermischte Traurigkeit, die mich erwartete, eine zweihundertprozentige Traurigkeit, die buchstäblich in mir explodierte, als meine Mutter, nachdem ich mir wieder Zivilklamotten angezogen und es mir auf der Couch bequem gemacht hatte, fragte: »Willst du deinen Vater anrufen?«

Als die Worte ausgesprochen waren, war ich bereit. Seit langem war ich auf sie vorbereitet und hatte meine Antwort seit Jahren geprobt. Sie war in meinem Kopf, sogar als meine Mutter noch einmal fragte, mein Schweigen ignorierend.

»Ob ich meinen Vater anrufen will? Nein, ich will meinen Vater nicht anrufen«, erwiderte ich. Mein Vater. Gab es eine Ironie, die gegen den hämmernden, strafenden Wiederklang der Worte »mein Vater« ankam? Besser, ihnen mit erhobenem Haupt zu begegnen, so aufrecht wie möglich. Genauso wenig, wie ich mich an einen Moment erinnern kann, in dem ich mich nicht auslöschen und neu erfinden wollte, kann ich mich an einen Moment erinnern, in dem mir nicht klar war, ein kleiner Bastard zu sein.

In mir trafen die beiden Welten meiner Mutter und meines Vaters aufeinander und vermischten sich. Meine Mutter hatte einen Hochschulabschluss, konnte Französisch und Spanisch und Suaheli radebrechen, und hinter den Selbsthilferatgebern und Flughafenromanen in ihren Bücherregalen verstaubten alte Ausgaben von Beckett, Sartre, Camus und Brecht. Zur Zeit des Golfkriegs war sie Vizepräsidentin einer großen Hypothekenfirma. Mein Vater, von Beruf Teppichbodenverleger, hatte entweder gar keinen, einen halben oder einen gelegentlichen Job, je nach dem Jahr, in dem man mit ihm sprach. Er hatte vor kurzem sein Haus in Duluth an eine Bank oder an den Fiskus verloren und zog ohne jeden Protest in seine Hütte nach Wisconsin.

Die Mutter meiner Mutter war während des Zweiten Weltkriegs bei den Marines gewesen und hatte dann zu einer erfolgreichen Karriere im Verlagswesen gewechselt. Ihr erster Mann war mit der Ersten Marine Division an den Stränden von Peleliu und Neubritannien gelandet. Ihr zweiter Mann, der Großvater, den ich kannte, hatte in der Navy gedient und als GI die Harvard-Universität besucht, die er mit einem Doktor in Volkswirtschaft abschloss. Sein Bruder Donald wurde später, 1968 in Paris, verrückt, im Jahr meiner Geburt. Donald war danach ein gefallener Stern – als früherer Freund solcher Leute wie Jason Epstein und Justin O'Brien, Marius Bewley und Clement Greenberg, Übersetzer von Artikeln für die *Nouvelle Revue Française*, war er jetzt ein gewesener Intellektueller, ein Trinker, Katholik und Ire aus Upstate New York. Mein Großvater verehrte seinen älteren Bruder. Ich verehrte sie beide, füllte eine Ecke meiner Phantasie mit Manhattan, Jazz, Impressionisten, Kafka, Schumpeter, Trilling, und in die andere stellte ich meine Erfahrungen mit unserer Vätergeneration, den Kriegsveteranen, die von zermürbender Handlangertätigkeit heimkehrten, von lärmender Fabrikarbeit, vom Verkauf von Verbrauchsgütern, Econoline-Lastern und Chevy-Pick-ups in den kleinen Orten des Mittelwestens, wo niemand gut genug war und die Betrunkenen schlechte Laune hatten.

Ich ging zurück in die Bibliothek und nahm den Telefonhörer ab. Meine Hand zitterte, als ich wählte. Mein Vater hatte es nie geschafft, sich wieder zu berappeln, und ich war ein großer Verlust für ihn gewesen, eine weitere Ursache für Trübsinn in einem Leben, das sich schon mühsam genug einen Weg entlang der Achsen der Traurigkeit bahnte.

»Was kann ich für Sie tun«, antwortete eine schrille Stimme. Meine Stiefmutter; sie klang betrunken.

»Lonnie?«, fragte ich.

»Wer wohl sonst. Wer ist da?«

»Ich bin's, Joel. Erinnerst du dich an mich?«, fragte ich. »Ist mein Vater da?«

»Ja«, sagte sie verblüfft, hielt dann unbeholfen den Hörer zu. Ich konnte hören, wie sie rief: »Ron! Komm her. Du wirst nie erraten, wer …« Dann wandte sie sich wieder mir zu. »Also, was gibt's?«

»Ich breche morgen früh nach Saudi-Arabien auf.«

»Echt? Man hat dich einberufen, he? Ein paar Jungs unten aus der Bar sind auch einberufen worden. Irgendwie wird wohl jeder einberufen. Warte mal.« Sie legte die Hand wieder auf den Hörer und trällerte die Information weiter an meinen Vater, der zweifellos irgendetwas umbaute.

»Ziemlich lange her«, antwortete er nervös, bemüht, konzentriert zu klingen.

»Ja, nicht?«

»Sie haben dich also eingezogen?«

»Ja, stimmt. Morgen früh fliege ich nach Camp Pendleton. Dann nach Saudi-Arabien.«

Er sagte lange nichts und sprach dann mit zittriger Heiserkeit. »Also, Joel, ich muss sagen, ich bin sehr stolz auf dich … wirklich. Und vielleicht auch ein bisschen beschämt dir gegenüber. Du, der Politiker und einer, der große Worte machen kann, und Schriftsteller und Mitglied einer Verbindung … Ich hab von solchen Dingen nicht mal geträumt, aber in dir habe ich sie schon gesehen, als du noch ein kleiner Junge warst, in deinen Augen, die immer so stolz waren. Ein stolzer kleiner Scheißer. Als ich dran war, lief ich einfach davon; das tue ich halt, ich laufe weg …«

Wie ich so den Hörer nah ans Gesicht hielt, konnte ich den Alkohol und die Zigaretten riechen, spürte die dicken Knöchel der schwieligen, zur Faust geballten Hände auf meiner Haut, sah den trägen, leicht blutunterlaufenen, schielenden Blick, schmeckte die seit langem vertraute Galle und hörte die Stille, als er eine Pause machte und nach irgendwas suchte, womit er mir seine Absolution erteilen konnte. Was konnte er schon sagen? Dieser Mann voller Kummer und Zorn, dieser mitleiderregende Anziehungspunkt von Schicksalsschlägen, Peiniger und Opfer zugleich einer vergeudeten Jugend und eines falschen Lebens. Es gibt Worte dafür, aber sie kamen nicht. Stattdessen langes, schweres Atmen, das Nachsinnen über sein Versagen bei der einzigen guten und gütigen Tat seines Lebens, der Adoption eines hilflosen Bastard-Babys: Ich. Keine Worte, kein Trost, keine Ermutigung, nur abgebrochenes, schweres Atmen, schluchzendes Atmen, das Schluchzen von Betrunkenen, von Betrügern, Gaunern, Schlägern, von Hurenböcken, die Frau und Kinder schlagen, von Lügnern, Vätern. Mein Vater.

»Hast du eine Adresse, an die ich dir schreiben kann?«

»Nein, aber ich rufe Mom an, sobald ich in Pendleton gelandet bin. Mike hat mir deine Adresse gegeben. Ich muss um sechs dreißig am Flughafen sein, und ich weiß nicht, in welchem Zustand die Straßen bis dahin sind. Es schneit hier wahnsinnig.«

»Hier auch.« Erneut machte er eine Pause, und ich hörte ihn wieder atmen. »Du sollst wissen«, sagte er, »du sollst wissen, wenn du stirbst oder so, dass ich dich lieb habe. Wirklich. Du glaubst es vielleicht nicht, aber ich muss es sagen: Ich habe dich lieb. Mein Ältester, mein erster und vielversprechender Sohn, der Kluge, der sein Leben in die eigenen Hände genommen hat … Spiel nicht den Helden, okay? Tu nichts Verrücktes, klar?« Wir machten beide eine Pause, und dann sagte er einfach: »Ich hab dich lieb.«

Die Worte verloren sich im Universum, vielleicht wurden sie oben bemerkt von einem Gott, der einen einsamen Pluspunkt in den Akten meines Vaters abhakte. Er schluchzte jetzt ganz offen, und auch mir traten Tränen in die Augen. Ich suchte nach Worten.

Ich fand sie nicht. Ich finde sie noch immer nicht. Und so zog ich wie ein alter Philosoph mit leeren Händen in den Krieg.

Kriegspflicht

Wir erfuhren von Boomer, dass wir nach Saudi-Arabien fliegen würden, dass wir unseren Freunden und Verwandten erzählen sollten, wir würden Dienst in einem Kriegsgebiet tun, dass dies kein Spaß war, wie Boomer sich ausdrückte, sondern: »Dies ist die Scheiße, Jungs. Kriegspflicht. Jetzt seid ihr dran.« Jetzt waren wir dran: sechsunddreißig Männer und Frauen nach letzten Zählungen, und jeder von uns war jetzt an der Reihe. Staff Sergeant Grey, »Boomer«, hatte antreten lassen. Groß, dick, mit gebrochener Nase und leicht gekrümmt durch ein hartes Leben, war er noch vom Schlag John Waynes, vom »Old Corps«, vom »Hard Corps« – und Vietnam. Die Uniform saß wie seine Haut, abgetragen und leicht zerknittert.

Boomer hatte zwei Einsätze in Vietnam absolviert, einen als Infanteriesoldat mit umgehängtem Gewehr durch Dschungel und Sümpfe und einen als LKW-Fahrer.

An meinem ersten Tag in Minneapolis fand ich niemanden, der mich zur Reserveeinheit fahren konnte, also marschierte ich zwei Meilen zu einem Antiquariat, um genügend Bücher zu verkaufen, damit ich mir ein Taxi leisten konnte. Dem Verkäufer brummelte ich zu, statt Bücher würde ich jetzt Waffen in die Hand nehmen. *Wirklich.* Er nickte und gab mir siebzehn Dollar. Ich tauschte auch meine Khakihose gegen eine Tarnanzugshose, die Schuhe gegen Kampfstiefel, den Wollmantel gegen einen Tarnparka ein. Als ich um zehn dreißig zur Einheit stieß und mich den abgerissenen Reihen der Angetretenen von hinten näherte, folgte ich den auf den Zementboden gemalten gelben Linien. Ich hatte das Gefühl, als würde ich mich anschleichen, nicht militärisch antreten.

»Scheiße«, brüllte Bergman, »soll das heißen, Turnipseed verweigert nicht den Kriegsdienst? Sie wollen ihn doch nicht etwa mit uns losschicken, oder, Boomer?«

»Hey, Turnipseed, was is los? Is heute Morgen niemand gekommen und hat an deiner Kiste unter der Hennepin Avenue Bridge gerüttelt?«, brüllte Corporal Schuyler.

»Turnipseed«, rief Boomer, »beweg deinen Arsch in meine Reihen.« Wie sich herausstellte, war ich nicht der Einzige, der zu spät kam. Es war Winter in Minnesota, und die Farmer waren bei der Arbeit oder im Urlaub, jedenfalls in weiter Ferne. Der am wenigsten nostalgisch Aufgehaltene aus unserer Gruppe musste von einem Bier und einem warmen Körper losgerissen werden, um in unserer kühlen Aufstellung antreten zu können.

Staff Sergeant Landers war unser anderer Stabsunteroffizier. Wir entsandten keine Offiziere aus unserer Einheit, insofern schmissen Landers und Boomer die Show. Landers hatte zwei Grade, Boomer ein Purple Heart und Streifen mit Sternen, die ihn als mehrfachen Kriegsteilnehmer auszeichneten.

»Wer fehlt uns noch, Landers?«, fragte Boomer.

»Sieht so aus, als brauchten wir noch Schlitz, aber er ist draußen in Pipestone, und, äh, Sergeant Bernie.« Bernie war sein Vorname, und in vier gemeinsamen Jahren bei der Reserveeinheit erfuhr ich nie seinen Nachnamen. Er war Farmer und hieß Bernie. Sergeant Bernie. Das war, bevor das Corps die lächerliche Praxis einführte, von den Männern zu verlangen, sie sollten ihren Namen vorne auf ihre Tarnanzüge nähen: Der Name eines Marine sollte bekannt sein – beziehungsweise man sollte genug Anstand und Mumm haben, danach zu fragen, ehe man ihm einen Befehl gab (oder einen von ihm ausführte).

Nachdem uns Boomer mitgeteilt hatte, wir würden in die Scheiße aufbrechen, sammelten wir unsere Gasmasken ein. Wir setzten sie sogar probeweise auf und behielten sie an, während wir in Reih und Glied warteten. Schwere, schwitzige Neuanschaffungen. Sie verströmten den Geruch von frischem Gummi wie ein neuer Schlauch.

»Ich bin dein Vater, Luke«, schnaufte Heinemann abscheulich durch sein rundes, kohleaktives Mundstück Clem zu. Ich konnte mich nicht entscheiden, ob er wie Darth Vader aussah oder eines von Kafkas Insekten.

»Luke, komm auf die dunkle Seite.«

Unsere Gesichter trugen noch die rot verschwollenen Abdrücke von der Gasmaske, als wir unser ALICE-Gepäck in Empfang nahmen.

Im Gepäck verstauten wir unsere 782er-Ausrüstung: H-Gurte und Patronenmagazine für 5,56-mm-M-16er-Kugeln, Bestecke, Kochgeschirr, Erste-Hilfe-Tasche, Poncho, Poncho-Etui, Zeltbahn, Zeltstangen und ein Seil. Niemand weiß, warum die Marines es die 782er-Ausrüstung nennen, aber als wir selbst Marines waren, nannten wir es anders: Glücksspiel-Ausrüstung; genau wie wir Hüte »Kopfbedeckung« nannten und Hemden »Feldblusen«. All das stopften wir in unser Gepäck, dazu einen Kevlar-Helm und eine Kevlar-Flak-Jacke. Wir schnürten einen Schlafsack oben auf unser ALICE-Gepäck und ein Schaumstoffpolster unten dran.

»Schätze, wir sind so ziemlich bereit für unsere Kriegspflicht, he?«, fragte Solter und stand aufrecht da mit dem Gepäck auf dem Rücken.

»He, Dumpfkopf, hast du auch nichts vergessen?«, wollte Corporal Joseph wissen.

»Was?«

»Wie wär's mit Kugeln und Gewehr, verdammt noch mal?«

Ein paar Tage später in Camp Pendleton bekamen wir die Gewehre. Es war schon dunkel, als wir uns vor der Waffenkammer anstellten, und die Flutlichter warfen ihren gelben Glanz auf den gerissenen Teermakadam und die Reihe von Männern in schlechter Haltung, die jetzt in der Waffenkammer eingeschlossen waren. Wir hatten uns gerade in alphabetischer Ordnung aufgestellt, da eröffnete man uns, der Waffenkammer seien die Gewehre ausgegangen.

Ich setzte mich an den Reifen eines Sattelschleppers, der am Rande eines Schattens geparkt war.

»Hey!«, rief eine vertraute Stimme. »Hey, Turnipseed – was liest'n da?«

Es war Bergman, der Witzbold. Aber kein gewöhnlicher Komödiant, denn Bergman war für das Komödiantentum etwa so etwas wie Monet für die Malerei: Meine Stimmungen und Ausbrüche waren für seine Witzeleien, was Kathedralen und Pappeln unter dem wechselnden Licht der Sonne für die Leinwände der Impressionisten gewesen waren. Sein unheimliches Wissen um meine Stimmungen jagte mir geradezu Schrecken ein, und meine unbedachte Antwort wirkte wie ein neues Medium für sein Scharmützel: »Nietzsche.«

»Gesundheit!«, erwiderte er. Er machte eine Pause, um die vorhersehbaren Lacher abzuwarten, die seine brillanten Hiebe zu schätzen wussten. »Aber ich habe dich gefragt, was du gerade liest.«

Schweigend sah ich auf. »Also, es gibt da tatsächlich einen Philosophen namens Nietzsche, dessen Werk ich gerade studiere.«

»Ach ja? Was sagt *er* denn Amüsantes?«

»Willst du das wirklich wissen?«

»Ja.« »Ja.« »*Natürlich* wollen wir das wissen.« Ein kleiner Chor hatte sich gebildet. »Erzähl uns, worum es in der Philosophie eigentlich geht, Mister Neunmalklug.«

»Na, das hängt wohl davon ab, was du mit ›Philosophie‹ überhaupt meinst. Aber genau das versuche ich gerade herauszukriegen.«

»Bist du so was wie'n Snob?«, fragte jemand.

»Ist das nicht dasselbe wie'n Philosoph?«, fragte ein anderer.

Bergmans Augen verloren ihren nachdenklichen Blick, als habe er eine neue Qualität von Licht entdeckt. »Hey, Turnipseed, ich habe eine philosophische Frage an dich: Wenn dein Gehirn Benzin wäre und du ein Saftsack auf einem Saftsack-Motorrad, hättest du dann genug Sprit, um im Inneren eines Cheerio-Frühstücksmüslis herumzufahren?«

»Apfel-Zimt, Honig-Nuss oder ganz normales Cheerio?«, fragte ich.

Bergman und der Chorus machten eine Zigarettenpause, dann kamen sie zurück, hungrig, räudig vor Langeweile vom stumpfsinnigen Antreten und finster vor Lust auf ein leichtes Opfer.

»HEY, TURNIPSEED!«, rief einer aus dem wachsenden Chor von weither. »Wir hätten dir da gern noch'n paar Fragen über Philosophie gestellt.« Sie scharten sich um mich.

»Okay«, sagte ich, nahm Buch und Seesack und stand auf, »und an was für Fragen habt ihr gedacht?«

»Also zunächst mal, warum kannst du nicht, na ja, *normal* sein?«

»Er kann nicht normal sein, er ist *Turnipseed*.«

»Normal? *Hier* soll ich normal sein wollen?« Ich setzte zu einer Tirade an: »Hast du sie noch alle? Warum bin ich hier an der Waffenkammer 13 in Camp Pendleton? Wegen 'ner M-16A2 gasbetriebenen Halbautomatik-Knarre? Zu welchem Zweck? Um Menschen umzubringen. Ist das normal? Robin, der mitten in der Nacht aus dem Schlaf aufschreckt, Rosenquist, der ins Bett pisst – und dabei sind wir immer noch in Scheiß-Kalifornien, ist das *normal*? Wenn das normal ist, bin ich echt froh, ein Freak zu sein.«

Bergman: »Und lass mich dir als Erster sagen: ›Du machst das wirklich prima‹.«

Als das Gelächter abebbte, rief jemand: »Also, ich hab euch ja gesagt, dass er bloß'n Urteil abgeben will.«

Dann eine andere Stimme, die von Boomer: »OKAY, MINNEAPOLIS, ALLE MANN ANTRETEN!«

Der Wind hatte aufgefrischt, und ich war müde und fror, während ich nach meinem Gewehr anstand. Nach ungefähr einer Stunde, in der ich so müde wurde, dass ich kaum gehen konnte, da ich seit Tagesanbruch marschiert war und herumgestanden hatte, bekam ich mein Gewehr und verließ das Waffenarsenal. Während ich durch die Nacht ging, sah ich andere müde Männer, allein, zu zweit oder zu dritt nach Hause zotteln, den Rücken beladen mit neuer Ausrüstung, die Gewehre lose über die Schulter gehalftert: Geister und Schatten von Männern.

Nachdem ich am PX-Kiosk das zweite, dritte und vierte Päckchen Zigaretten – Camel Filter – geholt hatte, eilte ich zu meiner Koje in Squadbay C. Ich ging allein unter dem rauchgrauen Himmel, mit ein paar vereinzelten Sternen, und fahl von den Lichtern des Camps Pendleton. Schatten warfen sich selbst in ein Dutzend Richtungen, während ich an lachenden, betrunkenen Marines vorbeiging, vorbei an jemand, der in einen Graben pinkelte. In den dämmerigen Unterkünften ging ich an den Kojen entlang, die eine oder andere warm von einem hingeplumpsten, schnarchenden Körper, andere frisch, kalt und leer. Im schummrigen Rotlicht des EXIT-Zeichens ziehe ich mich aus, rosa Schatten auf meiner weißen Haut, blassgrau vom Widerschein des gut gewachsten Bodens. Schweigend. Und einsam wie ein Bild von Hopper.

Raue Baumwolllaken kühlten meinen Körper, Wolldecken kratzten an meinen nackten Armen, und der Geruch von Desinfektionsmitteln haftete schwer an den Betttüchern, dick und allgegenwärtig, aber auch tröstlich. Ein eisiger Schauer durchfuhr mich: der Schock institutionalisierten Komforts, ein hilfreicher, wenngleich heftiger Schock ähnlich einer Elektroschocktherapie, ein Schock, der die eigene Vergangenheit von der eigenen Gegenwart trennt und darauf hinweist, dass man größeren Mächten ausgeliefert ist. Der Geruch des Marine Corps. Grundausbildung. Rotarsch. Erinnerungen an erlernte Reaktionen im Kampf. Erinnerungen an väterliche Grausamkeit. An starre, kalte Blicke. Zusammengepresste Lippen, geballte Fäuste. Das Gepolter von Eisengewichten, die beim Muskeltraining der Oberarme herabkrachen. Der Handschlag aufs Gewehr, der Handschlag ins Gesicht.

Von draußen drang das Grölen eines Betrunkenen durch die Nacht und durch meine Gedanken herein, um meinen tiefen, gemessenen Atemrhythmus zu stören. Meine Gedanken wanderten zwischen Atemzug und Atemzug: zu Sarah, allein; zu Mark, der jetzt niemanden zum Reden hatte und im Café still seine Pfeife rauchte; zu Dave, fünfzig Meilen entfernt in El Toro, der bis spät in die Nacht hinein in seiner Kantine Papierkram erledigte. Das Grölen draußen kam näher wie eine heranbrausende Welle und wogte auf mit dem Krachen von Stiefeln auf der Eisentreppe.

Die fluoreszierenden Squadbay-Lichter flammten hell auf. Köpfe schreckten von den Kissen hoch, dann wetteiferten Gähnen und

Rufe mit Geräuschen aufgeregten Herumhantierens, klappernder Spindschlösser, scheppernder Gurtschnallen und Verschlüsse und mit dem rasierklingenscharfen Scheuern von frischem Nylon auf frischem Nylon. Ich hörte Clem, Heinemann, Solter, Blegen, Corporal Joseph. Und Boomer.

»Okay, Kids, Zeit für euch, den Arsch einzuziehen«, bollerte Boomer, der die Koje unter mir hatte. Ich drückte das Gesicht ins Kissen und tat, als schliefe ich. Das Scheppern des Schlosses gegen die Stahltür des Spinds und das Rumpeln, das Boomer beim Herumhantieren veranstaltete, schienen aus meinem Kopf zu entstehen wie ein allzu wirklicher Traum. Er stand da, keuchte betrunken und stieß dann mit dem Fuß sein Bündel Handgepäck mitten auf den Boden der Mannschaftsunterkunft.

»Im Kreis um mich herum«, rief Boomer. Ich drehte mich im Bett um, blinzelte mit einem Auge wie ein Krokodil und setzte mich so auf, dass ich sehen konnte, wie Boomer und seine Schüler zwischen zwei Stahlstangen mitten in der Mannschaftsunterkunft im Kreis saßen; sah, wie Solter sich hinsetzte, nachdem er alle fluoreszierenden Lichter bis auf eines ausgeschaltet hatte.

Heiser, mit grau gesprenkeltem Bürstenhaarschnitt, saß Boomer im Kreis. Er knackte ein Old-Milwaukee-Bier auf, ruckte mit dem Kopf vor, um den Schaum abzuschlürfen, und steckte dann seine typische Winston zurück in die Krümmung zwischen seinen Lippen. *Genau wie mein Vater.* Rollen Isolierband und weißer Sportverband stapelten sich in der Mitte des Kreises, aus der Scheide gezogene Ka-Bar-Kampfmesser, deren scharfe Kanten vor der kohlepolierten Klinge glanzten, lagen auf dem Schoß oder auf dem Linoleum herum. In konzentrische Kreise verstreut lagen ALICE-Gepäck, H-Gurte, E-Geräte, Patronen, Taschenlampen, Sechserpacks Bier.

»Okay, befestigt jetzt eure Erste-Hilfe-Tasche auf der Rückseite eures Patronengürtels«, sagte Boomer und hielt seinen eigenen hoch, damit ihn alle sehen konnten, wobei seine Zigarettenasche darauf zerfiel.

»Wie kommen wir dran, wenn sie auf dem Rücken sitzt?«, wollte Corporal Joseph wissen.

»Hör zu, Blödmann: Wenn du deine Erste-Hilfe-Tasche brauchst, bist *du* es nicht, der an sie rankommen soll. Das macht dein Kamerad. Steck sie wieder rein.« Jeder zog an den Stahlklemmen seiner Tasche und drehte sie an der Nylonschlinge und den Stahlösen seines Patronengurts herum. »Okay, legt jetzt eure Feldflasche neben den Patronengurt und die Patronentaschen« – er hielt seinen eigenen Patronengurt hoch – »genau daneben, so wie ich.« Er ließ die Zigarette in seine Bierdose fallen und begann eine neue Runde Bier, Zigaretten und Anweisungen.

»Wenn die Kacke am Dampfen ist, seid ihr froh, wenn ihr eure Kugeln griffbereit habt. Vorne solltet ihr alles frei haben, damit ihr aufrecht im LKW sitzen und flach auf dem Bauch liegen könnt und trotzdem alles griffbereit habt.«

»Wann bekommen wir die Kugeln, Boomer?«, fragte Blegen.

»Ihr müsstet sie eigentlich morgen kriegen. Nach der ärztlichen Untersuchung. Auf jeden Fall vor Saudiland: für den Fall, es geht los bei der Landung.«

Corporal Joseph sah ganz aufgeregt aus bei dieser Möglichkeit und schluckte sein letztes Bier. »Ich hab mein eigenes Teil mitgebracht. Meinst du, ich kann's behalten, Boomer?«

»Was hast du mitgenommen, Alter?«

»Meine 45er«, erwiderte er und knackte eine neue Bierdose auf.

»Na ja, du bist kein MP und kein Stabsoffizier. Ich *hoffe*, du kannst es tragen, glaub aber nicht. Lass das Ding bei den Waffen eintragen, ich hab keine Lust, deinen Arsch wegen heimlichen Waffenbesitzes im Bau zu verlieren.«

»Findest du's nicht komisch, dass man dich im Krieg am Arsch kriegt, weil du eine Sonderwaffe bei dir hast?«

»Ja, na, die Regeln lockern sich während des Kriegs, nicht vorher. *Ich* trag meine 45er *und* meine Beretta. Was das Stück Scheißblech M-16 angeht, seht euch bloß vor damit: Der Lauf verbiegt sich schon, wenn ihr einen Furz darauf ablasst. Kein Scheiß, gebt auf das Gewehr Acht, als wär's das Baby eurer Schwester. Hakt die Sicherung ein, wenn ihr drei Kugeln abgeschossen habt, und wenn's regnet, kann's richtig wehtun. Haltet auch den Verschluss am Lauf dicht: Sand kann den Lauf im Handumdrehen verstopfen.«

»Wenn das M-16 so ein Stück Scheiße ist, Boomer, warum wird es dann noch ausgegeben?«, fragte Clem.

»Weil die da oben keinen Rattenarsch auf euch geben. Darum bin auch *ich* hier. Jedem von euch Rotärschen würde ich ein M-14 oder einen alten Knacker geben, wenn ich nur genug davon auftreiben könnte. Natürlich müsstet ihr die Dinger dann tragen.« Er machte eine Pause und lachte. »Ja, Jungs, ihr müsst schon gegenseitig auf euch aufpassen. Den Offizieren und anderen Arschfickern seid ihr völlig egal, abgesehen davon, dass sie euch füttern und bezahlen müssen.«

»Und ich dachte, wir wären hier die Arschficker«, sagte Heinemann und ließ seinen H-Gurt in den Schoß sinken.

»Eins wollen wir mal klarstellen, Gentlemen«, sagte Boomer, die Ernsthaftigkeit selbst. Er nahm die Zigarette aus dem Mund. »Wir werden das einzig gut sichtbare Ziel auf dem Schlachtfeld sein. Und es wird krachen. Unfälle. Gefallene.«

»Hey, Boomer«, sagte Solter, »wohin sollen wir unsere E-Geräte packen? Sollen wir sie außen anbringen, für den Fall, dass wir einen Fuchsbau graben müssen? Weißt du, einfach für alle Fälle?«

»Verstau es ganz unten in deinem ALICE-Gepäck«, sagte er und sah Solter zu, der mit seiner Ausrüstung rang. »Und steckt euer Bajonett an die *Seite* eures Patronengurts, damit ihr euch beim Vorbeugen nicht selbst aufspießt.« Boomer starrte in die Ferne, völlig ausdruckslos. Mit den Lippen ließ er seine Zigarette herumkreisen.

»Wofür steht ALICE überhaupt?«, wollte Corporal Joseph wissen.

»Das ist ein Initialwort, Blödmann«, sagte Solter.

»Aber was *bedeutet* es?«

Ich war gerade am Einsäuseln, aber die Frage war so blöde, dass ich sofort wieder wach war. Schlaftrunken rief ich die Antwort rüber.

»Turnipseed? Bist du wach, Mann?«, fragte Boomer. »Komm runter und trink ein Bier mit uns.«

»Old Mil'!«, grölte Heinemann. »Los, komm schon, Turnipseed, ehe es kalt wird.«

»*Warmes* Old Milwaukee?«, fragte ich. »Da schlafe ich lieber eine Runde.«

»Ach, quatsch nicht«, erwiderte Heinemann, »das wird lange das einzige Bier sein, das du zu sehen kriegst. Davon abgesehen, sind wir alle hier mitgefangen, mitgehangen, Herr *Philosoph.* Mach lieber das Beste aus dem, was du hast.«

Blegen, der mich seit der zehnten Klasse kannte, lachte: »Ha, ich wette, Turnipseed hat unter all seinen Büchern eine Espresso-Maschine verpackt. Während wir rumkurven, sitzt er da in seinem Zelt am Straßenrand wie in einem Café, raucht Pfeife und liest Thoreau. Stimmt's, Turnip?«

»Nietzsche. Und eine Zigarette«, entgegnete ich. »Nacht, Jungs.«

Einstimmig antworteten alle und hoben dabei ihr Bier: »NACHT, TURNIP!«

Das Gesicht ins Kissen gedrückt, hörte ich zu, wie Boomer seinen Workshop fortsetzte und die jüngeren Männer in die Sphären verbotenen Wissens einweihte: Langeweile, die die Seele zermürbt, Angst, Liebeskummer, Mord und Totschlag.

Robin bekam wieder seine Albträume: Leises Stöhnen erklang aus dem dunklen Teil der Unterkunft. Eine Woche zuvor, in unserer Reserveeinheit in Minneapolis, hatte er uns durch sein Erscheinen bei der Übung in voller H-Kluft mit einem funkelnagelneuen Ka-Bar-Messer verblüfft. Er quatschte von »ein paar Idioten in den Arsch treten« und »sich eine verdammte Kriegsauszeichnung holen«. Für einen schlaffen Rotschopf aus den finstersten Provinzen, der kaum den Sporttest bestanden hatte und ständig Kommentare wie »Pussy«, »Scheißkerl« und »He, Robin, wenn ich je erfahren sollte, dass du dich mit meiner Schwester verabredest, wüsste ich, sie ist 'ne Lesbe« ertragen musste, kam mir sein Auftreten ziemlich komisch vor. Ich glaube, es war Bergman, der ihn fragte, ob er zu einer »Schulaufführung oder nach Scheiß-Saudi-Arabien« wollte. Zwei Tage dauerte es in Camp Pendleton, ehe seine Albträume begannen: lange, melodramatische Geschichten, die uns in Angst und Schrecken versetzten. So viel Scheiße Robin auch tagsüber einstecken musste, mit seinen Albträumen nachts spaßten wir nie.

Als Robin seine Traumphase beendet und seine Albträume sich beruhigt hatten und in ein kissengedämpftes Schnarchen übergegangen waren, hörte ich, wie Solter Boomer fragte: »Wie war das in Vietnam?«

»Langweilig.« Alle feixten. »Nein, Tatsache, ich meine echt, es war langweilig. So langweilig, dass man auf überhaupt nichts mehr Bock hat. Weder lesen noch schlafen, weder scheißen noch wichsen, auf gar nichts mehr.«

»Krieg ist *langweilig*?«, fragte Blegen. »*Vietnam* war langweilig?«

»Neunundneunzig Prozent der Zeit saß man nur rum und wartete, dass die Kacke am Dampfen war. Die Langeweile kriecht an dir hoch wie 'ne Krankheit. Sie macht dich blöde.«

»Wie – blöde?«

»Du fängst beispielsweise an, mit Granaten oder Breitschwertern zu spielen. Oder vergisst, wie lange es her ist, seit du das letzte Mal nach Hause geschrieben hast. Das ist überhaupt noch 'ne Sache für sich: Du musst deinen Freunden zu Hause schreiben, deiner Frau, wenn du eine hast, und deiner Mutter und deinem Vater. Deine Familie daheim wird dir mehr bedeuten als alles andere auf der Welt. Ein Brief deines Vater wird dir wie'n Weihnachtsgeschenk vorkommen. Kein Scheiß. Und das gilt für beide Seiten: Schreibt Briefe, egal wie müde ihr seid.«

»Ich wette, mein Dad wird mir Briefe über Eisangeln schreiben.«

»Ja, ich muss unbedingt *meinem* Dad schreiben, um herauszufinden, ob wir das neue Kino bekommen«, sagte Heinemann, dessen Familie eine kleine Kette aufgekaufter Kinos besaß. »Ich werd es wahrscheinlich managen, wenn's geklappt hat.«

»Ich *krieg* lieber Briefe, als welche zu schreiben«, sagte Solter. »Mein Dad schreibt mir bestimmt. Meine Frau auch.«

»Ja, meine Frau backt jetzt wahrscheinlich irgend'nen Kram, den sie mir schicken kann«, sagte Joseph.

»Na super, toll. Alle anderen von euch, die nicht verheiratet sind, vergessen lieber ihre Freundinnen. Vergesst sie einfach. Behaltet den Geruch ihres Haars und ihrer Muschi in Erinnerung, aber ansonsten vergesst sie lieber und *hofft* auf einen Brief.« Boomers Worte wurden murmelnd im Kreis der Herumsitzenden weitergegeben.

Für den Rest der Nacht sagte ich nichts. Ich hörte mit, mal genauer, dann nur verschwommen, und hatte das Gefühl, als entglitte mir eine Lebensweise. Als sei Philosophie kein Gegenstand, keine Leidenschaft, sondern eine Seinsweise oder schlimmer: ein Anspruch. Der Geruch von Büchern wurde durch den Geruch von Desinfektionsmitteln und Bier, Waffenöl und Diesel ersetzt. Die Furcht, etwas nicht zu wissen, wurde durch eine andere ersetzt, sodass die Tatsache, wo genau die Erste-Hilfe-Tasche steckte, wichtiger wurde als Kripkes Interpretation von Wittgenstein; es wurde wichtiger, einen Vater zu haben, dem man schreiben konnte, als die Clarendon-Ausgabe von Lockes *Human Understanding*, auf deren 721 Seiten das Wort *Angst* ein einziges Mal erwähnt wird (als »eine Befangenheit des Verstands, die uns beim Gedanken an das Böse befällt«), das Wort *Liebe* auch nur einmal und *Entsetzen* überhaupt nicht. Dazu hatte Boomer etwas zu sagen:

»Wenn ihr dann *tatsächlich* Action habt, scheißt ihr euch in die

Hosen. Oder auch nicht. Ich war in Vietnam dermaßen verstopft, dass ich nur kleine braune Köddel in die Hose gekackt habe, die ich ebenso gut als Kugeln hätte benutzen können. Und das auch nur, wenn ich nicht gerade unter Dschungelfieber litt und mich zuschiss, egal ob Feuergefecht oder nicht.«

»Und was das Bier angeht, das ist ein echtes Problem. In Vietnam hatte man wenigstens noch Bier. Sogar per Luftfracht kriegte man's gebracht. Man muss sich einfach besaufen, man muss bis obenhin zu sein, um einen klaren Gedanken zu fassen, oder? Wer ist bloß auf die Idee gekommen, ein Treffen von einer halben Million Anonymen Alkoholikern einzuberufen?«

»Und ihr *werdet* garantiert Scheiße zu sehen kriegen, Jungs, Scheiße, die euch das Herz im Leibe zerreißt. Menschen, die wie Hühner auf dem Grill geröstet werden, oder nur einen Arm, keine Leiche, nur einen Arm, der in einer Pfütze schwimmt. Ohne einen Tropfen Blut darin, nur einen weißen, gummiartigen Arm. Wie eine gottverdammte Wachsbohne in Lebensgröße. Und nehmt bloß nicht die verdammte Armbanduhr ab. Ihr geht einfach vorbei, ernst, aber nehmt es bloß nicht *zu ernst.* Denkt bloß, er ist 'ne große alte Wachsbohne oder so, okay? Aufmerksam, aber geht nicht zu nah ran.« Er machte eine Pause. »Es kann echt hart werden … verdammt scheißhart. Und da müsst ihr einfach durch.«

Boomer schwieg, um seine Worte zu überdenken. »Himmel, ich fühle mich echt wie euer verdammter Vater.«

*ARMED FORCES RADIO AND TELEVISION SERVICE

SAUDI MOTORS
LOS, AN DIE ARBEIT!
„WELCHEN NUTZEN HABEN GLÜCK ODER TALENT FÜR EINE KALTE, UNVOLLKOMMENE NATUR? WOZU NÜTZT GENIE, WENN ES SICH NICHT AUF DAS TATSÄCHLICHE MENSCHLICHE LEBEN RICHTET?“
-RALPH WALDO EMERSON
HAT JEDER 'N HANDBUCH?
HANDBUCH?

UNITED STATES MARINE CORPS
COMBAT ENGINEER INSTRUCTION COMPANY
MARINE CORPS ENGINEER SCHOOL
PSC BOX 20069
CAMP LEJEUNE, NORTH CAROLINA 28542-0069

MATERIAL DICKE IN INCHES ERFORDERLICH ZUM SCHUTZ GEGEN:

MATERIAL	MÖRSER 82-MM	GRANATEN 122-MM	152-MM	BOMBS 100-lb	1,000-lb
MAUERN AUS FESTEM MATERIAL					
BACKSTEIN	4	6	8	8	17
BETON	4	5	6	8	18
STAHLBETON	3	4	5	7	15
MAUERN AUS LOCKEREM MATERIAL					
BAUSCHUTT	9	12	12	18	30
SCHOTTER, KLEIN	9	12	12	18	30
SANDSÄCKE GEFÜLLT MIT					
BAUSCHUTT	10	18	20	20	40
KIES, KLEIN STEINE, ERDE	10	18	20	20	40
SAND*	8	16	18	30	40
SCHUTZWÄLLE					
LEHM*	12	20	30	36	–
SAND*	10	18	24	24	48
SCHNEE					
FESTGESTAMPFT	60	60	60	–	–
LOSE	60	60	60	–	–

*DOPPELTER WERT, WENN MATERIAL DURCHNÄSST

HINWEIS: WENN KEINE WERTE ANGEGEBEN, MATERIAL NICHT EMPFEHLENSWERT

UNITED STATES MARINE CORPS
PHILOSOPHER INSTRUCTION COMPANY
MARINE CORPS GUARDIAN SCHOOL
PSC BOX 31256
CAMP LEJEUNE, NORTH CAROLINA 28542-1256

ZEIT, ALLEIN VERBRACHT, IN STUNDEN, ZUR ERHOLUNG VON:

MATERIAL	KINDESMISS-BRAUCH	VERSOFFENER VATER	BESCHISSENES LEBEN	AYN RAND*
PLATON, GRIECHISCHES PHILOSOPHEN-WUNDER, CA. 450 V. CHR.				
APOLOGIE	40	60	80	170
PARMENIDES	40	50	80	180
DER STAAT	30	40	50	–
AUGUSTINUS, GOTT HAT IHN ALLMÄHLICH KEUSCH GEMACHT, CA. 375 AD				
BEKENNTNISSE	90	120	120	300
GOTTESSTAAT	90	120	120	300
KIERKEGAARD, NAME BEDEUTET „FRIEDHOF“ DAS ERKLÄRT ALLES, CA. 1830 AD				
BEGRIFF DER IRONIE	100	180	200	400
KRANKHEIT ZUM TODE	100	180	200	400
ENTWEDER-ODER	80	160	300	400
NIETZSCHE, SCHWESTER WAR EINE ZIEGE, ER HATTE EINE NEIGUNG ZU PFERDEN, CA. 1885 AD				
JENSEITS VON GUT UND BÖSE	120	200	300	480
ZARATHUSTRA	–	180	240	–
BOURBON, ZWEI FINGER, MIT EINEM SPRITZER WASSER, CA 1789 AD				
MAKER'S MARK	–	–	–	10^1000
KNOBCREEK	–	–	–	10^1000

HINWEIS: WENN KEINE WERTE ANGEGEBEN, MATERIAL NICHT EMPFEHLENSWERT

* GRÜNDETE PHILOSOPHISCHE RICHTUNG

MACHU PICCHU.
CHINESISCHE MAUER.
ORDENTLICHER BUNKER.
SCHEIß AUF DAS HANDBUCH.
WIR MACHEN DAS IM VIETNAM-STIL.
DIESE HANDBUCH-WICHSER HABEN DOCH IM LEBEN NOCH KEINEN SANDSACK GESCHWUNGEN.
MACH SCHON!
WIR BRAUCHEN HALBVOLLE SÄCKE, UM DIE LÜCKEN ZU STOPFEN!
SCHEIß DRAUF!
KEUCH.
TURNIPSEED, WAS BAUST DU DA EIGENTLICH?
DAS BESCHISSENE TADSCH MAHAL?
?

OH...
SCHEIßE...
NOCH MAL!
WARUM MUSST DU IMMER BESONDERES SEIN, TURNIPSEED?
„DIE ALTEN, ERSCHÜTTERT VON DER UNBERECHENBARKEIT DER BESTANDTEILE DES MENSCHLICHEN LEBENS, ERHOBEN DEN ZUFALL IN DEN RANG EINER GOTTHEIT... TÄUSCHUNG, GEMÜTSART, HERKUNFT, OBERFLÄCHE, UNVORHERSEHBARKEIT, WIRKLICHKEIT, SUBJEKTIVITÄT – DIESE SIND DIE HERREN DES LEBENS... ICH BIN EIN FRAGMENT UND DIESE SIND FRAGMENTE VON MIR.“
– RALPH WALDO EMERSON
FREAK!

Im Land

Auf dem Rollfeld der Al Jubayl Air Force Base in Saudi-Arabien kam unsere C-5 zum Stehen. Weder auf den Straßen noch in der Stadt, ja nicht einmal entlang des Rollfelds brannten Lichter. Schon als ich von meinem Sitz aufstand, wusste ich, dass alles anders sein würde, als ich erwartet hatte; anders, als ich es mir vor einer Woche auf dem harten Futon vorgestellt hatte; anders, als ich beim ersten Anblick eines Gewehrs in Camp Pendleton gedacht hatte; anders als das, was mir beim Starren auf CNN und den phosphoreszierenden Prophezeiungen in Torrejón durch den Kopf gegangen war; anders als das, was ich gerade noch vor einer Stunde am schwarzen Himmel über den eingestürzten Leuchtturm in Alexandria gedacht hatte.

Alles fühlte sich merkwürdig an. Real.

Wir stiegen hinab in eine Welt aus wirbelndem Sand und Ungewissheiten. Die Flutlichter, die uns den Weg von der Rampe wiesen, ließen uns lange Schatten werfen wie tanzende Giacometti-Soldaten. Boomer rief uns zu: »Okay, Marines, übergebt eure Kotztüten dem Flieger – wir sind jetzt im Krieg.«

»Hey, Boomer, wo sind wir?«

»Habe ich doch gerade gesagt – wir sind im Krieg. Alles andere ist eine Frage von notwendigem Wissen.«

Und was *mussten* wir denn überhaupt unbedingt wissen? Wir waren Marine-Reservisten, und Reservisten, so hatte mir mein Ausbilder gesagt, waren seit dem Zweiten Weltkrieg nicht mehr einberufen worden.

»Saudi-Arabien, Mann – keine scharfen Weiber.«

»Verdammt noch mal, Heinemann, glaubst du, das hier ist Frühjahrsurlaub?«

»Immerhin gibt's Sand, oder?«

Während die anderen Jungs hinter mir gähnten und sich mit ihrem Gepäck und ihren Gewehren und ihrem Zivilistenselbst, getarnt durch beige-schwarz-braune Uniformen, abmühten, schrieb ich KNOW THYSELF – erkenne dich selbst – auf meinen Kriegshelm und machte aus dem O ein Peace-Zeichen.

Wir schlurften durch eine körperliche Stille, umgeben von Männern, die hastig antraten oder Elektrowagen von den Fliegern zu den Bussen und den in der Nähe geparkten Fünftonnern fuhren. In meinem Kopf dröhnte es irgendwie sehr laut. Ich saß noch immer auf meinem Sitz, in der Athener Agora mit Glaukos und Sokrates: *»Mit gestählter Kraft muss man sich an diesen Glauben halten und zum Hades fahren ...«* Platon sprach zu dem Philosophen, der aus dem Licht des Ideals hinabsteigt in die Welt alltäglicher Schatten, aber hier, knöcheltief im treibenden Sand auf dem Rollfeld im finsteren Al Jubayl um null dreißig, fünf Minuten entfernt von meinem ersten Krieg, schien es, als spräche er zu mir.

Unser Gefährt war ein heruntergekommener Stadtbus: zerfetzte Werbung, abblätternde Farbe, ganz und gar mit einem dünnen Film aus Staub und Tabakrauch bedeckt. Man konnte meinen, wir führen unter Wasser. In kürzester Zeit waren die Scheiben beschlagen und ließen schmutzige Schweißtropfen herabrinnen. Der Lärm der sich windenden Männer war fast so laut wie das dumpfe Rumpeln des Motors.

Und dann hörte man noch die Geräusche unseres Trupps, Schnarchen und Geflüster, das sich beim abwechselnden Einnicken und Aufwachen in mein Bewusstsein ein- und ausblendete. Mein halb wacher Verstand trug mich über die Windschutzscheibe hinaus auf die mondbeschienenen Dünen, hinaus auf den Highway, ließ mich allein und friedlich umherwandern, draußen durch die phantastisch aufragenden Raffinerie-Türme, verschlungen und seltsam wie lang brennende Stahlkerzen, deren Tropfen sich beim Herabfließen in die

Wüste angesammelt haben, Gottes Zeichenbrett für Religionen und Geistesgestörte. Die Flammen, die das Gas abfackelten, tanzten und erstarben in stiller Ekstase, um dann irgendwo anders am Horizont von neuem aufzuflackern.

Als ich durch einen harten Ruck aufwachte, war das Seltsame schon vertraut; der Krieg war zur Arbeit geworden. Unser Bus stand vor dem Stopp-Licht einer Überführung, auf der anderen Seite lag die Stadt Jubayl. Nachdem wir die schmutzigen, schwefelverschmutzten Vororte durchquert hatten, kamen wir an den Persischen Golf, in der Nacht kaum mehr als ein leerer Horizont, gezeichnet in eine Linie ungebrochener Schwärze. Wir schlossen uns einer langen Schlange aus LKWs, Autos, Bussen und Panzern an, die darauf warteten, die Tore zu passieren. In weiter Ferne reichten träge Arme festgeklammerte Papiere weiter, und träge Augen prüften sie. In noch weiterer Ferne ragten Kräne zig Meter hoch in die Luft, und Schiffsmasten blinkten den schwebenden Hueys und CH-53-Lasthubschraubern Warnungen zu.

Wir waren auf dem Weg zu unserer ersten Unterkunft in Saudi-Arabien: Camp Shepard, ein Zeltlager auf der Asphalt-Kaianlage von Al Jubayl, dem nördlichsten Tiefseehafen, den die alliierten Streitmächte nutzen durften. Eine Viertelmeile in die Schatten hinein kauerte die Stadt in Schweigen. Ein MP winkte uns durch das Vordertor. Wir fuhren vorbei an der Treibstoffausgabe, wo ein Sattelschlepper hinter dem anderen darauf wartete, aufgetankt zu werden. Wir fuhren vorbei am Marine-Corps-LKW-Parkplatz, wo Hunderte heruntergekommene Fahrzeuge uns erwarteten. Vorbei an den Patriot-Missile-Geschützen, rechteckige Kästen, die unter Tarnnetzen emporragten, ihre verschlossenen Rohre gegen den Himmel gerichtet. Wir fuhren eine vierspurige, mit Palmen bestandene Straße entlang. Kurz hinter dem schwer bewachten Marine-Hospital kamen wir an zwei Maschinengewehr-Bunkern vorbei und bogen ab in das Marine-Corps-Zeltlager.

Halogenscheinwerfer auf über fünfzehn Meter hohen Masten tauchten den gesamten Hafen in bläuliches Weiß: perfekt aufgereihte Sterne im Paradies eines jeden Drill-Ausbilders. Hunderte grüne Zelte standen in uniformen Reihen auf dem Asphaltboden der Kaianlagen, die man den alliierten Streitmächten überlassen hatte: Amerikas Army und Navy, Amerikas und Großbritanniens Marines, Saudi-Arabiens Küstenwache, ein norwegisches Irgendwas und Deutschlands Spezialisten für sauberes Wasser. Die aufgewirbelte, staubige Atmosphäre roch mit ihrem Dunst nach verschimmeltem Leinen, frischer Farbe und salzigem Schweiß genau so wie in Camp Pendleton oder Twenty-Nine Palms. Unser Bus kam neben dem neun Meter hohen Gerüst eines unbedeckten Wartungszelts zum Stehen. Nervös und überwach von der Erwartung und Erschöpfung, zerrten wir unsere Ladung, drei Seesäcke, eine Koje und ein Gewehr pro Mann, auf den Asphalt. Ich mühte mich mit meinen Gepäckstücken und Metaphern ab und spähte in ein dunkles Zelt.

»Verdammt noch mal, Marine, das ist ein *Offiziers*zelt«, brüllte jemand durch die Dunkelheit.

»Dies Zelt ist voll«, grummelte jemand durch die Leinwand des Nachbarzelts.

Es gab nicht genügend Zelte, um all die Busladungen von uns unterzubringen, und wir schlichen durch das Lager wie Unterkunftsdiebe. Jedenfalls waren wir nicht sonderlich erfolgreich auf unserer Diebestour, da die GP-Mediums – die olivgrauen Sechzehn-Mann-Zelte – perfekt in Reihe standen, gehalten von Tauen, die an Betonklötzen überall auf der Kaianlage festgemacht waren. Man bewegte sich auf Fußspitzen voran, bemüht, niemanden in dem Zelt, in dem man nach einem freien Plätzchen Ausschau hielt, aufzuwecken, während von der anderen Seite des Zelts »Scheiße – verdammt – au!« tönte, worauf ein dumpfer Aufschlag samt Klappern folgte: ein

Marine, der über ein Tau gestolpert war, dabei mit dem Schienbein auf einem Klotz aufgeschlagen war, nach hinten über ein anderes Tau fiel und sich dabei die Schulter auf dem Klotz, auf dem er gelandet war, prellte, wobei sein Seesack auf das Leinenzelt aufprallte und, zu guter Letzt, auch noch seine M-16A2-Halbautomatik zu Boden krachte.

Von ferne, über die Dächer von Jubayl hinweg, heulte eine Sirene wie bei einer Tornado-Warnung in Minnesota. Dann heulte noch eine. Die ersten Männer krochen aus den Zeltklappen, und die Zelte leuchteten nacheinander in rascher, zufälliger Abfolge auf wie Feuerwerksexplosionen in Behältern. Männer in Boxershorts, grünen Wollsocken und baumelnden Hundemarken. Sie trugen Gasmasken und rannten spritzend durch stehende Wasserpfützen zum nächsten Bunker. Zu irgendeinem Bunker. Es klang, als seien die Sirenen überall, und das waren sie auch: auf denselben Masten in Jubayl angebracht, von denen zum Morgengebet aufgerufen wurde, montiert auf Elektropfählen über dem Marine-Hospital, in das Patriot-Missile-Lager, auf die Marine-Corps-Wachbaracke, draußen auf den Ladedocks, oben bei den britischen Marines und auf der Station der saudischen Küstenwache: ein ohrenbetäubender Kanon aus verschiedenen Warnsirenen, wie Hunderte Tornados, die gleichzeitig zuschlugen. Zu Tode erschrockene Männer stürzten in die Bunker, einer über den anderen, und drückten die Wände aus Sandsäcken hinaus aufs Pflaster. Die Sirenen heulten, und der Lärm der sich abstrampelnden Männer stieg und fiel mit den Warnungswellen. Ich ließ die Säcke fallen und rannte zum nächsten Bunker, der nur etwa einen Meter hoch war. Er war gepackt voll. Ich sah zu meinen Gepäckstücken, lief zurück, dann weiter zu einem Bunker dahinter, der auch rasch dicht war. Ich rannte darauf zu, und als würde ein Film mittendrin zurückgespult, kamen Männer herausgelaufen, in aller Hast, und ein Mann mit einer gezogenen Pistole stand da.

Völlig irre stand der Mann mitten in dem Tumult und schrie: »Raus da, verdammt! Raus da! Raus da!« Er wedelte mit einer 9-mm-Beretta, senkte sie ab und zu und richtete sie auf Nachzügler. »Raus da, verdammte Scheiße, das ist ein *Offiziers*bunker!« Die Augen der Jungs waren schreckensgroß wie Pingpongbälle. »Ihr demontiert meinen verdammten Bunker! Raus da! Sofort raus da!« Er richtete die Pistole auf die verblüfften Männer, Männer mit einem oder zwei Streifen und gekreuzten Gewehren auf dem Kragen: Privates, Lance Corporals und Corporals. Ein Sergeant schrie zurück: »Sind Sie wahnsinnig geworden, Mann?« Der Kerl mit der Pistole fixierte ihn, während er seine Beretta auf ihn richtete. Er trug die zwei Silberstreifen eines Captain. »Dies hier ist ein *Offiziers*bunker.«

Yusef

Den ganzen nächsten Tag verbrachten wir damit, Bunker zu bauen. Am Morgen bauten wir einige um unser Zeltlager herum, am Nachmittag unten bei Saudi Motors. Alle die, die wir am Morgen bauten, waren sinnlos: über einen Meter hohe Ärgernisse, bestens geeignet, jeden Fußgängerverkehr um unser Zeltlager herum zu verhindern. Die Arbeit vom Nachmittag wurde zu einem kompletten Scheißhaufen, da wir versuchten, einen Betonbunker ohne Beton zu errichten. Einer der Vietnam-Veteranen hatte gerufen: »Wir brauchen kein verdammtes Baubataillon für diesen Scheiß. Auch keine Anleitung.« Vier Stunden später hatten wir wunde Hände, schmerzende Schultern und ein paar Tausend Sandsäcke vor dem Stabszelt zu einem sinnlosen Haufen gestapelt.

Saudi Motors war der Name für den Fuhrpark, wo alle Zivillaster mit Anhängern geparkt waren: zumeist Mercedes, die alten runden Kurzhauber aus den Sechzigern, aber auch Volvos, Isuzus und sogar die komischen Kenilworths oder Macks mit der für das Marine Corps typischen Bulldoggen-Kühlerhaubenfigur. Die meisten dieser LKWs waren von einem Familienunternehmen namens Khameini Company geleast. Auch die Fahrer – von den Philippinen, aus Kambodscha, Äthiopien, Ägypten und Somalia –, um die Corps-ausgebildeten Fahrer zu vervollständigen. Die Filipinos, die nur in Jeans, T-Shirt und Schlappen durchs Lager spazierten, mochten alle am liebsten. Sie schmückten ihre LKWs mit den Hüllen von Bruce-Lee- und Rambo-Videos. Die Khameinis hatten in einem Wohnwagen einen Krämerladen und sogar einen Pick-up für spezielle Wünsche aus den Läden in Jubayl. Einer der Söhne, vielleicht auch Brüder, regte mich zu einem Stapel Dunhill- und Rothman's-Zigaretten an und schaffte es sogar, mich mit einer schönen Virginia-Mischung für meine Pfeife zusammen mit Pfeifenreinigern und Streichhölzern zu versorgen. Er wirkte wie eine Figur aus einem Saul-Bellow-Roman mit allem Drum und Dran: einem Abschluss im Finanzwesen von Northwestern und einem Abonnement der *International Herald Tribune*, in der er las, während er aus einem Styroporbecher Tee schlürfte.

Der lange Tag wurde nur von gelegentlichen Regengüssen, Zigarettenpausen und Gesprächen über die Explosion unterbrochen – die Explosion, die der Rest des Hafens hörte, während wir uns unter dem Kommando eines steinzeitlichen Marine Corps Captain abrackerten. Ich hörte sie nicht über den Irrsinn hinweg, den die Sirenen und das *Tamp-Tamp* der Patriot Missiles veranstalteten, die genau vor unserem Zeltlager abgefeuert wurden, aber die Jungs unten am Hafen sahen einen riesigen Blitz, und einige behaupteten sogar, ihre Brust sei unter dem Schock der Explosion erbebt. Unser Führungsstab behauptete, es sei nichts passiert, aber es wurde gemunkelt, dass die Jungs im Lager vor der Stadt MOPP 4 – allerobersten NBC-Alarm – gegeben hatten. Insgesamt sprangen, krochen, stolperten und ächzten wir durch fünf SCUD-Alarme während unserer ersten Nacht in Saudi-Arabien.

Im Marine Corps ist NBC kein Rundfunk, sondern steht für: »nuklear, biologisch und chemisch«. MOPP ist nicht etwa ein Gerät, mit dem man das Deck aufwischt, sondern: »mission-oriented protective posture« – eine Einsatz-ausgerichtete Schutzstellung. Von daher MOPP-Ausrüstung; all das Zeug, das man trägt, wenn es nuklear zur Sache geht: Gasmasken, mit Holzkohle gefütterte Jacken und Hosen, Gummistiefel und Handschuhe. Am Golf – so lautete der Befehl – hatten wir unsere MOPP-Ausrüstung stets und überall dabeizuhaben, sogar auf dem Klo, zusammen mit den 5,56-mm-Nato-Kugeln und dem M-16er zum Feuern, unserem Kevlar-Helm und der Flak-Jacke, unserem H-Gurt mit Taschenlampe, Feldflasche, Erste-Hilfe-Tasche, den Magazinen mit den Kugeln und dem Bajonett; außerdem das Ka-Bar-Messer, wenn man das verdammte Ding noch irgendwo unterbringen konnte.

Die meisten von uns klebten den H-Gurt an die Flak-Jacke, was das Anziehen leichter machte. Es erlaubte uns auch, mit aufgeschnalltem Patronengurt herumzuspazieren wie John Wayne. Echt, kein Scheiß. Sogar mit fünfundvierzig Pfund Lebensschutz auf dem Buckel fängst du noch an rumzugockeln.

Abends, nach dem Bunkerbauen, ging's ans A-driving, d. h. als Beifahrer – mit gezückter Waffe. Nach dem Essenfassen am Abend, trübselig in offenen Zelten an aufgereihten Picknick-Tischen, an denen schmutzige Marines saßen, manche lachend, alle müde mit glasigem Blick, gingen wir zurück in unser Zelt und warteten. Warteten auf den Morgen, auf jemand im Zelt, der uns nerven würde, oder auf jemand von der Kompanie, der in das schummrige Zelt spähte und – wie in der ersten Woche – rief: »Haddad, Turnipseed, Schuyler und

Schlitz! Ihr bewegt euren Arsch jetzt runter zu Saudi Motors und geht auf Fahrt. Ihr habt fünf Minuten bis zur Abfahrt des A-duty im Fünftonner.«

Im Schatten des Zelts sahen wir vier uns gegenseitig an, die Gesichter vom Licht der Taschenlampe überrascht. Es war erst sechs Uhr, aber im Zelt gab es kein Licht, und es war fast unmöglich, wach zu bleiben. Draußen konnte ich noch Spuren des Sonnenuntergangs am Horizont sehen. Nach einer Zigarette, einem Pissen und einer langen, kalten Fahrt hinten auf dem Fünftonner, wo der Arsch auf hölzernem Truppensitz malträtiert wurde, war ich dann wach.

Nachdem uns der A-duty-Transport an dem schmuddelig weißen Trailer hinter den Toren von Saudi Motors abgesetzt hatte, meldeten wir uns am Fahrtenschreibtisch. In dem grell flimmernden Licht übergab uns ein Corporal Zettel mit Lizenznummern darauf. Sehnsüchtig sah ich auf einen Kaffeetopf, der mitleidig vor sich hin brodelte und das Aroma von Terpentin verströmte. Himmlisch. Ich tastete nach meinen Zigaretten, nach meinem Zippo-Feuerzeug. *Ich könnte irgendwo rechts ranfahren und bei einem Kaffee und einer Zigarette Whitman lesen.*

»He, Turnipseed, kannst du vielleicht mal aufhören zu träumen? Wir müssen raus auf die Straße.«

Zu jeder erdenklichen Zeit standen ungefähr vier oder fünf Dutzend LKWs auf dem Parkplatz aufgereiht. Tagsüber musste man die Reihen auf und ab gehen und nach seinem LKW Ausschau halten, in der Hoffnung, es möge einer der Volvos oder Isuzus sein. Meistens fuhr man dann einen Mercedes, einen alten grünen Sattelschlepper, der aussah wie ein zerbeulter Panzer und sich auch so fuhr. Nachts hatte man keine großen Schwierigkeiten, einen zu finden, weil der Fahrer dann da war und mit dem Motor im Leerlauf und brennenden Scheinwerfern wartete.

Als ich meinen Laster fand, saß der Fahrer geduldig hinterm Steuer. Er hatte eine lange äthiopische Nase, glänzende schwarze

Augen, und seine geraden, nikotingelben Zähne wurden von einem Bärtchen gerahmt. Er trug dasselbe wie die meisten Fahrer, abgesehen von den Filipinos und Kambodschanern: Sandalen, ein langes weißes Leinenhemd über Jeans und ein kariertes Kopftuch, das von Kordeln gehalten wurde. Neben ihm auf dem Sitz lag seine Gasmaske – eine spitze, enge Röhre mit einem aufgeschraubten Holzkohlefilter, der aussah wie die, die übervorsichtige Eigenheim-Anbeter beim Streichen des Gästezimmers benutzen.

Unser Convoy Commander, ein Sergeant aus Green Bay, kam mit einer Taschenlampe in der einen Hand und einem Becher Kaffee in der anderen heran. In seinem Mundwinkel wippte eine Zigarette auf und ab, als er rief: »Hey, Turn-Speed, es wird'n Weilchen dauern, also mach's dir ruhig bequem.« Wie ein langsam verhallendes Echo hörte man ihn die ganze Reihe entlang zu allen anderen Fahrern dasselbe sagen.

Ich beschloss, bei meinem Fahrer das Eis zu brechen, indem ich ihm eine Zigarette anbot, wie im Film. Wir rauchten schweigend und sahen geradeaus durch die Windschutzscheibe wie nervöse Liebhaber. Was sollte ich sagen? *Na, sieht ganz danach aus, als würden wir beide zusammen in den Krieg ziehen, du und ich. Brüderlich Arm in Arm. Was meinst du?* Das wäre nicht korrekt.

»Sprichste Englisch?«

»Bisschen«, antwortete er lakonisch.

»Wie heißt du, wenn ich fragen darf?«

Er zuckte die Schultern und erwiderte: »Yusef.«

»Wie lange fährst du schon Laster?«

»He?«

Mit kindlichen Steuergesten fragte ich noch einmal. »Laster?« Ich nickte blöd: »Du fahren Laster?«

»O nein. Nicht viel. Ich nie arbeiten vor Krieg. Aber ich arm, und jetzt fahren fünf Monate, Geld verdienen. Für Krieg.«

»Für die Regierung?«

Er lachte und hob die Zigarette zur Seite: »Nein, Geld verdienen für mich. Für Familie.«

»Ja? Wo wohnst du?«

Er zeigte mit dem Finger aus dem Fenster: »Sechzig, vielleicht siebzig Kilometer.«

»Und wie viele Menschen wohnen da?«

»Ahhh …«, rief er entzückt, »tausend Zuhause.«

»Interessant«, sagte ich, »wirklich interessant.« Es war mehr als interessant, und ich ließ eine Weile in mir nachklingen, dass er »Zuhause« gesagt hatte, nicht »Häuser« oder das Volkszählungs-»Leute«. Mir fiel meine eigene Verlagerung ein, und ich versuchte sie zu vergessen. Ich fragte: »Wie viele Kinder hast du? Hast du Kinder?«

»Ja, ja, ja«, antwortete er, »ich habe sieben Kinder. Ein Sohn ist auf Universität. Zwei Söhne sind im Krieg …« Besorgt sah er auf das Gewehr zwischen meinen Knien, das am H-Gurt festgeschnallte Ka-Bar-Messer.

Da wurden wir von einem seiner Kumpel unterbrochen, der mit Tee herankam. Sie luden mich ein, und kurz darauf saßen wir drei im Schneidersitz auf einem neben unserem Laster ausgerollten Teppich. Ein Bunsenbrenner kochte unheimlich guten Tee: ein Gebräu aus einer Art Fenchel oder Anis und Honig und schwarzem Tee.

Während Yusef und sein Kumpel miteinander redeten, rauchte ich schweigend und machte mir allerlei Vorstellungen über Zuhause und Familien.

Er hatte also vier Töchter. Er nickte noch zustimmend über etwas, was ihm unser Gast erzählt hatte, als ich mich ins Gespräch einmischte: »Ich gehe in Amerika auf die Universität und studiere Philosophie.«

Nach einem langen, nachdenklichen Blick lächelten sie.

»Ja, also, äh – kennt ihr euch mit dem Himmel aus?«, fragte ich und deutete durch die Windschutzscheibe auf den ersten Stern, der über uns erschienen war. »Ich stelle mir Fragen über sie. Oder«, sagte ich, während ich zwischen uns hin und her zeigte, »über die Menschen – wie sie miteinander reden sollten; wie sie leben sollten.«

Yusef nickte. »Du sprichst mit mir – und Himmel. Gut.« Er verzog das Gesicht zu einem breiten Grinsen, als er das sagte, immer noch zustimmend nickend. Er hielt mir eine Zigarette hin.

»Danke, ich habe selbst welche«, sagte ich, zog eine heraus und zündete sie an. Sein Kumpel nahm eine entgegen und sah mich an, als hätte ich auf seinen Teppich geschissen.

Wir verfielen in Schweigen, das nach Ronsonol und Rauch roch.

»Du willst Himmel?«, fragte Yusef und sah hoch zu dem schmierigen Sattelschlepper neben uns und dann weiter die Halogenlichter hinauf, die die Sterne verdunkelten. »Ich auch.«

Nachdem sie uns am Hafen mit 155-mm-Kugeln beladen hatten, waren wir auf der Straße nach Mishab, das ungefähr 125 Meilen nördlich lag. Wir begannen unsere Fahrten immer in Jubayl, wo wir entweder am Hafen oder am Flughafen, ein paar Meilen außerhalb der Stadt, Lieferungen aufnahmen. Mit einem Blick auf die Straßenkarte von Saudi-Arabien konnte man zweispurige Highways sehen, die von Jubayl zu den Raffinerien und den Gas-Öl-Trennungsanlagen und zum Flughafen führten, außerdem nordwärts bis zu einem vier- bis sechsspurig unterteilten Highway nach Kuwait: dem Abu Hadriyah Highway. Die Fahrer aus Jubayl fuhren den Abu Hadriyah hoch nach Mishab, wo wir unsere beladenen Sattelschlepper stehen ließen und leere zurückführten. Die Jungs fuhren dann bei Mishab ihre Sattelschlepper direkt nach Westen auf einer vierspurigen Notbehelfsstraße, die Bulldozer der Wüste abgerungen hatten, noch einmal einhundertfünfzig Meilen auf Kies und Staub mitten in die Wüste, vorbei an Kibrit nach Al Khanjar – The Sword. Al Khanjar war das größte Munitionslager in der Geschichte des Marine Corps: achtunddreißig Kilometer Schutzwall, hinter dem 151 separate Lagerzellen auf über drei Quadratkilometern mit zweiundzwanzig Millionen Litern Benzin, einem Marine-Hospital mit vierzehn OPs und zwei 174 Meter langen Rollbahnen aus Sand lagen. Alles dort, auch alle kleineren Munitionslager, war in tiefe, verbunkerte Gänge eingewoben und sah aus wie ein aus der Wüste herausgeschnittenes Labyrinth. In Al Khanjar lag auf Paletten gestapelt Munition für zwei Marine-Divisionen. Gerüchten zufolge sollte in Khanjar mehr Munition gelagert sein, als im ganzen Zweiten Weltkrieg verfeuert wurde.

Wir waren der »Bagdad-Express«, weil wir uns den Abu Hadriyah Highway von Jubayl hoch nach Mishab bewegten und Kibrit oder andere, auf der Strecke verstreut liegende Munitionslager abklapperten; manchmal lagen sie meilenweit abseits der Autobahn, nur über Notbehelfsstraßen zu erreichen. Die Wüste war voller kleiner Büsche, genau wie die höher gelegene Mojavewüste in der Nähe von Twenty-Nine Palms, aber der Abu Hadriyah war schöner als alles, was zwischen den Palms und Barstow lag. Abgesehen von einem gelegentlichen Kamel oder den arabischen Verkehrsschildern, hätten wir ebenso gut auf einer Wehrübung in Kalifornien Material hin und her schleppen können.

Während Yusef ohne zu blinzeln auf die Meilen starrte, die unter dem schummrigen Licht unserer Scheinwerfer vorüberrollten, fing ich an, mich irgendwie für die Aussicht auf Krieg zu begeistern. Langsam gefiel mir Yusef, der nicht wie ein Soldat bewaffnet war, nicht mehr. Er hatte keine hundertzwanzig 5,56-mm-NATO-Kugeln, je zwanzig in sechs Magazinen, mit noch einmal sechzig in Pappschachteln in seinem ALICE-Gepäck. Er hatte nicht einmal Gepäck oder eine MOPP-Ausrüstung oder ein Gewehr oder Verschanzungsgeräte. Keine MREs-Fertigessen: Sein Essen bestand aus einem Huhn, verpackt in einer Plastiktüte, das in einer Frachtkiste lag, die man an eine Seite des Lasters angeschweißt hatte. Er trug keinen Helm und keine Flak-Jacke. Okay, er konnte unglaublich tollen Tee kochen und witzig sein – »Du willst Himmel?« –, aber Tee und Komik können nicht töten. Ich hatte Lust, ihm ein paar zu kleben, zündete mir aber stattdessen eine Zigarette an. Nach ein paar beruhigenden Zügen schämte ich mich. Ich hatte immer noch Lust, ihm ein paar zu schallern, wollte ihm sagen, dass er nicht hierher gehörte, dass er nach Hause zu seiner Familie gehen und den Krieg denen überlassen solle, die für den Kampf ausgebildet waren.

Das ALICE-Gepäck lag zwischen meinen Beinen, als wir schließlich in Mishab hielten, etwa fünfundzwanzig Meilen von der irakischen Front entfernt. Wir waren fünf Stunden lang gefahren. Je nach Fracht – und wir waren immer über dem Limit – konnte man die Fahrt von Jubayl nach Mishab in vier bis sechs Stunden hinter sich bringen, nicht die Zeit gerechnet, die man brauchte, um die Ladung unten am Hafen aufzunehmen. Mishab war totenstill, anders als Jubayl, wo sich nach den ersten beiden Nächten der Luftkampagne eine Art Normalität eingestellt hatte. In Jubayl tönte der Ruf zum Gebet aus den Lautsprechern, die in der ganzen Stadt verstreut waren, noch fünfmal am Tag. Aus denselben Lautsprechern kam auch der SCUD-Alarm für die Zivilisten in der Stadt. In Camp Shepard hörte man die Sirenen aus Jubayl zuerst, was ziemlich irritierte, weil man immer erst ein paar Sekunden abwarten musste, ob es der Imam war, der dir befahl, dein Haupt gen Mekka zu beugen, oder die Civil Defense, die dir befahl, deinen Arsch in den nächsten Bunker zu bewegen. Man musste auch abwarten, ob eine SCUD oder eine MIG vom Kurs abkam oder ob jemand im Bürgermeisteramt nur einen schlechten Tag hatte: Die Zivilisten hatten keinen präzisen Radar und auch keinen ausgeprägten Sinn für Realität, und so sorgte falscher Alarm gewissermaßen für Unterhaltung. Um noch mehr Verwirrung zu stiften, unterhielt die U. S. Army auch noch separat eine radargesteuerte Alarmanlage aus dem Marine Corps. Die Briten hatten ihre eigenen Alarmsirenen, ebenso die deutschen Einheiten zur Wasserklärung, die norwegischen Ärzte und die saudi-arabische Küstenwache. An Schlaf war nicht zu denken, und mit einem Konvoi rauszufahren war eine tolle Möglichkeit, sich die Nacht um die Ohren zu hauen.

Ich konnte jetzt das entfernte Grollen der Erde unter den Granateneinschlägen hören. Ich war in einem *echten Krieg* – beziehungsweise, wenn es den nicht gab: ich war näher am bewaffneten Feind dran. Auf der Fahrt hatte ich versucht, diese unbehagliche Tatsache mit meiner Philosophie zu verdecken; wenn ich auch tief im Innern spürte, dass es ein dummer, ein vermeidbarer Krieg war, wollte ich unbedingt das Schlimmste vom Krieg sehen. Als angehender Philosoph kannte ich Pascals Satz: »Das Herz hat Gründe, die die Vernunft nicht kennt«, als Klugscheißer kannte ich aber auch Freuds »Der Schwanz hat Gründe, die die Vernunft nicht kennt«, doch ein Teil von mir wollte einfach die Tatsache nicht hinnehmen, dass auch die Faust ihre Gründe hat.

Ein anderer Teil von mir nahm sie dann *doch* hin, und da ich mich jetzt auf Piss-Entfernung von 500 000 Irakern befand, ergriff ich mein Päckchen Zigaretten und stieg leichten Fußes aus dem klapperigen Mercedes-Sattelschlepper. Arglos schlenderte ich zum Fahrtenzelt, um ein paar Papiere für Yusef zu unterschreiben, der hinterm Steuer saß und eine Zigarette rauchte. Beim Überqueren des Platzes sah ich, dass der Horizont in der Ferne als Licht und Schatten flimmerte wie ein Feuerwerk.

»Die Iraker verschwenden ihre Granaten auf eine verlassene Raffinerie«, sagte der Corporal, der mich im Zelt begrüßte. »FROG-Missiles oder so, schätze ich. Über den Scheiß machen wir uns aber erst Gedanken, wenn unser SCUD-Alarm losgeht. Oder die FOX Chemical Detection Units.«

Ich fragte: »Was machen Sie dann …«

Ich wurde von eben diesem Fall unterbrochen. Die Explosion war *hinter* uns, wenn es denn eine war – und nicht ein Flieger, der die Schallmauer durchbrochen hatte, oder ein in der Nähe abgefeuertes Artilleriegeschütz –, und sie geschah genau in dem Moment, in dem die Sirenen losheulten. »MOPP 4, MOPP 4!«, brüllte der Corporal und griff nach seiner Gasmaske.

Nachdem auch ich mir die Gasmaske aufgesetzt hatte, blickte ich auf und sah, wie Yusef die Straße hinunter Staub aufwirbelte. Die roten und gelben Lichter seines Lasters erzeugten Sterne in den zerkratzten Gläsern meiner Gasmaske, und meine Stimme hallte mit gummihaftem Echo zurück, während ich aus dem Zelt stürmte und ihm schreiend die Straße hinunter nachlief: »Hey! Das ist *meine* verdammte Munition, du Arsch! Du verdammter Hinterfotz, bring sofort meinen verdammten Laster zurück!«

Nach ungefähr hundert Metern wütenden Protests blieb ich stehen. Jeder Atemzug entwich zur Hälfte seitlich aus meiner Gasmaske, und das Herz klopfte in meiner Brust wie ein Dreizylinder.

Aus der entgegengesetzten Richtung von Großdieb Yusef kam ein böse dreinblickender befehlshabender Offizier in einem »Brummer«.

»Verdammt noch mal! Wer hat Ihnen MOPP 4 befohlen!?«

Blöd und allein stand ich am kahlen Ende des Parkplatzes, der Erste, der ihm unter die Augen kam. Ich sah ihn durch meine heftig beschlagenen Gläser an.

»Nehmen Sie Ihre Maske ab, Marine, hier gibt's kein verdammtes Gas.«

Ich brauchte ein Weilchen, das zu erwägen. Woher sollte man denn wissen, ob der Typ nicht irgendein Verrückter war – immerhin war er bei den Marines, oder? Woher soll man wissen, ob man einem Kerl trauen kann, der im Angesicht der Gefahr erst mal stolz darauf ist, Eier aus Stahl zu haben und kugelsicher zu sein? Er hielt sich nicht weiter mit mir auf: Mein erster tiefer Atemzug, nachdem ich die Gasmaske abgenommen hatte, wurde vernebelt von den Dieselabgasen seines Brummers, als er an mir vorbei Gas gab.

Nervenpillen

Bei DESERT STORM, wie bei allen Kriegen, waren manche Dinge real, greifbar: Bomben, Tod, kalte Duschen und stinkende Socken; andere Dinge sind eher schattenhaft, verdächtig: angebliche Patriot-Missile-Einschläge in großer Anzahl, »Militärjustiz«, die Herkunft einer Palette neuer Uniformen neben der Koje von Corporal Rat. Das, was in jedem Krieg geradezu verschwenderisch produziert wird und zugleich am ungreifbarsten ist, ist das Gerücht. Die Gerüchteküche spuckt am laufenden Band Produkte aus, deren Anpassungsfähigkeit jeden Genpool in den Schatten stellt. Das heutige Gerücht, mehrfach seit dem Zwischenfall der vergangenen Nacht in Mishab mutiert, war, dass Haddad und ich auf unsere Fahrer *geschossen* hätten, als diese über die Autobahn davongebraust waren. Vielleicht begann alles mit *geschrien.* Als der Alarm losbrach und die Kacke zu dampfen anfing und Haddads Fahrer genau hinter meinem wegfuhr, kam Haddad nicht einmal dazu zu schreien – er saß im Dunkeln und schiss in die Schüssel.

Jetzt, zurück in Jubayl, stand ich wieder in Reihe, wippte auf den Hacken vor und zurück. Die salzige Luft vom Golf blies verstohlenes Knistern in unsere Zigaretten, und wir ächzten in der Hitze. Erst Januar und schon so warm. Ich sah rüber zu Haddad, und wir wechselten Blicke der gegenseitigen Beschuldigung: *Hätte ich den Burschen etwa erschießen sollen?*

»Ich meine, zehn Tonnen 155-mm-Kugeln sind ersetzbar, stimmt's?«, flüsterte Haddad.

»Ich denke schon, aber wir doch auch«, entgegnete ich.

Wir waren Reservisten. Wir verfügten über einen anständigen Wortschatz. Doch als wir in der Dämmerung zurück ins Lager gekommen waren, auf dem Schoß von Schuyler und Schlitz, ohne unsere Laster und unsere Fahrer, fehlten uns die Worte. »Sie sind durchgebrannt, Mann«, war das Eloquenteste, was wir aufbieten konnten. Wir waren also Schisser, richtige Idioten – *Reservisten.* Und das war die Hälfte der übrigen Jungs am Golf: Buchhalter, Programmierer, Mechaniker, Laboranten, Ingenieure, Elektriker, Klempner, einer war Makler; ich – *Philosoph.* Wir waren keine kaltblütigen Killer.

»Also, alle mal aufgepasst«, rief Staff Sergeant Landers. Landers war Rechtsanwalt, spezialisiert auf Trunkenheit am Steuer, wenn er nicht gerade Marine in Saudi-Arabien spielte. »Also gut jetzt, die Zugführer werden gleich ein paar Pillen austeilen. Danach sage ich euch, was ihr damit tun sollt.«

»In Dosen scheißen«, rief jemand. Alle grölten.

»Ihr werdet sie *nicht* in Dosen scheißen, okay?«, sagte Landers. »Ich geb euch Anweisungen, wenn sie ausgeteilt sind. Zwischenzeitlich habe ich ein paar Worte zu sagen. Offenbar sind letzte Nacht zwei von euch mit diesen Ausländern, für die wir hier die Beifahrer abgeben, in Schwierigkeiten geraten.«

»TURNIPSEED, HADDAD, TURNIPSEED, HA HA HA.« Unsere Namen ertönten aus den angetretenen Reihen wie frei verfügbare Witze. Haddad warf mir erneut einen Blick zu, frustriert und hilflos. *Was sollst du machen, wenn du im Krieg bist und dein verdammter Fahrer dich an der Scheißfront im Stich lässt und abhaut? Die letzte Woche Fahrt war verdammt hart.*

»Okay, okay, ihr könnt später lachen, so viel ihr wollt«, sagte Landers und hob die Stimme, die hoch und schrill und skandinavisch klang, »aber das hier kann jedem von euch passieren. Okay«, fuhr er fort, »ihr sollt natürlich keinen von diesen Burschen umbringen, damit sie nicht weglaufen. Das Letzte, was wir hier brauchen, ist irgend so was wie ein *Zwischenfall.* Haben das alle kapiert?«

Niemand hatte kapiert, aber alle nickten und grummelten zustimmend.

»Also gut. Haben alle ihre Pillen bekommen?«, fragte Landers.

Bergman hob die Hand: »Ja, wir haben sie gekriegt. Wollen Sie sie jetzt wieder zurückhaben?«

»Nein. Hört zu. Ihr habt zwei Schachteln mit Pillen bekommen. Die kleinen weißen sollt ihr einmal am Tag nehmen. Von den kleinen ovalen gelben sollt ihr zwei nehmen. Verstanden? Von den weißen – eine, von den gelben – zwei. Irgendwelche Fragen?«

Eine hundertjährige Soldatenlegende, immer wieder abgespult in Büchern und Filmen – *The Enormous Room, Im Westen nichts Neues, Good Bye to All That, Catch 22, M*A*S*H, Apocalypse Now, The Things They Carried, Full Metal Jacket, Dispatches* – erzählt die Reaktion darauf:

»Pie-roh-dos-dah – Scheiße, wenn ich's nicht aussprechen kann, werd ich's auch nicht essen. Kommt nicht in Frage.«

Die zweite: »Klein, gelb, anders – aber so sicher wie Scheiße kein Nuprin. Turnipseed, bringst du die Regierung für uns vor den Kadi, wenn Landers den Schwanz einkneift?«

Die dritte: »Hey, hier heißt es: ›Nicht einnehmen, bevor der Sanitäter oder Sanitätsoffizier nicht Nervengas bescheinigt hat.‹ Was *soll* das? Werden wir hier etwa vergast?«

Die vierte: »Ach ja? Was, zum Teufel, is'n das? Doch nicht etwa Agent Orange?«

Wie amerikanische und britische Soldaten später aussagten, rochen sie am 19. und 20. Januar außerhalb von Jubayl, in der Nacht, in der der verrückte Captain im Bunker uns gegenüber total ausrastete, »so was wie Ammoniak«. Sie gaben an, sie hätten nach den Explosionen »Brennen«, Schwindelgefühl und Übelkeit gehabt. Einigen sei von ihren Befehlshabern erklärt worden, der Lärm sei ein Überschallknall gewesen und ihre Übelkeit sei von den Flugzeugabgasen ausgelöst worden. Merkwürdig nur, dass die Pillen so unmittelbar nach dem Überfliegen ausgeteilt wurden.

Jahre nach dem Krieg las ich, dass am 23. Januar M8-Chemie-

Alarm in Khafji, nördlich von Mishab, ausgelöst worden war. Ein dort stationierter Marine Corps Staff Sergeant gab an, seine Einheit sei angewiesen worden, nicht zu MOPP 4 überzugehen. Das hätten sie auch nicht getan, und am nächsten Tag seien ein paar seiner Männer krank gewesen.

Aus dem Bericht ging auch hervor, dass am selben Tag in einer nicht genannten Divisionsversorgungsstelle, ungefähr zwanzig Meilen von Khafji entfernt, chemischer Alarm ausgelöst worden war. Lag die »nicht genannte« Stelle vielleicht in der Nähe von Al Mishab? Ich sah auf den Stapel Notizen, aus dem ich meinen Krieg heraus rekonstruierte: Tagebucheintragungen auf losen Papierfetzen, die Ausbeute ungenauer Erinnerungen. Ich glaubte, ich sei am 24. Januar mit Yusef in Al Mishab gewesen. Konnte es der 23. gewesen sein? War ich Nervengas ausgesetzt gewesen? Vielleicht war ich von dem Bereitschaftsoffizier in dem Brummer, der mir befohlen hatte, nicht MOPP 4 anzuwenden, irregeleitet worden.

Jeder gute, nicht Dienst habende Offizier wird dir sagen, dass Ungewissheit die größte Quelle der Angst in seiner Truppe ist, dass er – wie Platons Wächter – manchmal lügen *muss,* um die Ungewissheit im Keime zu ersticken. Vielleicht erklärt das ein bisschen, warum der Golfkrieg der erste Krieg war, dessen Teilnehmer *nach* dem Gefecht größere Angst hatten als davor: Während wir ganz allein für uns die *New York Times* lesen und im Internet surfen, haben wir keinen Sergeant mehr, der uns weismachen will, dass unsere seit sechs Jahren wiederkehrende Übelkeit durch Abgase von tief fliegenden Düsenjägern ausgelöst worden sei.

Heute weiß ich, dass eine der Pillen, die wir einnehmen sollten, Pyridostigmin-Bromid war. Den Ärzten bekannt als Mestinon und nur für eine einzige Anwendung zugelassen: als Medikament für Myasthenia gravis, eine neurologische Störung, die alle chemischen Signale blockiert, die die Muskeln zur Funktion benötigen. Die Nebenwirkungen lesen sich wie eine Liste der Golfkriegssyndrom-

Symptome: Benommenheit, Reizbarkeit, Zuckungen, Ausschläge, Muskelschwäche, Erinnerungsverlust, Inkontinenz, Brechreiz. Angesichts der Bedrohung durch Saddam Husseins chemische Waffen bewilligte die amerikanische Gesundheitsbehörde dem Verteidigungsministerium den uneingeschränkten Gebrauch des Schwermetalls Blei als Prophylaxe gegen Nervengasangriffe. Das Ministerium sagte zu, die Soldaten, die diese Pillen nahmen, in mündlicher und schriftlicher Form über die Risiken aufzuklären. Es versagte, als es beim Wort genommen wurde.

Dem Verteidigungsministerium lagen nur wenige Angaben über die Nebenwirkungen der Pillen vor, obwohl bereits wenige Untersuchungen eine hohe Rate von Nebeneffekten ergeben hatten. Bei einer Senatsanhörung im Jahr 1994 zum Problem des Golfkriegssyndroms wurde festgestellt, dass das Verteidigungsministerium das Pyridostigmin-Bromid, unter völliger Missachtung der Genehmigungsvorschriften und trotz unzureichender Forschung, eingesetzt hatte und damit sowohl gegen die Nürnberger Gesetze als auch gegen die Akte von Helsinki und gegen amerikanische Gesetze über den Einsatz experimenteller Drogen verstoßen hatte. Das geschah nicht im luftleeren Raum. Stattdessen lässt Art und Häufigkeit des Rechtsbruchs in der Vergangenheit den düsteren, paranoiden Humor eines *Dr. Strangelove* wie einen dokumentarischen Beleg erscheinen und keinesfalls wie eine Parodie. In den vierziger Jahren des 20. Jahrhunderts waren mehr als 60 000 Soldaten heimlich Senfgas und dem Giftgas Lewisit ausgesetzt worden. In den fünfziger und sechziger Jahren wurden die Dugway Proving Grounds samt Umgebung wiederholt für die Erforschung biologischer und chemischer Waffen benutzt. Während des Kalten Krieges wurden die »Atomveteranen« radioaktiver Strahlung ausgesetzt – an heute so berüchtigten Orten wie dem Bikini-Atoll. Während des Green-Run-Tests im Dezember 1949 wurde die Zivilbevölkerung von Hanford, Washington, radioaktivem Niederschlag ausgesetzt. In der Geheimoperation

MKULTRA, die zwischen 1953 und 1964 lief, verabreichten CIA und amerikanische Armeeführung den Soldaten riesige Dosen LSD.

Krieg wäre nicht Krieg, wäre nicht irgendetwas »FUBAR« – Fucked Up Beyond All Recognition. Das gilt für alle Kriege, sogar für einen scheinbar guten, mit den besten Absichten geführten wie den Golfkrieg. Oder die Beteiligung am Zweiten Weltkrieg. Ich weiß das, weil ich in den Jahren nach dem Golfkrieg unzählige Stunden mit der Lektüre von Senatsberichten zugebracht habe. Ich bin zu der Erkenntnis gekommen, dass unsere Verehrung schneidiger Helden nicht nur eine falsche Benennung, sondern grundsätzlich falsch ist. Nicht einmal der »gute Krieg« war gut für diejenigen, die ihn *kämpften*. Ungefähr eine Million Veteranen des Zweiten Weltkriegs erlitten schwere psychische Schäden, genauso viele, wie verwundet und getötet wurden. Das bedeutet einer von fünfzig aus der Nachkriegsbelegschaft – einer in jedem Büro. Kein verdammtes Wunder, dass sie graue Anzüge trugen. Kein Wunder, dass der Vater meiner Mutter ein stummer, zorniger Säufer war. Es heißt, in den Vereinigten Staaten gebe es mehr obdachlose Vietnam-Veteranen als Namen auf der schwarzen Gedenkwand in Washington, D. C., und genauso viele Soldaten, wie in Südostasien gefallen sind, haben sich später in den Vereinigten Staaten das Leben genommen. Das würde mich nicht überraschen. Wenn sich das Golfkriegssyndrom als etwas weniger Düsteres herausstellt als eine Verschwörung, aber tödlicher als ein Gerücht, dann wäre das ein SNAFU – »Situation Normal, All Fucked Up« (Lage normal, alles im Arsch). Natürlich will niemand so etwas hören, und das macht es so schwierig, eine Soldatengeschichte zu erzählen, sogar eine, die mit witzigen Abkürzungen aufgepeppt ist.

Danach, in Reih und Glied angetreten, gab Bergman die brillanteste Antwort: »Wenn ihr es uns in den Arsch stecken wollt, warum habt ihr es dann nicht als Zäpfchen gemacht?«

Zu behaupten, Landers habe verdattert dreingeschaut, wäre seinem Gesichtsausdruck aus Anklage und Verzweiflung nicht gerecht geworden. Nach einem langen, angespannten Schweigen seufzte er wie ein Verteidiger, der einen dummen Mandanten indoktrinieren oder schikanieren will.

»Nehmt sie ein. Nehmt die verdammten Pillen einfach ein, Marines. Und wenn ihr sie eingenommen habt, geht ihr zum Sanitäter und tragt euch für eine Anthrax-Impfung ein. Die meisten von euch sollen sie heute Nachmittag bekommen. Abgesehen davon, wenn ihr eure Pillen *nicht* nehmt und euch *nicht* impfen lasst, werden eure Frauen, Angehörigen und Nutznießer möglicherweise für eure SGLI nicht in Frage kommen, was jetzt, wo wir im Krieg sind, hundert Riesen bedeutet. Nehmt die Pillen einfach ein, Marines. Nehmt die Pillen ein und lasst euch impfen. Über das Warum und Wofür wird man euch schon rechtzeitig informieren.«

Keine SGLI – Serviceman's Group Life Insurance –, keine Lebensversicherung? Von wegen. Doch alle schwiegen. Das Knistern der Plastikhüllen, in denen die Pillen verteilt wurden, klang wie eine leise schmerzliche Begleitmusik. Ich wandte mich Blegen zu, der neben mir stand und seine Plastikfolie mit den Pillen ans Gesicht hielt, um den kleinen Aufdruck lesen zu können. »Soll das heißen, dass tatsächlich alle hier diese Dinger einnehmen, Blegen?«

»Scheiße, kein einziges Ding werde ich von dem Zeug schlucken.« Er schwieg und zog eine Grimasse. »Die Anthrax-Impfung hole ich mir schon. Mein Onkel ist Farmer und er kriegt sie auch.« Nach einer Pause: »Ich glaube jedenfalls, er kriegt sie.«

Zigarette

Am nächsten Tag ging ich erneut als Beifahrer mit auf Fahrt im Konvoi. Die Anthrax-Impfung hatte ich nicht bekommen; die kleinen Pillen hatte ich nicht eingenommen. Ich hatte mir allerdings vorgenommen, sie einzunehmen, und hatte sie immerhin in meinem ALICE-Gepäck verstaut. Auf dem Heck des Fünftonners, der zum Motor-Pool schlingerte, wurde ich hin und her gerüttelt, während ich überlegte, wie weit ich wohl von den Irakern mit ihrem Nervengas und ihren SCUD-Raketen und FROG-Missiles entfernt sein mochte ... wie nah beziehungsweise wie weit davon entfernt, zu bedauern, dass ich die kleinen Pillen und die Anthrax-Impfung verweigert hatte.

Nachdem man uns eingeteilt hatte, saßen wir in unseren Lastern und warteten. Ich wandte den Blick vom dämmerig beleuchteten Staub der Windschutzscheibe ab und schielte runter auf meine Uhr. Stehen geblieben. Beide Zeiger standen auf der 11, also 10.55 Uhr, Zeit zum Bunkerbauen. Gestern. Selbst meine Uhr machte sich über mich lustig: Ich verbrachte die Tage damit, Bunker zu bauen, und die Nächte, für Idioten und Trottel Flinten hin und her zu fahren.

Neben mir auf der angeknacksten Sitzbank eines anderen alten Mercedes saß mein Fahrer. Mit dem Kopf und einem Arm hing er aus dem Fenster und verhandelte mit flinken Wörtern und noch flinkeren Fingern – nervös zitternde Gesten, wovon? Verlangen. Der Mann vor ihm, ein Freund oder lauernder Zuschauer mit wallendem Gewand und Kopftuch, zuckte mit der Schulter und hielt ihm auf offener Hand eine zerdrückte, leere Marlboro-Schachtel hin.

Da meine Uhr kaputt war, bemaß ich jetzt sogar die Zeit in Zigaretten. Eineinhalb Zigaretten nach meinem Schmachter sah mich der Fahrer unter schweren Lidern an. »Hey«, sagte ich und hielt ihm ein offenes Päckchen Camels hin, »willst du eine Zigarette?«

Er grinste. Es war kein ermunterndes Grinsen.

»Möchtest du eine *Zigarette*?« Keine Antwort. »Du sprichst kein Englisch?«

Ich zog zwei Zigaretten aus der Schachtel, schob mir eine zwischen die Lippen und bot ihm die andere an. Die Flamme meines Feuerzeugs flackerte im Wind. Sein Haar war lang und drahtig, seine Zähne leicht gelb. Um die unteren Mundwinkel herum und unter dem Kinn wuchsen ein paar kurze Barthaare.

»Willst du eine Zigarette oder was?«, fragte ich und schob ihm die Zigarette hin. Lässig nahm er sie und deutete dann auf ein offenes Päckchen Kaugummi im Aschenbecher. Das Einwickelpapier war ausgeblichenes Zahnpasta-Rosa und völlig verstaubt.

»Gott«, stöhnte ich, »nein danke.«

Er lächelte wieder und fuchtelte mit dem Kaugummi vor mir herum.

»Nein, wirklich, vielen Dank.«

Ich überlegte, ob er wohl mehr über das, was mit Yusef oder Haddads Fahrer geschehen war, erfahren hatte als ich. Wir hatten gehört, dass die Ausländer, die Scheiß bauten und sich davonmachten oder irgendwie anders für logistische Probleme der First Marine Expeditionary Force sorgten, von den Schlägern der Khameini-Kompanie in die Mangel genommen wurden. Wir hatten auch gehört, sie würden alle durch Reservisten aus den Staaten ersetzt.

Die ganze Geschichte konnte einen wahnsinnig machen. Für Leute wie Yusef und diesen neuen Burschen musste es noch schlimmer sein. Er gab es auf, mir Kaugummi und Wohlwollen anzubieten, lehnte sich an seine Tür und grinste vorsichtig.

»Also du kein Englisch sprechen?«, fragte ich ihn. »Hast du einen Namen? Wie nennt dich deine Mutter?« Ich klang wie ein Nervtöter, sogar in meinen eigenen Ohren.

Er lächelte nur und hielt seine Zigarette, an deren Ende bereits ein langes Stück Asche zitterte. Es zerfiel zu Staub, als er sie hob.

»Zigarette? So heißt du auch? Warum nicht. Also, Zigarette, was meinst du, wie unsere Straßenshow abläuft?«

Ich sah hinauf in den stahl- und schießeisenfarbenen Himmel, lehnte mich vor auf meinem Sitz und schickte meinen Blick genau dorthin, wo der Horizont seine Nordkurve Richtung Mishab zog, in Erwartung weiterer explodierender Granaten in der Ferne.

»Also, Zigarette, ich hoffe, du kriegst die Sache besser hin als dein Kumpel Yusef. Von ihm gehört? Nein? Na, er hat mir gestern einen schönen Streich gespielt, war plötzlich auf und davon, ließ mich einfach stehen und seinen davonrasenden Rücklichtern hinterherfluchen.«

Wenn er von Yusef gehört *hatte,* hatte er guten Grund, den Mund zu halten: Wenn Yusef seinen LKW zurückbrachte, würden ihn die verantwortlichen saudischen Vertragspartner windelweich schlagen. Oder vielleicht die saudischen Bullen? Die Gerüchteküche war in solchen Dingen nie ganz eindeutig. Wir zweifelten nicht daran, dass die Fahrer, die ihren Auftrag nicht ausgeführt hatten, auf jeden Fall windelweich geprügelt wurden. Ohne jeden Zweifel.

Unter bewölktem Himmel kam unser Konvoi am Flughafen zum Beladen an. Der Al Jubayl Naval Airport war durch die dürren Sand- und Wüstenbüsche hindurch mit Stacheldraht umzäunt worden und von tiefen Gräben umgeben. Hubschrauber – Hueys, Cobras, ein paar CH-53er – standen sauber hintereinander aufgereiht, buckelig, mit herabhängenden Propellerflügeln, hinter dem Sturmzaun, der vom brettervernagelten Terminal zu den Flugsteigen verlief, auf denen wir warteten. In der Ferne konnte ich das Brummen von Gabelstaplern und das leise Greinen eines Frachtflugzeuges hören. Die einzige Beleuchtung fiel aus den Flutlichtern auf den Ladebereich, wo gelegentlich eine Staubwolke über den Paletten aufstieg.

Drei Zigaretten später fuhr der LKW vor uns durch die Tore der

Flugsteige, abrupt, ohne dass Signale gegeben worden wären. Zigarette ruckte mit einem Satz nach vorn.

»STOPP, STOPP, STOPP, VERDAMMTE SCHEISSE!« Aus einem donnernden, flutlichtbeleuchteten Wirbelwind aus Staub und Flüchen heraus kam ein Artillerie-Master-Sergeant gerannt. Mit ohrenbetäubendem Quietschen trat Zigarette in die Bremsen. Ich hob den Arm, um mich vor der heranbrausenden Gefahr zu schützen, deren faltiger, ergrauender Kopf in mein Beifahrerfenster flog.

»HIMMELHERRGOTT SCHEISSE! HAT DIR JEMAND BEFOHLEN VORZUFAHREN?«, schrie er.

Wusste der Mann, dass mein Fahrer nicht nur Zigarette hieß, sondern auch nur so sprach? Er begrüßte den Artillerie-Master-Sergeant mit demselben Achselzucken wie mich beim ersten Mal.

»DU SPRICHST ALSO NICHT DIE VERDAMMTE MUTTERSPRACHE?«, bellte der Artillerie-Master-Sergeant.

Er sah mich an.

»Er spricht die Sprache nicht? Sprichst du die Sprache, Marine? Natürlich. Sieh zu, dass er nirgendwo hinfährt, ehe man es ihm nicht befohlen hat, klar?«

Er stand jetzt auf dem Trittbrett, steckte den ledrigen Kopf in den Wagen, und ich überlegte, ob ich ihn mit dem Kolben meines Gewehrs arschwärts in den Sand stoßen sollte.

»Also …«, begann ich.

»Genau. Du passt auf, dass er sich jetzt keinen verdammten Zoll bewegt, ehe ich nicht ›Los‹ sage.«

Meine Schulter hob sich langsam, gerade lange genug, dass er herunterspringen und davonschlurfen konnte, o-beinig und bebend vor Zorn. Als er wieder in die magischen Wolken aus beleuchtetem Staub eintauchte, brüllte er weiter: »GOTTVERDAMMTE AUSLÄNDER! KRIEGEN KEINEN SCHEISS ZUSTANDE, KRIEGEN KEIN SCHEISSWORT RAUS, SIND FÜR KEINEN SCHEISS GUT! Wie, zum Teufel, soll man da irgendwas erledigen?

Das gottverdammte Corps is am Arsch, der Krieg is am Arsch, nicht mal mehr richtige Kugeln gibt's … und ich muss jetzt scheißverdammte falsche Kugeln von hier ins Arschficker-Ägypten fliegen. Gottverdammte Scheiße …«

Zur Entschuldigung drehte ich mich zu Zigarette herum und sprach meine Anteilnahme aus: *Camel Filters.* Zigarette nickte schweigend. *Zippo, mein Freund.*

Wir waren von einem PFC – Private First Class – in phosphoreszierenden Flug-Ohrenschützern und verschmiertem Overall angewiesen worden, vorzufahren. Er kam einfach um die Ecke, ganz plötzlich, und wedelte mit den hellroten Kegeln. Dann verschwand er.

Im Flughafenbereich war Rauchen nicht gestattet. *No smoking.* Ich stierte einfach auf das Fenster, sah zu, wie ein Regentropfen nach dem anderen den Staub ablöschte. Seit wir hier waren, hatte es fast jeden Tag geregnet. Der Regen spülte dunkle Furchen an den 155-mm-Kugeln herab, die auf den übermannshoch gestapelten Paletten angehäuft waren. Eine Weile später brach ich zur anderen Seite der Langeweile durch und bemerkte langsam die schwach glänzenden Perlen auf der Windschutzscheibe, sah, wie der Regen sich durch den Sand, entlang den Kanten der mit Munition beladenen Paletten furchte. Corporal Schuyler kam auf einen Sprung vorbei, die Hände in den Taschen. Er sah mich an. »Scheißlangweilig«, sagte er.

Ein Gabelstapler fuhr mit einer Ladung vorüber – *Fässer*? Ich sprang aus dem Wagen in den Nieselregen. Mich fröstelte. Ich ging herum zur Ladefläche meines LKWs, der bereits mit mehreren Paletten beladen war. Ein weiterer Gabelstapler kam heran. Ich hielt ihn an.

»Hey!«, rief ich laut, »was ist in den Fässern? Bier?«

»Nein«, antwortete der Fahrer, »nur Napalm.« Er wirkte ganz selbstverständlich. »Zum Feuerlegen und Entlauben der Bäume. Für *Boden*angriffe, du weißt schon.«

»Entlaubung der Bäume?«

Zigarette schnallte die letzte Palette fest und sah mich durch den leichten Regen scheel an. Der Gabelstapler wendete und holperte davon ins Flutlicht, während Zigarette die Ladefläche zuschlug.

Ich weiß nicht, wann ich eingeschlafen war, aber ich wachte durch ein Rütteln auf. Und noch eins. Unser LKW fühlte sich an, als flöge er durch Turbulenzen in Oklahoma. Ich versuchte mich zu orientieren, konnte aber nicht über den Straßenrand hinausblicken. Der Mond schien nicht, es waren keine Sterne zu sehen, und es gab keine Schatten. Keine erkennbaren Formen, und die Straße vor uns war kaum unter dem abgedunkelten Licht, das wir in Frontnähe benutzten, zu erkennen. Zigarette lauschte dem sphärischen islamischen Gesinge im Radio. *Gebete.* Der bernsteinfarbene Schimmer der Armaturen beleuchtete die Fenster, sodass ich nur meine eigene Spiegelung wie ein altes Filmnegativ sehen konnte. Ich sah hinüber zu Zigarette und fing an, mir Sorgen zu machen.

»He, fahr langsamer, Mann.«

Seine Augen waren blutunterlaufen und weit aufgerissen, und er hielt das Steuer ziemlich verkrampft. Ich sah nach hinten, ob unsere Ladung noch da war. Sie war noch da, aber ich konnte keine Wagenlichter hinter uns ausmachen. Auch vor uns nicht. Wir fuhren auf einer der überstürzt gebauten Sandstraßen, die den Abu Hadriyah Highway mit den Munitionslagern verbanden. Sie bestanden im Wesentlichen aus Kies, den man in der Wüste aufgeschüttet und mit Panzerfahrzeugen geglättet hatte. Im Vergleich zu dem zivilisierten Wunder der Technik des Abu Hadriyah waren diese Dinger ein verdammter Albtraum. Es war kaum zu glauben, dass wir sie überhaupt befahren konnten. Erneut holperten wir über ein Schlagloch, und ich stieß mir fast den Helm an der Decke.

»Hey, fahr gefälligst langsamer, verdammte Scheiße!«

Aber natürlich verstand er nur *Zigarette*. Der Tacho war kaputt, aber der Meilenzähler stand an der obersten Grenze für einen alten Diesel. *Alleroberste Grenze.* Zigarettes Haar stand wie verworrener Draht zu Berge, und seine Lippen kräuselten sich zu einer Grimasse.

»Okay, Schluss jetzt mit dem Scheiß!«, schrie ich und streckte den Arm aus, um sein Bein anzuheben. Er schlug nach mir, als wir gerade ein neues Schlagloch überfuhren, was mich gegen die Beifahrertür schleuderte. Ich hielt den Kopf gesenkt, schloss die Augen und versuchte, tief durchzuatmen. *»Okay, jetzt bloß keinen Blödsinn machen. Napalm explodiert nicht, wenn es auf die Straße fällt. Er weiß, was er tut. Wir sind nicht auf irakischem Territorium. Du bist ein Marine, darauf trainiert, Druck wie diesen auszuhalten. Ruhe. Konzentration …«*

Wieder holperten wir über ein Schlagloch, ein so fettes, dass die Karosserie krachte und der Helm abflog. Als der Mercedes wieder in seine Federung zurückfiel, packte ich mein M-16er, schwenkte es mit dem ganzen Körper und presste den Rücken gegen die Wagentür.

»DU VERDAMMTES ARSCHLOCH HÄLTST JETZT SOFORT DEN SCHEISSWAGEN AN!«

Träge wandte sich Zigarette mir zu und sah mich an: leer, erstorben. Die Gebete aus dem Radio füllten das Wageninnere aus. Ich drückte den Hahn auf meinem Gewehr zurück und legte eine Patrone ein – klick-klack.

Er starrte unverwandt geradeaus, bremste. Selbstverständlich sprach mein Gewehr eine Sprache, die auch Zigarette verstand. Das Greinen des Motors ging in ein leises Flüstern über. Ich kurbelte das Fenster herunter, beruhigte mich in dem kühlen Nebel. Ich schloss die Augen, wagte aber nicht zu träumen.

Nervenpillenreduzierung

Wäre das Marine Corps für die Genesis verantwortlich, hätte diese etwa so gelautet:

»Im Anfang war das Wort, und es wurde weitergegeben.

Und dann wurde weitergegeben, dass es geändert worden war.

Bei Anbruch des dritten Tages wurde es wieder zurückgeändert.

Dann, unzufrieden mit der Schöpfung, wurde es etwas völlig anderes.

Der fünfte Tag verbleibt ›klassifiziert‹.

Der sechste Tag wird als ›vermisst‹ verzeichnet.

Am siebten Tag, nachdem nichts erledigt war, hieß es: ›Scheiß drauf, fahr weiter.‹«

Wir starrten Staff Sergeant Landers mit trockenen, brennenden Augen an. Die Navy Corpsmen, die für unsere Gesundheit verantwortlich waren, standen neben ihm und flüsterten einander ins Ohr. Ich war erst um vier Uhr morgens aus Mishab gekommen und bis fünf auf meine Koje gesackt.

Jetzt war es halb sieben, und die Graufärbung der Welt, ein Grauton über dem anderen, und Schwarz und düsteres Oliv, der Grauton über dem Beigebraun unserer Schokoladenstreusel-Uniform, kam nicht mehr nur aus Atmosphäre und Erde, sondern auch aus meinem Verstand heraus. Ich versuchte mich zu konzentrieren, trieb aber hin und her zwischen Schlaf- und Wachzustand, während ich da in der verhangenen Morgendämmerung stand.

»Okay, Minneapolis«, dröhnte Landers, »ich habe noch ein Wort zu den Pillen zu sagen, die wir einnehmen.«

»Was für Pillen?«, fragte Bergman. »Etwa die, auf die wir geschissen haben?«

»Na, jedenfalls für all diejenigen, die *dem Befehl gefolgt sind und die Pillen eingenommen haben*«, erwiderte Landers, »habe ich etwas Neues zu sagen. Wahrscheinlich haben sich bei einigen von euch Nebenwirkungen eingestellt. Also hört auf, sie zu nehmen.«

Bergman lachte. »Also hatten Robin und all die anderen Idioten, die die Pille eingenommen haben, Nebenwirkungen? Na, wie schön auch. Nicht mal Turnipseed war blöd genug, sie zu schlucken.«

»Ist das jetzt hier so eine Art Agent-Orange-Chose?«, fragte ein anderer.

Die Navy Corpsmen schauten blöd aus der Wäsche, wie ertappt, schienen aber nicht bereit, irgendwelche Einzelheiten von sich zu geben.

»Hört zu, Leute«, sagte Landers, »es sind einfach Pillen, nichts weiter. Ihr könnt Nebenwirkungen haben …, was habt ihr denn erwartet?«

»Den großen grünen Pillermann habe ich erwartet«, erwiderte Bergman. »Darum habe ich sie auch nicht genommen.«

»Ja, warum sollten wir auch was einnehmen, das uns am Arsch kriegt, wenn sowieso kein Nervengas und anderer Scheiß da ist?«

»Das wisst ihr nie, Marines«, sagte Landers. »Ihr habt den Scheiß, den man euch gibt, einzunehmen, denn ihr wisst nie, was passieren wird.«

Ich weiß immer noch nicht, was passiert ist. Ich weiß nur, wann immer ich Kopfschmerzen habe … oder wenn meine Nieren schmerzen … oder ich nach einem kurzen Sprint keine Luft bekomme … oder ich nicht schlafen kann oder keinen Appetit habe oder nervös bin … oder etwas vergessen habe …, dann frage ich mich, ob ich die Pillen hätte schlucken sollen oder nicht, ob ich die Gasmaske im Bunker hätte tragen sollen oder nicht, ob ich meine eigenen Unterlagen über die Impfungen, die ich in Camp Pendleton bekommen habe, hätte behalten sollen oder nicht.

Friendly Fire

Sogar im Chaos unserer A-Missionsfahrten waren die ersten Tage nur vage kriegsmäßig: Wir waren zwar im Krieg, aber meistens versuchten wir, eine Art Zivilleben aufrechtzuerhalten. Wir standen morgens auf, traten in Reih und Glied an, fuhren im LKW hinunter zu Saudi Motors, kauften Kentucky Fried Chicken an einem der Khameini-Company-Wagen und sahen uns abends im Freilufttheater Filme an. In Camp Shepard war der Krieg mehr wie eine Unterbrechung der Filmvorstellung: Wenn die Sirenen während *Heartbreak Ridge* heulten, hielt der Filmvorführer natürlich die Rolle an und rannte in einen Bunker, war aber als Erster bei Entwarnung wieder draußen, und der Film lief weiter, noch bevor man seinen Arsch wieder auf der Tribüne platziert hatte.

Am 29. Januar machten die Iraker das Maß voll, indem sie die Grenze nach Saudi-Arabien überquerten. Sie kamen die ganze Grenze entlang mit der First Marine Expeditionary Force herein, bezeichnenderweise ungefähr fünfzehn Kilometer vor Al Khafji – einen Kamelsprung entfernt von Al Mishab in der Art des »Viertgrößten-Armee-der-Welt-Einmarsches«. Gegen Mitternacht hatten zwei irakische Panzerbrigaden die Stadt Al Khafji eingenommen, die zum größten Teil aufgegeben und einem einsamen Marine Recon und SigInt-Posten sowie ein paar saudischen Reservisten überlassen worden war. Mit schwerer Artillerie, Luftunterstützung durch die Marines und Luftangriffen der U. S. Navy and Air Forces holten sich die Streitkräfte Saudi-Arabiens und Katars Al Khafji in zwei Tagen zurück. Die Iraker verloren dreiunddreißig Panzer, neunundzwanzig Panzerbesatzungen und 137 von ihnen gingen in die Gefangenschaft.

Die Marines verloren zwölf Mann bei der Al-Khafji-Aktion – alle durch nichtfeindliches Feuer. Beim ersten Zwischenfall schoss ein

Bursche ungewollt eine TOW-Missile in den Brummer seines Kameraden. Vier Marines kamen zu Tode. Ungefähr eine Stunde später schoss eine Air Force A-10 eine Infrarot-Maverick-Missile in ein Marine Corps Light Armored Vehicle und tötete sieben. Sechs Tage zuvor hatten zwei Air Force A-10er – ausgerichtet auf einen irakischen LKW im Süden Kuwaits – zwei Marine-Corps-Recon-Einheiten südlich der Grenze im Tiefflug angegriffen und einen Marine umgebracht.

Wir erfuhren von Al Khafji häppchenweise, über Jungs, die von einer Fahrt zurückkamen, und aus Berichten des Armed Forces Radio und Television Service. Ich hörte davon bei der Rückfahrt von Saudi Motors. Am Postamt – einem Conex-Triebwagen – machte ich Halt, um zum ersten Mal in Saudi-Arabien Post abzuholen: die *New Republic,* von der mir meine Großeltern ein Abonnement geschenkt hatten. Auf dem Titel war Beethoven mit einem Mohawk-Haarschnitt und einem Ohrring zu sehen.

Solter kam in unser Zelt und beschimpfte mich sofort: »Hast du von jemand anderem die Post mitgebracht?«

»Nein.«

»Wieso bist du bloß so egoistisch? Ich meine, wieso kannst du nicht mal nett sein?«

»Wieso kannst du mich nicht einfach lesen lassen?«

Ich mochte Solter. Ich hatte wirklich nichts Persönliches gegen irgendwen. Es war die Situation insgesamt, die mich wahnsinnig machte. Ich wollte wieder in einem Café sitzen und Wittgenstein lesen. Stattdessen wollte man dauernd meine Meinung über 9-mm-Pistolen oder Motor Trend's Car of the Year hören.

»Du kannst lesen, was du willst«, sagte Solter. »Nur sind wir hier so eine Gruppe von Brüdern, oder nicht? Übrigens bin ich nur vorbeigekommen, um dir zu sagen, dass du morgen Wache schiebst. Du musst umziehen.«

»Turnipseed zieht aus?«, grölte Bergman. »Gott sei verflucht noch mal gedankt.«

Gott. Von Gott erfuhr ich durch den Absatz eines Ked-Turnschuhs der Größe fünf. Ich war katholisch getauft, und das war auch so ungefähr die gesamte religiöse Erfahrung, die ich bis zur vierten Klasse machte, während meiner Zeit in Little Chute, Wisconsin. Meine religiöse Unterrichtung beschränkte sich auf Ausdrücke wie »gottverdammt« und »Himmel, was für'n Scheiß«. Als ich eines Nachmittags aus der Schule kam, fragten mich ein paar der netteren Kinder aus der Nachbarschaft: »He, Turnipseed, in welche Kirche gehst du?«

»Kirche?«

»Ja, Kirche – oder gehst du nicht zur Kirche?«

»Nee.«

»Glaubst du nicht an Gott?«

»Gott?«

Das war ein mir fremdes Konzept, wie wenn man einen Neunjährigen fragt, ob er an Weltumsegelungsexpeditionen der Chinesen im Mittelalter glaubt: Warum sollte ich an ein Fluchwort glauben? Seltsamerweise warf mich diese unschuldige Frage – und meine direkte Antwort darauf – zu Boden, zwei der Kinder hielten mich, während das dritte mich zu Brei schlug. Und so machte ich zum ersten Mal Bekanntschaft mit Gott und dem Umgang mit Seinen Kindern.

Zwei Stunden nach der Kabbelei mit Solter, gerade als der Filmvorführer die Rolle mit dem besten Super Bowl in zehn Jahren abzuspulen begann, fand ich mich in einer Kapelle wieder. Ich verspürte einen stumpfen Schmerz von allzu viel Vitalität wie das rückwärts gerichtete Schwindelgefühl, wenn man sich tollkühn auf eine Tat stürzt, vor der man besser zurückschrecken sollte. Ich war erledigt und wusste nicht, was ich mit mir anfangen sollte.

Die Kapelle war ein GP-Medium-Zelt wie alle anderen – ein ausgeräumtes Vorratszelt, wo man ein, zwei Stunden Frieden finden konnte. Der Kaplan hatte eine Glatze und ein fleckiges Gesicht. Durch seine gesamte Erscheinung, angefangen bei der ungebügelten Navy-Uniform über den schlecht gestutzten Schnurrbart bis hin zu seiner Unbeholfenheit, schien er falsch am Platze, als sei ihm unbehaglich in der eigenen Haut. Die Sitzreihen waren keine Kirchenstühle, sondern zwei Halbkreise aus Metall-Klappstühlen. Darauf saßen Männer in olivgrauen T-Shirts und kastanienbraunen Shorts, manche mit salz- und staubverkrusteten Tarnhemden, andere, frisch geduscht, mit blitzblanken Stiefeln und Bügelfalten überm Schienbein. Der Kaplan las ein Stück aus der Apostelgeschichte, in dem Paulus zurück nach Jerusalem aufbricht und ein Weilchen in Syrien bleibt. Alle seine Sack-und-Asche-Kumpels flehen ihn an, nicht zu gehen. Dafür finden sie Anhänger und »säumen« sieben Tage. Dann bricht Paulus gefasst nach Jerusalem auf. Daraus machte der Kaplan eine Lektion: »Wir müssen nur sieben Tage säumen, dann können wir uns gefasst unserer Aufgabe im Krieg stellen, unter dem Schutze des Herrn.«

Warum er »säumen« für »beten« sagte, weiß ich nicht, denn sogar Paulus erklärte, sie hätten gebetet. Frustriert korrigierte ich ihn.

»Säumen heißt warten – nicht beten«, sagte ich.

»He, Mann«, sagte einer der Marines, »hier spricht der Kaplan. Er hat einen Abschluss von der Uni.«

Ich lachte.

»Sie wollen uns also weismachen, ›säumen‹ hieße ›warten‹?«, fragte der Kaplan.

»Ja, so wie es heißt ›Säum nicht!‹. Oder glauben Sie etwa, die Großeltern wollten damit sagen ›*Bete* nicht‹?«

»Ich muss sagen, ich halte es hier mit dem Kaplan«, sagte jemand.

»Ja, der Kaplan hat Recht.«

»Die Jungs da haben am Strand gebetet«, sagte ich. »Wir können die Botschaft immer noch annehmen, aber ›säumen‹ bedeutet ›warten‹.«

»Vielleicht bedeutet es ›warten‹«, erwiderte der Kaplan, »aber seid ihr Marines damit einverstanden, dass die Botschaft dieselbe ist?«

»Ja, der Herr is wie 'ne Droge«, sagte einer von ihnen, »nimmst du sie, bringt er dich durch.«

Dem Rest der Andacht hörte ich nicht mehr zu. Stattdessen versuchte ich etwas aus dem metaphysischen Unterschied zwischen »säumen« und »beten« zu machen. Ich kannte die Punktezahl des Super Bowl, weil ich schon an Blegen gezahlt hatte. Ich hätte mir wirklich lieber das Spiel ansehen sollen.

Als der Gottesdienst vorüber war, blieb ich noch, um in einer Art stillen Buße die Altartücher zusammenzufalten. Nur noch der Kaplan und ein Kerl in Badeschlappen, dem noch kein Haar am Kinn wuchs und dessen Nase wie eine Steinaxt aussah, waren außer mir da.

»Du bist ein ganz schön scharfer Marine«, sagte der Kaplan.

»Ja? Ich lese Philosophie.«

Daraufhin ermüdete er mich gute fünfzehn Minuten lang mit dieser »Liebe«-Sache, *agape* und *philia* und *eros* und was sonst noch, als ob die Gebrüder Fowler ihre ewige Ergebenheit dem *Oxford English Dictionary* gegenüber unterbrechen, um stattdessen in ein ganz normales Gezänk zu verfallen. Er wurde unterbrochen, als unser Dritter dazwischenkam und sagte: »Ich weiß nur, ich *liebe* Jesus, egal wie viele griechische Wörter es dafür gibt.«

Der Kaplan und ich wechselten Blicke.

»Und wie heißt du?«

»Salerno. Ich stamme aus Texas.«

»Schön, dich kennen zu lernen, Salerno. Wie fandest du den Gottesdienst?«

»Ganz gut, bis Turnipseed ihn mit all seinem philosophischen

Kram kaputtmachte. Ich hab kein einziges Wort verstanden, nicht mal die, die ich kannte.«

»Na ja, er hat tatsächlich die Richtung des Gesprächs verändert, nicht?«

»Warum hast du bloß alles durcheinander gebracht, Turnipseed, he?«

»Weil ich allen Schwindeleien und Heucheleien auf den Grund gehen will, im Gegensatz zu den Marines oder den Jungs, die sich drüben im Theater den Super Bowl reingezogen haben.«

»Aber die Wahrheit ist einfach, stimmt's?«, fragte Salerno.

»Der Herr ist die Wahrheit«, psalmodierte der Kaplan. »Und der Herr ist, wenngleich einfach, ein Mysterium, das wir in Gebet und Kapelle suchen. In der Hinsicht hat uns Turnipseed einen wertvollen Dienst erwiesen. Aber ich bin neugierig, warum du ›Marines‹ in der dritten Person benutzt. Bist du *kein* Marine, Turnipseed?«

Nackt stand ich da in meinem Abscheu und versuchte mich mit einem heuchlerischen Feigenblatt zu bedecken.

»Es ist eine Art philosophische Schräglage. Ich denke oft von mir in der dritten Person, immer auf der Suche nach dem archimedischen Punkt, wissen Sie.«

Obgleich es stimmte, befriedigte es keinen von uns, also ließen wir das Thema fallen, zusammen mit der letzten gefalteten Altardecke, den gestapelten Kerzen, Kreuzen, Hymnen, Büchern und kleinen mit Tarnmuster bezogenen Bibeln: Gideon im Drillich. Draußen nahm mich Salerno weiter über Glauben und Vernunft in die Mangel.

»Glaubst du nicht an Gott, oder was?«, wollte er wissen.

»Nein, ich kann nicht sagen, dass ich an Gott glaube, Salerno.«

»Na, *was tust du dann hier?*«

»Ich glaube an Ruhe und Frieden und eine Art Nachdenklichkeit über die Dinge – *hier* war der einzige Ort, wo ich so etwas finden konnte.«

Er lachte und hörte dann abrupt auf. Sein Blick weitete sich widerstrebend, als bräche die Erleuchtung fast durch die schweren Wolken seines Bewusstseins, als ertönte der *Zarathustra* von Strauss, und ein kleiner Gedankenspross machte einen Zeitsprung, um ans Tageslicht zu kommen. »Ist schon irgendwie komisch, was?«, fing er an und machte wieder eine Pause, diesmal, um das Kinn zu heben und den Kopf schief zu legen. »Es ist schon irgendwie komisch, dass du so schlau bist, wenn es um kleine Wahrheiten geht, wie bei einem griechischen Wort oder bei philosophischem Kram, aber die wirkliche, große Wahrheit kannst du nicht sehen, die einzige Wahrheit, die es gibt, und das ist Jesus. Jawohl – Jesus! Jesus genau hier in Camp Shepard.«

»Genau hier in Camp Shepard?«, fragte ich trällernd und war halbwegs darauf gefasst, von irgendwoher die Broadwayversion von *The Music Man* volle Pulle aufspielen zu hören.

»Und ich bin hier, um dir davon zu erzählen. Vielmehr: nicht *davon,* sondern von *Ihm*, Jesus, und er liebt dich genau hier, wo du gerade stehst, und du musst dich einfach nur dazu bekennen, Turnipseed.«

»Lass mich an dieser Stelle rasch was einwerfen, Salerno. Hast du je den Ausdruck ›sein Kreuz tragen‹ gehört?«

Er stand da und grinste, als versuche er sich für eine Oscar-Verleihung oder so in Pose zu setzen. »Das ist eine leichte Last, oder?«

»Nein«, sagte ich, »es ist eine schwere Last, und es geht bergauf, und die Leute bespucken dich, und du trägst 'ne Krone, und die Dornen bohren sich dir in den Schädel, und Blut und Schweiß tropfen dir in die Augen, und all diese Mühen, damit du dich hoch zu deinem Tod schleppst, an den Ort, wo dich dein Vater im Stich lassen wird. Was soll der Scheiß, bist du ein Idiot, dass du das nicht weißt?«

»Ich bin so was wie ein Idiot für Jesus, mein Bruder.«

Mir fiel nichts mehr ein. Ich stand nur da und sah zu, wie er zurück zu den Zelten ging, in denen wir hausten, an deren Wänden sich noch das blaue Flimmern vom Super Bowl widerspiegelte. Er trottete davon, allein und fröhlich – eine finstere Fröhlichkeit, ein Savonarola in Badelatschen auf dem Weg zu einer respektablen Zählung geretteter Seelen.

Über uns kreisten Hubschrauber. Das Flottenlazarett war von unserem Zeltlager durch einen schwarzen plastiküberzogenen, etwa drei bis vier Meter hohen Sturmzaun abgetrennt, auf dessen Spitze Rolldraht angebracht war. Als die Hubschrauber auf der anderen Seite einer nach dem anderen landeten und über den mit silbrigem Tyvek umwickelten OP-Zelten und dem Labyrinth aus trüb olivfarbenen GPS schwebten, legte ich einen Schritt zu. Die Schlacht um Khafji war im Gange. Das konnte die Scheiße sein, der wirkliche Krieg, keine Semantik oder Fahrten für verwirrte Äthiopier oder Bunkerbauen, in die man bei falschem SCUD-Alarm abtauchte. Ich kletterte den Sandsackwall eines Sperrholzbunkers hoch. Haufenweise drängten sich die Navy Corpsmen um die Hubschrauberlandeplätze. Über den Zaun hinweg konnte ich gerade ihre Köpfe sehen. Einer der Hueys war gelandet, und die Corpsmen luden etwas aus: Leichensäcke. Mussten es sein. Aber ich konnte nichts anderes sehen als wogende Köpfe. Ich stellte mir die Säcke vor: glatter schwarzer Gummi im Nieselregen, der nach dem unvermeidlichen Halogendunst der Piers roch.

Ich stand da und sah den Corpsmen zu, bis ihr schwarzes Gepäck im dunklen Zeltnetzwerk der Navy untergebracht war. Ich stand da und sah zu, bis die Hubschrauber sich wieder in die Lüfte erhoben, hinaus über den Golf. Dann wurde das Lager wieder ruhig, der Asphalt eine weite Leere, grau schimmernd.

Wachdienst

»LOS, LOS, LOS!«

Die Worte brachen in meine Träume ein.

»Los, los, los!«

Sergeant Small ging mit großen Schritten durchs Zelt und bollerte mit einem Schlagstock gegen die Rahmen unserer Kojen. In der Dunkelheit begannen die Männer sich aus ihren Kojen zu rollen und nach ihren Gewehren und Gasmasken zu tasten. Es war kein SCUD-Alarm, aber die Jungs benahmen sich genau so. Das Licht ging an, und Todd saß auf seiner Kojenkante.

»Los, wohin genau?«, fragte er.

»Schnappt euch eure Sachen, dritte Schicht, schnappt euch eure Sachen und raus auf den Laster. Zusammentrommeln auf Posten vier. Los, los, los!«

In voller Montur polterten wir aus dem Zelt. Draußen wartete ein Fünftonner. Sergeant Small zog mich zur Seite.

»Turnipseed, du am Funk.«

Neben ihm lag ein altes PRC-47-Feldfunkgerät, ein Überbleibsel aus Vietnam. Das Ding wog wahrscheinlich zwanzig Pfund. Nachdem ich in den Fünftonner geklettert war, rittlings auf meinem Gepäck, die Antennen hoch über dem Kopf, kam ich mir vor wie ein ewig sitzendes Stehaufmännchen. Sergeant Small ließ nur sichern und laden, bevor wir am Maschinengewehrbunker am Eingang des Zeltlagers vorbeifuhren. Es war halb drei morgens, und über dem Hafen hing leichter Nebel.

Wachdienst. Die »LOS«-Patrouille absolvierte eine sinnlose Übung innerhalb einer sinnlosen Übung: Geh zu Bett in Stiefeln und Kampfanzug, spring dann um null dreißig im Dunkeln heraus und lauf ums Lager herum, und das Ganze wegen falschen Alarms.

Nein, auf Posten vier war kein lebhaftes Zusammentrommeln. Nur ein deprimierter und zutiefst gelangweilter Versorgungsleiter, der seinen Monat Wachdienst absolvierte. Sinnlos? Das gesamte Camp Shepard, das wir bewachten, war bereits vom Hafengebiet geschützt, das von Stacheldraht eingezäunt war, der über sechs Meter aus der Wüste aufragte. Abgesehen vom ständigen Hin- und Herlaufen Zehntausender gut bewaffneter Marines und Soldaten der Army sowie britischer Soldaten und Marines, der saudischen Küstenwache und all der anderen Gewehr und Maschinenpistole schleppenden Arschlöcher, die jedesmal aus dem Nichts auftauchten, wenn ich am Fastfood-Wagen außerhalb des Camps versuchte, einen Cheeseburger zu ergattern. Todd lag in der Koje neben mir. Small, der Wachdienst-Sergeant, trug eine getönte Polaroid-Sonnenbrille und war ein spiddeliger Highway Patrolman aus South Carolina. Er hatte ein Menjoubärtchen und Sommersprossen.

Heinemann, außer mir der Einzige aus Minneapolis auf Wachdienst, wurde auf Innenwache postiert. Die Innenwache verbrachte den Tag an einem verbunkerten Maschinengewehrnest am Eingang unseres Camps. Ich kam auf Außenwache-Posten, wo die Männer abwechselnd das gesamte Hafengebiet von Jubayl bewachten. Diese Wachdienst-Geschichte schien die erste halbe Stunde lang eine ganz gute Sache zu sein: Zelte mit gut gebauten Holzrahmen, »hardbacks«, was auch für Holzböden, Licht und Schalter stand; mit einem Wort: »Komfort«, mit mehreren: »good-bye to all that«. Ciao. Neuanfang. Obwohl der Posten keine hundert Meter von den Zelten der Jungs aus Minneapolis und des Sixth Motor Transport Battalion entfernt stand, wurde die Strecke in Routine und Hierarchie gemessen: verschiedene Routinen und verschiedene Hierarchien, die mich und die anderen Männer aus Minneapolis verschiedenen Welten zuteilten.

Und dann das Antreten. Nicht das Antreten, an das ich mich bei Reserveübungen am Wochenende gewöhnt hatte, bei denen es für selbstverständlich galt, dass ich, wenngleich zu spät und zerknittert, immerhin gut antreten und sogar die angeknackste Transportkiste aus dem Fünftonner hieven konnte, den Rosenquist unter Ladung in hohem Gang zurückgesetzt hatte. Nein, das hier war Antreten unter Sergeant Small. Von meinem Platz in der dritten Reihe aus konnte ich sehen, wie er die Leute aufforderte, die Dienstvorschrift für Gewehre aufzusagen oder zu exerzieren, was ich in den viereinhalb Jahren seit meiner Grundausbildung nicht ein einziges Mal mehr getan hatte. Small und der Corporal of the Guard – eine fette, schlaffe, käsige Karikatur von einem Mann –, Corporal Pudgy Squishbottom (Schwabbel-Matschhintern), fragten auch: »Wie lautet die vierte Dienstvorschrift?« »Wer ist der Sergeant Major des Marine Corps?« »In welcher Schlacht bekamen die Marines den Decknamen *Devil Dog*?« Meine eigenen verzweifelten Antworten waren: »Oh, da haben Sie mich aber kalt erwischt«, »Wen interessiert das schon?« und »Beim Kampf um Belleau Wood«. Seit fast fünf Jahren war ich jetzt bei den Marines, und ich fühlte mich wie zurückversetzt in die Grundausbildung.

Der Moment nahte, wie bei einer Exekution oder wie vor Gericht, nachdem sie mit der Abfragerei in der zweiten Reihe durch waren. Die Stiefel? Na ja, man konnte schon ein bisschen Schwarz erkennen, besonders auf dem rechten, auf dem nicht so viel Staub lag. Das Haar? Okay, ich hatte es einen Monat lang nicht schneiden lassen. Mein Kinnbart wuchs ganz natürlich nach, während es mir an Backenbarthaar mangelte. Selbstverständlich war meine Uniform ganz frisch aus dem Boden des Seesackes herausgezogen: Gerade erst war ich umgezogen.

»Mensch, Sie sehen aus, als hätte man Sie runzelig und faltig geschlagen. Haben Sie die Uniform gerade aus Ihrem Seesack gezogen?«

Ich war sprachlos.

»Aber macht nichts. *Inspection Harms*!«

»Das stimmt verdammt.«

Das prustende Gelächter um mich herum war beruhigend.

»Ich sagte: *Inspection Harms*!«, rief Sergeant Small erneut.

Ich zuckte nur die Achseln und gab ihm mein Gewehr. Mit trägem, ungläubigem Knurren fragte er: »Wie heißen Sie, Marine?«

»Äh ... *Turnipseed*?«

»Aha. Was für eine Nationalität ist das – Rübe – *Gemüse*?«

»Eine Übersetzung, glaube ich. Holländisch. Aber es heißt wirklich Turnipseed. Ehrlich.«

»Okay, Mann – Scheiße! Turnipseed, wie lange sind Sie jetzt im Marine Corps?«

»Viereinhalb Jahre – ungefähr.«

»Und bloß'n lausiger Lance Corporal?«

»Ja, wissen Sie, ich bin mehrmals hintereinander Corporal gewesen.«

»Ach so, dann sind Sie also ein ganz Schlauer. Na, dann wollen wir unseren Oberschlauen doch mal fragen, wie die siebte Dienstvorschrift lautet.«

»Die anderen zehn zu lernen?«

Mit Wachdienst werde ich immer Schisser verbinden. Ein Schisser kann Rebell oder sogar Clown sein, er ist immer ein Versager – kaputt, auch wenn er sich hinter einer Maske von Ironie verbirgt. Als ich mit achtzehn in Camp Johnson in Jacksonville, North Carolina, stationiert war, wurde ich zum Wachdienst eingeteilt, weil ich ein Schisser war, obwohl ich eigentlich ein Vorbild sein sollte. Ich hatte die Grundausbildung mit Auszeichnung bestanden und war verdienstvoll befördert worden. Der Vater meines Kumpels Dave war während Vietnam Marine-Corps-Ausbilder gewesen und Dienst habender Master Sergeant zur Rekrutierung, als wir eingezogen wurden. Ich hatte immer das Gefühl, dass er eine hitchcockartige Präsenz besaß, bei allem, was ich bei den Marines tat, eine geheime Hand bei jedem Erfolg.

Und ich versaute alles. Die 86er-Baseball-Weltmeisterschaften liefen gerade, als ich in Camp Johnson war. Sieht so aus, als hätte ich mich danach entschlossen, an einem wirklich unschuldigen Besäufnisspiel vor dem Fernseher in einem Hotelzimmer in Jacksonville teilzunehmen. Je nach Teamzugehörigkeit musste jeder ein Bier für jeden Run, den das Gegenteam verbuchte, trinken. Mein Team waren die Miracle Mets, nicht gerade bekannt dafür, dass sie sich zu viel zumuteten. Leider wurde während des zweiten Spiels eine Wette abgeschlossen, in dem Clemens für Boston spielte und in dem Gooden, Aquilera (6.), Orosco (7.), Fernandez (9.) und Sisk (9.) einen Gemeinschaftsbeschuss für achtzehn Runs zugunsten der Mets erhielten.

Meine Kumpane legten mich nach dem Spiel völlig besoffen in mein Kasernenbett. Ohne dass ich weiß wie, hatten sie mich in Unterhosen unter die Dusche geschleppt und die Tür zugemacht. Offenbar bemerkte die Feuerwache ein verdächtiges Rinnsal unter der Tür hervorfließen und forschte nach.

Fünfzehn Minuten später traten die MPs die Tür ein, damit ein Navy Corpsman mit Riechsalz hantieren konnte. Meine erste Reaktion war, dem Corpsman eins auf die Nase zu geben, was, wegen der Ammoniakstrenge und der Tiefe meiner Trunkenheit, gerade mal auf ein »Wie du mir, so ich dir« hinauslief. Kurz darauf schlossen sich mir Spiller und DeBeer, meine Mitbewohner aus Missouri und Upper Michigan, an. Frisch versehen mit Tattoos kamen sie von einer Schlägerei aus einer Cowboy-Bar der Stadt. Dann hielt ein Krankenwagen vor unseren Unterkünften, zusammen mit zwei MP-Streifenwagen. Aus welchen Gründen auch immer, zwei andere Marines hatten beschlossen, sich in eine ausgedehnte Schlägerei mit Zahnverlusten auf dem Gehsteig vor meinem Zimmer zu verwickeln.

Spiller hüpfte hoch zu DeBeer auf die Koje, während die beiden Schläger blutend und in Handschellen auf seiner saßen. Unter trockenem Würgen versuchte ich mich anzuziehen. Beim Torkeln durch die Flure des Lazaretts würgte ich in jeden Ascher, den ich finden konnte.

Wie sich herausstellte, waren unsere Abenteuer eher Kleinkram gewesen. In der Nacht war es zu einem Rassentumult gekommen, bei dem die Truppenunterkunft zertrümmert worden war. Als mich also der Master Sergeant am darauf folgenden Montag in sein Büro rufen ließ, war ich überrascht, dass er ein Ka-Bar-Messer aus der Schublade zog und es einen Zentimeter tief in seinen Schreibtisch rammte.

»Wenn du dich umbringen willst, Marine, dann tu es gefälligst wie ein Mann.«

»Ich will mich aber nicht umbringen. Ich will bloß, dass die Mets die World Series gewinnen.«

»Komm mir nicht mit solchem Scheiß. Saufkopp, 'n Weichei bist du, 'ne Memme. Du bist 'n echter Schisser, dem Gott, Vaterland, sein Corps – sogar sein eigenes beschissenes Leben – egal sind. Eigenhändig sollte ich dich umbringen, du Stück Scheiße.«

Ich sah ihn starr an. Ich war achtzehn. Vor der verrückten Nacht hatte ich sechs Monate lang kein Bier getrunken. Ich war eine blöde Wette eingegangen. Fürs College war ich vorbereitet. Er schien furchtbar und unnötig angespannt und verdonnerte mich zum Wachdienst am Wochenende über sechs Monate. Obwohl ich später ein Meritorious Mast, eine Urkunde für besondere Verdienste vom US Marine Corps, als Erster meiner Klasse im Fach Mechanik bekam und obwohl ich innerhalb von zwei Jahren nach der Grundausbildung zum Corporal aufstieg, war meine Begeisterung für das Marine Corps für immer dahin.

Der schlimmste Tag meiner sechsmonatigen Verdonnerung war Thanksgiving, an dem ich die wahre Bedeutung von Schisser kennen lernte. Ich schob das gesamte Wochenende Wache, von vier bis acht, musste beim Motor-T-Parkplatz vor dem Offiziersclub hin und her marschieren. Ein kalter Novemberwind strich durch die struppigen Pinien. Völlige Scheiße war's zwar nicht, da es mir gelang, bei jeder Schicht mehrere Stunden Halbschlaf in den Brummern einzulegen – mit offenen Augen für jede Bewegung im Dunkeln oder Lichter auf der Straße –, aber der arme, namenlose Bastard im Kabuff …

Das Kabuff war die Waffenkammer des Lagers. Inmitten einer staubigen Fläche von zwölf mal zwölf Metern, umgeben von einem hohen Stacheldrahtzaun, stand ein Gartenhaus, in dem ein paar Dutzend M-16er und Beretta-9-mm-Pistolen lagerten. War man zur Kabuffwache verdonnert, verbrachte man vier Stunden damit, mitten auf Camp Johnson in einem kleinen Kreis herumzugehen. Der Bau in Plymouth Colony wäre besser gewesen – da konnte man sich ausruhen. An besagtem Wochenende war ein Künstler für das Kabuff eingeteilt. Ein dermaßen verzweifelter, unglücklicher Bursche, dass es ein wahrer Geniestreich war, ihn zu vergattern. Aus seiner Wache im Kabuff machte er eine Performance. An einem Tag marschierte er barfuß, ohne Stiefel. An einem anderen blieb er immer wieder stehen und furzte in Richtung Wachbaracke. Er zog Zuschauer an:

»Was für ein verdammter Schisser.«

»Du bist eine Schande.«

»Raus aus meinem Corps, du verdammte Schwuchtel.«

Am letzten Tag legte er eine bravouröse Vorstellung hin: Er schmuggelte eine große Flasche Budweiser ins Kabuff, schloss sich ein, setzte sich mit träge gespreizten Beinen in den Staub, trank sein Bier und schlief ein, eine Hand in der Hose fest um die Eier.

Er war der Hohepriester, die Inkarnation eines Gottes, das platonische Ideal aller Schisser.

Seitdem hatte ich keinen Wachdienst mehr gehabt – und so viel war in den vier langen Jahren geschehen. Jetzt schlug ich mich damit herum, meine Dienstvorschrift zu lernen, während ich auspackte. Ungefähr ein halbes Dutzend von uns waren neu, und wir verstauten unsere Siebensachen, während die alten Hasen sich auf ihren Kojen und in Zynismus räkelten. Auf dem Weg zur Wachbaracke hatte ich zwei übereinander gestapelte Munitionskisten, flach wie Apfelkisten, aus dünnen Brettern bemerkt. Mit dem Griff meines Ka-Bar-Messers nagelte ich sie an den Pfosten neben meiner Schlafkoje. Über die Regale schlug ich einen Nagel für meinen Helm ein, daneben einen zweiten für die Gasmaske. Irgendjemand hatte bereits auf handlicher Höhe einen Nagel für das Gewehr eingeschlagen und daneben einen für das Rasierzeug. Das Knarren der Kojen in den Gestellen, das Einhämmern von Nägeln in die Zeltstangen und das Bekanntmachen mit dem Nachbarn sorgte für endlosen Rabatz. Meine Nachbarn waren Memphis, ein ruhiger Schwarzer mit Quiekstimme, Milwaukee, ein junger, unrasierter Radiomechaniker, dessen hämmernde Kopfhörer nie schwiegen, Boston, Klempner und Sohn eines Klempners, der nach jedem Satz lachte: »Ein echt gutes Stück Arbeit, Lance Corporal. Haha.« Dann war da noch Todd, dessen Koje an meine grenzte. Während der ersten Stunde des Auspackens lag er auf dem Rücken ausgestreckt da und sagte kein Wort, den Mund sorgenvoll gespitzt.

Ich sah zu ihnen hoch. »Was?«

»Hast du etwa all die Bücher hier mit in den *Krieg* gebracht?«, fragte Boston.

»Echt. Was bist'n du für einer?«, wollte Milwaukee wissen.

Todd schwieg weiter, verdrehte die Augen und sackte ungläubig stöhnend in die Kissen zurück.

Ich sprang vom Boden hoch, setzte mich auf die Kante meiner Koje und warf ihm einen Blick zu. »He, wusstest du, dass Satan durch Schwerkraft fiel?«

»Genau wie Newtons Apfel«, erwiderte Todd. »Glaubst du, Newton wär so blöd gewesen, 'ne halbe Bibliothek mitten durch die Wüste zu schleppen?«

»Er war *Alchemist* und *Kabbalist* – natürlich hätte er. Außerdem ist das nur 'n winziger Bruchteil meiner Büchersammlung.«

»Du tust dir keinen Gefallen.«

»Wie heißt du?«

»Todd. Und du?«

»Joel.«

»Du bist Turnipseed, stimmt's?«

»Ja.«

»Dachte mir schon, dass du 'ne Pfeife bist. Jeder im ISMO gluckste vor Lachen, als dein Name über Computer kam. Du bist im Motor-T, stimmt's?«

»Woher weißt du das?«

»Wir wissen alles im ISMO – wo wir uns nach hinten krumm machen, um euch dienlich zu sein, denn wenn wir uns nach vorn krumm machen, werden wir gefickt.«

»ISMO?«

Todd fiel zurück auf seine Koje.

Sergeant Small betrat das Zelt, hinter ihm ein feixender Squishbottom.

»Raus hier und rauf auf den Fünftonner, Marines. Außer dir, Turnipseed, für dich habe ich einen ganz besonderen Posten. Du wartest hier, wir anderen fahren um den Hafen herum und zeigen ihnen ihre Posten.«

Camp Shepard mit seiner Wachhütte, Motor Transport, Versorgungslager, ISMO, MP-Baracke und Unterkünften für alle anderen Marines in Jubayl bestand aus einer großen Fläche – eine Viertelmeile mal eine Meile – mit olivgrauen, in Reih und Glied aufgestellten GP-Medium-Zelten und ein paar größeren, in denen verschiedene Kompanie-Dienststellen untergebracht waren, den Conex-Zugwaggons, in denen sich das Postamt und andere Hochsicherheitsdienststellen befanden, dem großen Freiluftkino mit weiß getünchter Sperrholztribüne, wo die Sandsäcke gestapelt waren, für den Fall, dass Saddam Hussein beschließen sollte, eine SCUD-Rakete zwischen die Filmspulen zu werfen. Neben Camp Shepard lag das Flottenlazarett, das selbst aus einer großen Fläche voller grüner, in silberne Decken aus Tyvek-Isolierung gehüllter Zelte bestand. Auf der gegenüberliegenden Straßenseite war die Army mit ihren Patriot-Missiles untergebracht, ebenfalls in einem geschlossenen Feld aus uniformen grünen Zelten.

Ungefähr das Einzige, was nicht in einem grünen Zelt oder einem grünen Waggon untergebracht war, war ein kleines Lager an der Kreuzung mehrerer Hafenstraßen. Ein Wohnwagen beherbergte den Friseur. Ein anderer den Schalter zum Einlösen der Post-Exchange-Schecks. Daneben stand noch ein Wagen, der Pizza und Cheeseburger verkaufte. Aus einiger Entfernung wirkte er völlig verlassen, wundersamerweise war dann beim Näherkommen davor aber eine Schlange von zwanzig Leuten aus zehn verschiedenen Streitkräften gewachsen.

Wenn man durch die schwer gepanzerten und gut bewachten Tore von Camp Shepard hinausging und die Straße überquerte, kam man in diesen olivgrauen Mittelstreifen – ein halbes Vorstadtparadies. Nach der nächsten Straße stieß man auf zwei große, weiße, mehrstöckige Gebäude. Hauptquartier.

Ich wurde für das Hauptquartiergebäude eingeteilt, das Camp Shepard am nächsten lag. Nach ein paar Zigaretten Einsamkeit kam Sergeant Small zu unserem Zelt zurück, um mich zu meinem Posten zu bringen. Er erklärte, unsere Schicht würde sich auf vier Stunden Wache, acht Stunden dienstfrei belaufen, fünf Tage hintereinander, gefolgt von einer Vierundzwanzig-Stunden-Wache im REACT-Team – das für die Sicherheit im Hafen verantwortlich war – und zwanzig Stunden dienstfrei bis zur nächsten Rotation, in der jede Wache vier Stunden früher begann als die vorausgegangene.

Mein regulärer Posten war die Lobby im Erdgeschoss: ein langer Sperrholztresen, von innen und außen mit Sandsäcken gepolstert. Wenn ich dahinter saß, konnte ich kaum über den Rand sehen, wie Kilroy – Nase, Augen und Helm über der Kante. Die Sonne floss durch die Glastüren und die wandhohen Fenster, und die dünnen weißen Pfeiler warfen lange Schatten. Das Post-Beirut-Moderne-Interieur und die International-Style-Architektur allein konnten einen schon zur Verzweiflung bringen.

Die erste Wache verbrachte ich damit herauszufinden, ob Sergeant Small mich schätzte oder ob er mir den Posten zugeteilt hatte, damit die ein- und ausgehenden Stabsoffiziere mich im Auge behalten konnten.

Der erste Offizier, den ich grüßen musste, war der Kaplan, der die schlaffe Hand halb zum Gesicht hob und wieder sacken ließ. Sergeant Smalls Anweisung, »wie ein Marine« zu grüßen, entpuppte sich als ziemlich albern: Wie sollte ich einen Mann ernst nehmen, der aussah, als trüge er einen angeklebten Schnurrbart?

»Sieh mal an, wen wir da haben«, sagte er, »unseren Dritte-Person-Marine. Oder soll ich Sie ›den Philosophen‹ nennen?«

»Na ja, *der* Philosoph war Aristoteles. Dante, wissen Sie noch?«

»Ja, und Thomas von Aquin, glaube ich, nannte Aristoteles ebenfalls ›*den* Philosophen‹. Haben Sie heute Ihren Posten angetreten?«

»Vor ungefähr einer Stunde, und Boethius unterrichtete sowohl Dante als auch Thomas von Aquin über Aristoteles, stimmt's?«

»Natürlich, *Vom Trost der Philosophie*«, erwiderte er, »geschrieben im Kerker, glaube ich.« Er warf einen Blick auf die Uhr. »Sieht so aus, als hätten Sie viel Zeit zu *säumen*.«

»Ich hoffe, Sie meinen damit nicht, ich solle beten.«

Wir lachten beide.

»Sieht aus, als kriegten Sie viel erledigt«, sagte er und legte einen Stapel Bücher auf den stark mit Graffiti überzogenen Tresen. »Wollen Sie Ihr eigenes *Trostbuch* schreiben?«

Ich wurde rot und sah auf das abgenutzte Blatt Papier vor mir.

»Ehrlich gesagt, Sir, darf ich auf Wache nicht lesen. Dienstvorschrift.«

»Welche Dienstvorschrift soll das sein – ›Kein Lesen auf Posten‹?«

»Ich glaube nicht, dass es eine ist. Nicht, dass ich wüsste. Ich bin gerade dabei, die *Tagesbefehle* zu lernen.«

Zwischen den Wachschichten unterhielt ich mich mit Todd über Bücher, wir rissen Witze über das schwachsinnige Benehmen von Boston und Milwaukee, aßen zusammen in der Kantine – immer wieder ein Abenteuer – und sprachen über die frühen Tage von Operation Desert Shield.

»Ja«, sagte er, »ich wusste schon im Juni, dass irgendwas passieren würde. Wir packten unseren ISMO in Pendleton zusammen und fuhren zu Übungen rüber nach Florida: Fernmelde- und Computerverbindungen installieren, als ob sie zwischen Saudi-Arabien und Kuwait liefen. Dieselben Orte, Straßen, alles Mögliche. Als wir dann wirklich nach Saudi-Arabien kamen, war es wie ein Déjà-vu.«

»Seit wann bist du jetzt schon hier?«

»Ach, Mann, wir sind im August hergekommen. Wir waren die Ersten, die aus dem Flieger stiegen. Das ist ISMO immer.«

»Okay, jetzt reicht's«, sagte ich, »was ist ISMO?«

»Wir bauen Netzwerke auf und programmieren, Computerdaten ..., damit ihr'n bisschen weniger am Arsch seid. Natürlich seid ihr immer am Arsch, aber wir tun unser Bestes, damit es nicht zu krass wird.«

»Wer ist ›wir‹? Ich meine, wer ist am Arsch?«

»Jeder im Marine Corps außer uns. Nehmen wir dich, du bist am Motor-T, stimmt's?«

»Ja. Woher weißt du das?«

»Wie gesagt, ich hab deinen Namen auf der Liste gesehen. Bravo Company, Sixth Motor Transport Battalion. Ihr seid Reservisten und fahrt die Sattelschlepper. Vor zwei Wochen seid ihr hier angekommen, und euer Stab und die Offiziere könnten keinen Papierkram ordentlich erledigen, wären ihre Schwänze Stifte und das Papier Muschis.«

»Dann seid ihr so was wie Big Brother?«

»Nicht ganz. Die meiste Zeit trinke ich Cola und bläh rum, indem ich mir mit Tex Videospiele wie Sim City reinziehe. Ich hab gerade seine Wache übernommen. Kaum zu glauben, was? Beste Freunde, und wir sehen uns höchstens einmal im Monat.«

»Ja, mein bester Freund sitzt auch in einem Café in Minneapolis«, sagte ich. »Seit August bist du hier?«

»Seit August. Du kannst dir nicht vorstellen, was für Idioten die Offiziere waren, als wir hier ankamen. Sie zogen ihre Knarren, wenn du nur deinen Schwanz ein bisschen zu lange geschüttelt hast – als steckte da 'n Iraker in deinen Unterhosen. Arschlöcher.«

»Ja, wie aus der Gerüchteküche verlautet, hat der Krieg noch gar nicht begonnen, weil die Army bis Januar überhaupt noch nicht vorbereitet war.«

»Die Army? Scheiße, der einzig funktionierende Teil des Marine Corps war das ISMO. In zwei Wochen waren wir fertig, von Riad bis Mishab – installiert und online.«

»Niemand anders?«

»Alle anderen hatten eine Scheißangst. Wäre Saddam schlau gewesen, hätte er uns im September überrannt. Er hätte uns ganz schön in den Arsch treten können. Dies hier war hundert Prozent am Arsch, ein totaler Sauhaufen. Wir mussten in den Lagern hausen, und es waren mindestens vierzig Grad im Schatten und Fliegen überall drin. Jede Stunde ließen sie uns antreten, um zu sehen, ob schon jemand fehlte. Dann ließen sie uns mit geladenen Gewehren um den Hafen Patrouille gehen. Vollkommen bescheuert. Ich will zurück nach Pendleton und was Nützliches tun.«

»Was denn?«

»Wir bringen uns gegenseitig die Computersprachen C und C++ bei. Wenn ich aus dem Corps raus bin, will ich zurück nach Oregon und mal richtiges Geld verdienen.«

Nach dem Abendessen ging ich mit Todd zurück in unser Zelt, um ein Requisit für meinen Posten anzufertigen: ein Schild für meinen Tresen. Als ich an dem Abend den Dienst antrat, stellte ich es auf:

Philosophie des Tages – für fünf Cents

> Die Soldaten machten auf mich nicht den Eindruck von Individuen, sondern von einem riesigen menschlichen Tausendfüßler, der dazu taugte, alles niederzureißen; doch warum nicht, etwas aufzubauen? Wenn die Menschen dieses doch ernsthaft und geduldig zu kombinieren verstünden und harmonisch zu einem Ende brächten, das es wirklich wert sei, was vermögen sie nicht zu erreichen? Jetzt stecken sie ihre Hände und vielleicht auch ihre Köpfe zusammen, und das Resultat ist, dass sie Werkzeuge einer unvollkommenen und tyrannischen Regierung sind. Doch wenn sie ihre Hände und Köpfe und Herzen zusammenbrächten, stünde am Ende so etwas wie Zusammenarbeit und Harmonie und Erfolg, für den die Regierung heute vergeblich da ist, – eine Regierung, die nicht nur Werkzeuge besäße, sondern Ressourcen, die sich bezahlt machten.
> *Henry Thoreau, »A Yankee in Canada«*

Es war erst einen Monat her, seit ich die Einberufung erhalten hatte, aber der neunseitige Brief, den ich eines Nachmittags von Mark erhielt, ließ es mir wie Jahre erscheinen. Er zitierte aus Kierkegaard und Nietzsche und Emerson, die er in der ihm eigenen Art mischte:

> Das Mondäne: Ich bin wie erschlagen von der Masse vergeudeter Zeit im »zivilen« Leben. Der Sinn für Dringlichkeit, der alltägliche Tätigkeiten umgibt, beschränkt sich auf Kleinlichkeiten und Mondänes. Natürlich gibt es mehr, mit dem man seine Zeit ausfüllen kann, jedoch zu welchem Zwecke? Soll ich eine Arabeske schlingen: zu meiner vollkommenen Gemütsruhe? Sind meine Farben mein Leben in Gedanken und Tat, jeder Tag meine Leinwand, meine Erfahrungen für eine Ausstellung? Welcher Kritik willst du seine Gesamtheit unterwerfen; nicht der einen oder den wenigen, die aus reinem Zufall außergewöhnlich sind, sondern der Kritik insgesamt? Hierin liegt des Menschen größtes Dilemma: Seine Fähigkeit zu Tugend geht zugleich mit seiner Fähigkeit zu Erniedrigung einher. Liegt nicht klar auf der Hand, dass die Arabeske des Künstlers ebenso inspiriert sein kann von höchsten Idealen wie von niedrigsten Werten?

Da sitze ich hier mit Boston und Milwaukee, die nur über Bierblähungen und Muschis reden, Sergeant Small, der mir mit Waffenkontrolle und Dienstvorschriften auf den Sack geht, und siebentausend Meilen weit weg spricht Mark mit mir, als sei ich ein Transzendentalist. Was für eine verdammte Scheiße? Wenn ich je ein Held werden sollte, dann höchstens als Lager-Klugscheißer und Champion-Raucher von zwei 58-Cent-Schachteln Camel pro Tag. Ich war mir selbst abhanden gekommen und wusste nicht, welches Wort ich dafür finden sollte: wie ein falsch eingeordnetes Buch; wie ein Sandkorn in der Wüste; wie was? Wie das, was ich war – ein Marine unter vielen, der ein Gewehr und Gepäck mit einem Funkgerät schleppte.

In Saudi-Arabien. Im Hafen von Al Jubayl. Auf Wache. Auf REACT-Patrouille. Unser Laster parkte mitten im Haupttor im Sand. In einer langen Schlange entluden wir die Ladefläche. Dieselabgase mischten sich mit dem Salzgeruch aus dem Golf. Etwa hundert Meter hinter uns hielten Laster an den MP-Baracken. Die Fahrer reichten ihre Papiere aus dem Fenster und verschwanden dann in der Nacht wie ein stockender Strom langsamer Spurensucher, deren rote, orange und gelbe Lichter auf ein Ziel an der irakisch-kuwaitischen Grenze zurollten.

Umgeben von Stille, setzten wir uns am Zaun entlang, der den Hafen umgab, in Marsch. Die Klingen des Rolldrahts über uns glitzerten. In der Ferne stieg die Brandsäule der Gas-Öl-Trennanlage in einem sporadischen Feuertanz auf. Unmittelbar hinter dem Zaun lag Jubayl: vier- und fünfstöckige Zementapartments mit islamischen Bögen, von denen nur ein paar vollständig waren; ein Hund, der die Mülltonnen durchwühlte; die Gassen voller Abfall und hier und da ein Sedan, der quer zum Rinnstein parkte. Nur das statische Knacken des Funkgeräts und das nervende Schlagen der Antenne gegen den Helm unterbrachen die müde Stille unserer Schritte, die sich durch losen Sand quälten und über Beton schlurften.

Seit dem unsanften Wecken durch Sergeant Small mit seinem Schlagstock hatte ich keine Zigarette geraucht. Ich konnte mir einfach nicht vorstellen, dass es tatsächlich einen Zwischenfall geben könnte, der unsere Reaktion erforderte. Wenn ein Schuss gefallen sein sollte, hatte wahrscheinlich einer der Wachposten auf einen Hund jenseits des Zaunes geballert, einfach so, aus Spaß. »Mann, ich wollte gerade nachsehen, ob da nicht etwa Sand an meinen Bolzen gekommen war, okay? Ich konnte es kaum fassen, als er losging. Als wenn ich ihn ungesichert gehabt hätte oder so.« Irgend so was. Ich dachte nicht weiter nach, als ich mir einen Stengel aus der Jackentasche zog und anzündete. »Bist du wahnsinnig, verdammte Scheiße?«, zischte jemand. »Mach sofort das Ding aus, Kerl.«

Fünfzig Meter weiter vorn marschierten die führenden Männer unter einem Scheinwerfer – Truppenmarsch auf beleuchteter Bühne. Jemand schlug von hinten auf mein Gepäck. Ich drehte mich um und sah den Wach-Sergeant, den echten, dessen Fulltimejob darin bestand, die Wachrotationen zu überwachen. Er war ein hinterhältiger schwarzer Bursche. Gerüchten zufolge war er gerade bei der Exerzierprüfung durchgerasselt. Mir sah er gar nicht nach Durchrasseln aus.

»Was, zum Henker, ist das?«, wollte er wissen, die Augäpfel drei Zentimeter vor meiner glühenden Zigarette. Eine Antwort schien überflüssig. Doch die Flüsterstimme vor mir antwortete trotzdem.

»Zigarette.«

Ach was. Ich stand jetzt im Scheinwerferlicht, meine Funkantennen wogten hoch über mir. Der durchgerasselte Exerzierausbilder suchte auf meinem Jackenkragen nach meinem Rang, den Winkel mit gekreuzten Gewehren, den anzustecken ich mir nie die Mühe gemacht hatte.

»Wie heißen Sie, Soldat?«

Ich antwortete, wie es das Marine Corps Supply forderte: »Lance Corporal Turnipseed, Joel.«

Längst hatte ich meine Zigarette im Sand ausgetreten.

»Sind Sie so 'ne Art Komiker?«

Ich konnte Todd in einiger Entfernung lachen hören. Milwaukee und Boston auch. Mir fiel das Kabuff ein.

»Hören Sie, wir stehen hier unter dem Licht von fünfzigtausend Watt, was soll das?«

»Ja«, erwiderte er, »wir werden schon noch sehen, was das soll, Turnipseed. Sie melden sich morgen früh bei mir, denn jetzt gehören Sie mir, Lance Corporal.«

Ein paar hundert Meter weiter am Zaun, genau neben dem Lagerschuppen, dessen Dach Posten vier war, wartete ein LKW auf uns. Wir kletterten hinein, um doppelt gesichert zum Vordertor zu gelangen, um erneut an der Küste entlang zu patrouillieren. Ich schwang mich mit meiner Zigarette aufs Heck des Fünftonners. Unsere starren Blicke konzentrierten sich auf einen Punkt ungefähr einen Zentimeter vor uns, vor Erschöpfung und Langeweile nach innen gerichtet. Ich habe mich nie gemeldet.

Die gesamte Küste war mit Steinen bedeckt, von der Größe einer Faust bis zu der eines Volkswagens. Hier wurde der PRC-47 seinem Spitznamen gerecht: der Stachel. Köpfe verschwanden hinter Felsen, kamen wieder hoch, schwankten über unsicheren Schritten. Der einsame Wachposten im Maschinengewehrnest, das auf den Golf ging, starrte uns hinter seinem Tarnnetz an. *0200: Crazy motherfuckers coming downrange.* Vor uns ragten die Hafenkräne über der Schiffs silhouette, deren weiße Farbe rote Blinklichter reflektierte. Wir gingen vorbei an Saudi Motors, wo das gelbe Licht im Fenster des Kurierwagens neben den trägen Wellen des Golfs wie eine tröstliche Mischung aus Einsamkeit und Freiheit aussah.

Als wir vom Meer hinauf zu den Zelten von Camp Shepard krochen, schien alles verwaist. Als liefen wir durch eine leere Filmkulisse. In Trupps bewegten wir uns zwischen den Zelten, ohne zu sprechen. Sergeant Small gab Handsignale: Er drehte den Arm rückwärts mit ausgestreckter Hand, um eine Kolonne zu bilden; streckte die Arme seitwärts aus, um sie dann vorne zu schließen; senkte einen gehobenen Arm und schwenkte ihn zur Seite, um uns über das Zeltlager zu verteilen. Todd und ich duckten uns hinter den Duschen und liefen dann zum Futterplatz. Die Belegschaft war noch nicht angekommen, und die Bratpfannen, Löffel, Siebe und Kannibalentöpfe glänzten im Mondlicht an ihren Haken. Noch einmal bekamen wir Sergeant Small in einer Lichtung drüben bei den Lagerbaracken, in denen ISMO stationiert war, zu Gesicht. Er winkte schweigend und gab uns das Zeichen für den Sammelpunkt: Er fasste an seinen Gürtel, deutete dann auf den Boden, während er die Hand kreisen ließ.

Fast erwartete ich, ein Regisseur würde »Cut!« rufen, um dann eine Zigarette zu rauchen, während ich der Crew beim Einpacken der Kameras zusah. Ich fühlte mich wie ein Schauspieler in meinem eigenen Leben – und ich spielte die Rolle eines Schissers.

Geheimer Nachrichtendienst

Am Morgen loderte die Sonne durch die Glastüren des Headquarters. Immer, wenn eine der Türen geöffnet wurde, fing sie eine Reflexion auf, die meine Pupillen zu winzigen Punkten niederbrannte. Gegen Ende der Wachschicht waren meine Augen allmählich in der Lage, sich auf einen kleinen Mann mit schütterem Haar und kleiner, runder Brille scharf einzustellen. Es war der Artillerieoffizier vom S-2 Marine Corps Intelligence. Er legte ein schwarzes Ringbuch auf die Sperrholzplatte meiner gepanzerten Marktbude.

»Fast sechs, Lance Corporal. Bald fertig?«

»Ja, zwei vor sechs«, erwiderte ich. »Sie sind früh dran. Oder spät, ich weiß nicht, was.«

Wir hatten eine Art Korridorfreundschaft geschlossen, so wie die mit dem Kaplan und mit einem der Captains in der MP-Einheit.

»Ich muss eine Menge Berichte erledigen. Viel Arbeit im Moment …«, sagte er und schleppte die Worte vielsagend. »Ich habe über das Zeichen von Ihnen nachgedacht, Lance Corporal, wissen Sie, dieses Zitat von Thoreau, das Sie immer so hochhalten. Deshalb habe ich mir über so manches den Kopf zerbrochen … Das gefällt mir.«

»Das ist schön. Woran haben Sie denn denken müssen?«

»An *Bartlett's Quotations.* Darin ist dieses Zitat von General Sherman.« Er machte eine Pause, um ganz leicht die Brust vorzustrecken, den Kopf in den Nacken zu legen, als wolle er dem Stil von Everett und Webster nacheifern. »Krieg ist bestenfalls barbarisch«, zitierte er. »Sein Glanz ist Mondschein. Nur die, die nie einen Schuss abgefeuert oder die Schreie und das Stöhnen der Verwundeten gehört haben, schreien laut nach Blut, nach mehr Rache und mehr Verwüstung. Krieg ist Hölle.«

»Das ist eine bemerkenswerte Aussage von jemandem, der Georgia aufheulen ließ, oder nicht?«, merkte ich an.

»Nicht wirklich. Er konnte es nur deshalb wissen, *weil* er den Süden niedergebrannt hatte. Es ist so was wie die Tragödie einer Tragödie – man kann andere Leute erst dann warnen, wenn man für das zum Helden geworden ist, vor dem man die anderen warnt.«

Ich war verdutzt. »So eine Art Umkehrung oder Gegenstück zu ›Chicken Little‹, stimmt's? Das Küken, das immerzu rief: ›Der Himmel stürzt ein, der Himmel stürzt ein.‹«

»Genau! Wie die Marines. Ich hatte Geschichte im Hauptfach, wissen Sie, in North Carolina ...«

»Gute Schule. Tolle Pussykätzchen.«

»Tolle Stadt. Raleigh-Durham – Chapel Hill – find ich Klasse. Na, jedenfalls hab ich Geschichte im Hauptfach gehabt, bis meine Frau schwanger wurde. Ich ging zu den Marines. Ließ mich scheiden. Lebte in Korea, auf den Philippinen, in Japan, Saudi-Arabien, Deutschland, Norwegen. Meinem Neffen sage ich: ›Geh um Himmels willen nicht zu den Marines. Geh aufs College.‹ Aber er hört nicht. Er kann einfach nicht glauben, dass einen das *Abenteuer* zermürbt und umbringt. Man raucht zu viel, flucht verdammt zu viel ...«

Ich setzte seine Liste fort: »Hat niemand, mit dem man reden kann, wenn man sich über etwas aufregt, keine guten ausländischen Filme auf den Stützpunkten, lebt in Scheißnestern. Kein Cappuccino. Jeder und alles ist grob, ausschweifend ...«

Er starrte auf die Graffiti an der Wachbude, als ich meine Litanei beendete. »Sie studieren Philosophie?«, fragte er und sah auf.

»Ja, Philosophie und vielleicht die Klassiker. Ich weiß nicht. Ich lese und denke einfach gern, der Studierteil ist mir nicht so wichtig.«

»Lassen Sie ihn nicht zur Nebensache werden, sonst enden Sie als vierzigjähriger Artillerieheini, der die langweiligsten Berichte lesen muss, die man sich vorstellen kann, und dabei Kaffee trinkt, der nach alten Pennies schmeckt und wie bleifrei riecht. Cappuccino? Bringen Sie Ihr verdammtes Studium zu Ende.«

»Okay, wenn Sie meinen.«

»Und kommen Sie mal auf einen Kaffee zu mir ins Büro. Ich werde ihn ganz frisch kochen und Ihnen die Intelligence von innen zeigen.«

»In Ordnung. Aber ich komme hier vor sechs nicht weg – ist das okay?«

»Na großartig. Ich werd mit 'ner Tasse frischem Braunen warten.«

Als ich endlich freihatte, ging ich ins zweite Geschoss. Zwei Wochen lang hatte ich zugesehen, wie Leute nach oben verschwanden, und mich gefragt, wohin sie wohl gingen; an welche Wunder moderner Technologie sie sich setzten, um zu spionieren und zu überwachen. Manchmal stellte ich mir ein minimalistisches skandinavisches Dekor vor – weiße Räume mit Kiefernholztäfelung, manchmal etwas wie bei Terry Gilliam – luftgeblasene Leitungsrohre in Plexiglasschächten, Computer, Radar, Drucker, mittelalterliche Folterinstrumente, Reagenzgläser, Fotoentwickler, alles getaucht in rosabraune LED-Schatten.

Oben musste ich feststellen, dass der erste Stock genauso aussah wie das Erdgeschoss: dieselbe trübe Bauhausimitation in Kleinformat, die seit den dreißiger Jahren alle Regierungsgebäude und Krankenhäuser auszeichnet. Der Offizier saß vor seinem Computer und malträtierte die Tastatur wie ein Sekretärveteran oder Groschenromanschreiber, eine schwelende Zigarette im Ascher neben dem Keyboard.

»Entschuldigung«, fragte ich aus dem Türrahmen, »gilt die Einladung auf eine Tasse Kaffee noch?«

»Hey, Lance Corporal! Kommen Sie rein. Setzen Sie sich.« Beschwingt stand er von seinem Bürostuhl auf, sodass dieser sich träge hinter ihm weiterdrehte.

Vorsichtig trat ich ein und warf einen Blick auf den zweiten Schreibtisch.

»Ach ja, klar, setzen Sie sich an den Tisch vom Captain. Er wird vor neun nicht da sein. Ich mache uns Kaffee.« Er begann im Büro herumzustöbern und sprach gegen die Wand, während er die Regale durchsah. »Stellen Sie Ihren Napf weg, ich habe hier irgendwo einen sauberen Becher. Und auch frischen Kaffee. Wie war Ihre Wache?«

»Gut. Langweilig.«

Er ging aus dem Büro und verschwand um die Ecke. Auf dem Schreibtisch des Captain begann ein sperriger Nadeldrucker sich von einem Bericht zu befreien. *Schrien, klick, klick, klack. Klack, klack, klick, klack, klack. Schrien.* Zeile für Zeile heulte er seine mechanischen Paroxysmen heraus.

»Sieh mal an, was da kommt«, sagte der Offizier, als er zurück ins Büro kam, und deutete mit einer Mr.-Coffee-Karaffe voll mit brodelndem gelbem Wasser auf den Drucker, »das morgendliche Intelligence Summary. Lärmender Nervtöter, was?«

Ein langer, eckiger Papierstrom breitete sich über dem Boden aus, faltete sich über einige Seiten, wölbte sich protestierend und glitt dann weiter über das Linoleum.

»Das ist ja ein Wahnsinnsbericht«, kommentierte ich.

»Ja, und davon muss ich jeden Tag mehrere zusammenfassen. Können Sie sich das vorstellen?« erwiderte er, während er geschickt den Papierstrom aufhob und zu einem perfekten perforierten Stapel faltete.

»Gute Arbeit«, sagte ich. »Ich krieg das mit dem Druckerpapier nie hin, irgendwie hakt's immer. Müssen Sie das etwa alles lesen, oder gibt's da Stellen mit den wichtigsten Informationen?«

Er war schon dabei, die Seiten zu überfliegen, blätterte eine auf die andere. »Natürlich, ich lese sie alle. Man darf nicht vorschnell entscheiden, weil man etwas Bedeutsames übersehen könnte. Sie wissen ja, Nichtvorhandenes kann genauso wichtig sein wie Vorhandenes. Übrigens: Rauchen Sie ruhig, ich sag's keinem.«

Ich fragte mich, ob *er* wusste, dass ich rauchte, wenn ich Wache schob. Vielleicht hatte er einen der anderen gesehen – wir alle rauchten. Sein Büro unterschied sich nicht von den anderen Büros des Marine Corps: Schreibtische und Stühle aus grünem Stahl, kränklich beige Aktenschränke mit vier Schubladen – auf denen gerahmte Fotos von einem Teenager-Jungen und einer Filipina mit ihrer Tochter auf dem Schoß standen, dazwischen ein Topf mit Efeu. Gerahmte Beförderungsurkunden und Ausbildungszertifikate hingen an der Wand über dem Schreibtisch, daneben ein Kalender und ein »Stay-Marine«-Rekrutierposter, auf dem ein Marine in Spurthaltung in Form eines roten Ferraris abgebildet war. Ein Regal an der Wand hinter dem Schreibtisch war voll gestopft mit technischen Handbüchern und Marine-Corps-Kursbüchern sowie noch ein paar Efeupflanzen, die einander den Raum streitig machten. Hatten die Leute etwa *Blumentöpfe* an den Golf mitgenommen?

»Ist das hier Ihre Ex-Frau?«

»Die Filipina? Nein, das ist meine *Frau.* Vor ein paar Jahren habe ich wieder geheiratet. Ist meine Tochter nicht süß? Zurzeit wohnen sie in Oceanside. Ich wünschte, ich könnte sie von dort wegbringen. In zwei Jahren werde ich pensioniert. Dann sollte ich eigentlich Master Sergeant sein, und das bringt uns eine gute Rente. Am liebsten würde ich zurück nach North Carolina ziehen.«

»Wollen *Sie* Ihren Abschluss machen?«

»Nein. Ich habe einen ganz hübschen Notgroschen. Ich denke

mal, ich kaufe mir ein Häuschen und versuche, selbst einen Tom-Clancey- oder Jim-Webb-Roman zu schreiben. Material dafür habe ich genug. Wollen Sie mal sehen, was letzte Nacht passiert ist, während Sie unten philosophiert haben?«

Er gab mir einen Stapel Papier. Ich warf einen Blick durch die offene Tür.

»Ist schon okay«, sagte er, »lesen Sie's ruhig.«

»In Ordnung«, erwiderte ich und nahm das Papier entgegen. »Ist es interessant?«

»Hängt davon ab, was Sie damit anfangen«, sagte er und schenkte Kaffee ein. »Wenn Sie es richtig lesen, ja. Mich interessiert, was Sie damit anfangen.«

»Ich frage, wenn etwas über meine Hutschnur geht«, sagte ich.

Er gab mir einen Becher aus Steingut, der mindestens fünf Pfund wog, und ging zurück zu seinem Computer.

»Junge, Junge«, bemerkte ich, nachdem ich ein paar Seiten überflogen hatte, »viel haben wir letzte Nacht aber nicht getroffen, oder?«

»Tun wir nie«, sagte er. Ich vertiefte mich in den nicht abreißenden, mysteriösen und zumeist unverständlichen Informationsstrom:

MISSION 427 0402 KTO 29.46N 46.48E BDA:
KEINE SCHÄDEN
MISSION 428 0404 KTO 29.47N 46.46E BDA: T-55
MISSION 429 0404 KTO 29.47N 46.48E BDA:
KEINE SCHÄDEN
MISSION 430 0414 KTO 30.68N 44.45E BDA:
KEIN BERICHT
MISSION 431 0416 KTO 30.68N 44.46E BDA:
KEINE SCHÄDEN

Und so ging die Liste über mehrere Zigaretten und viele Seiten weiter: KEINE SCHÄDEN; KEINE SCHÄDEN; KEIN BERICHT. In der Mitte des Stapels stieß ich auf eine halbseitige Übersicht:

CENTCOM UPDATE TO BDA – 0430 13 FEB 1991
PANZER: 1368 (31%)
ARTILLERIE: 825 (26%)
PANZERMANNSCHAFTEN: 958 (34%)
MANNSCHAFTEN: 80 000 (13%)
WIRKSAMKEIT IRAK – KTO: 65%
***GESCHÄTZTE TREIBSTOFFRESERVE: 6 MONATE
***GESCHÄTZTE RATIONSRESERVEN: 9 MONATE
***GESCHÄTZTE TRINKWASSERRESERVEN: 6 MONATE

***MORAL GEMÄSS IRAK. KRIEGSGEFANGENEN:
EXTREM NIEDRIG***

Ich sah von den blassblauen Buchstaben auf. Der Sergeant bearbeitete die Tastatur, als schriebe er bereits an seinem Roman, gleichmäßig und ohne Unterbrechung, nur gelegentlich nagte er an der Innenseite des Mundwinkels.

»Was halten *Sie* von alledem, Sergeant?«, fragte ich.

»Von was?«, fragte er zurück, ohne mit dem Schreiben aufzuhören.

»Na ja, es scheint, als hätten die Iraker furchtbar viele Kampfkapazitäten. Meinen Sie nicht?«

»Was das Material angeht? Klar. Aber die Hälfte der Einsätze, die wir zurzeit vornehmen, bringen nichts zu Fall, außer der verdammt besten Propaganda der Welt – diese armseligen Schlucker, wenn sie nicht vorher hinterrücks erschossen werden, werden sie aus ihren Löchern gekrochen kommen und die Republikaner wählen.«

Ich lachte. »Wirklich?«

»Ja, wirklich. Gerade Sie sollten wissen, dass es *das* ist, was Amerika zur einzigen Supermacht macht: Gehirnwäsche. Amerika ist das erste Land, das sich selbst nach dem Prinzip regiert, dass niemand für eine Sache in den Tod gehen will, dass wir uns aber alle umbringen, für eine zu leben. Was okay ist: Derselbe Dreh, der alle zufrieden und phlegmatisch auf den natürlichen Drang des Menschen nach Ausdruck und Selbsterfüllung reagieren lässt, ist umgekehrt stark genug, ihn zornig und kampfbereit zu machen gegen den natürlichen Drang nach Fortpflanzung und Selbsterhaltung. Der Verstand mag auf der Strecke bleiben, aber Amerika geht's um die erfolgreiche Ausbeutung der Extreme. Und die Leute auf der ganzen Welt beginnen langsam nach diesem Programm zu leben. Es funktioniert.«

»Sind Sie sicher, dass Sie Marine sind?«, fragte ich.

»Natürlich. Aber ein zynischer Marine.«

Schweigen brach unserem Gespräch die Spitze. Er zuckte die Achseln und begann wieder zu tippen, wobei er es irgendwie schaffte, sich eine Zigarette anzuzünden, ohne einen Anschlag auszusetzen.

»Lesen Sie ruhig weiter. Da werden Sie nichts finden, was Ihnen den Schlaf raubt.«

MISSION 462 0510 KTO 30.40N 45.46E BDA:
TK ARTILLERIE
MISSION 463 0510 KTO 30.40N 45.46E BDA:
KEINE SCHÄDEN
MISSION 464 0511 KTO 30.41N 45.48E BDA:
KEINE SCHÄDEN

* ERKENNE DICH SELBST

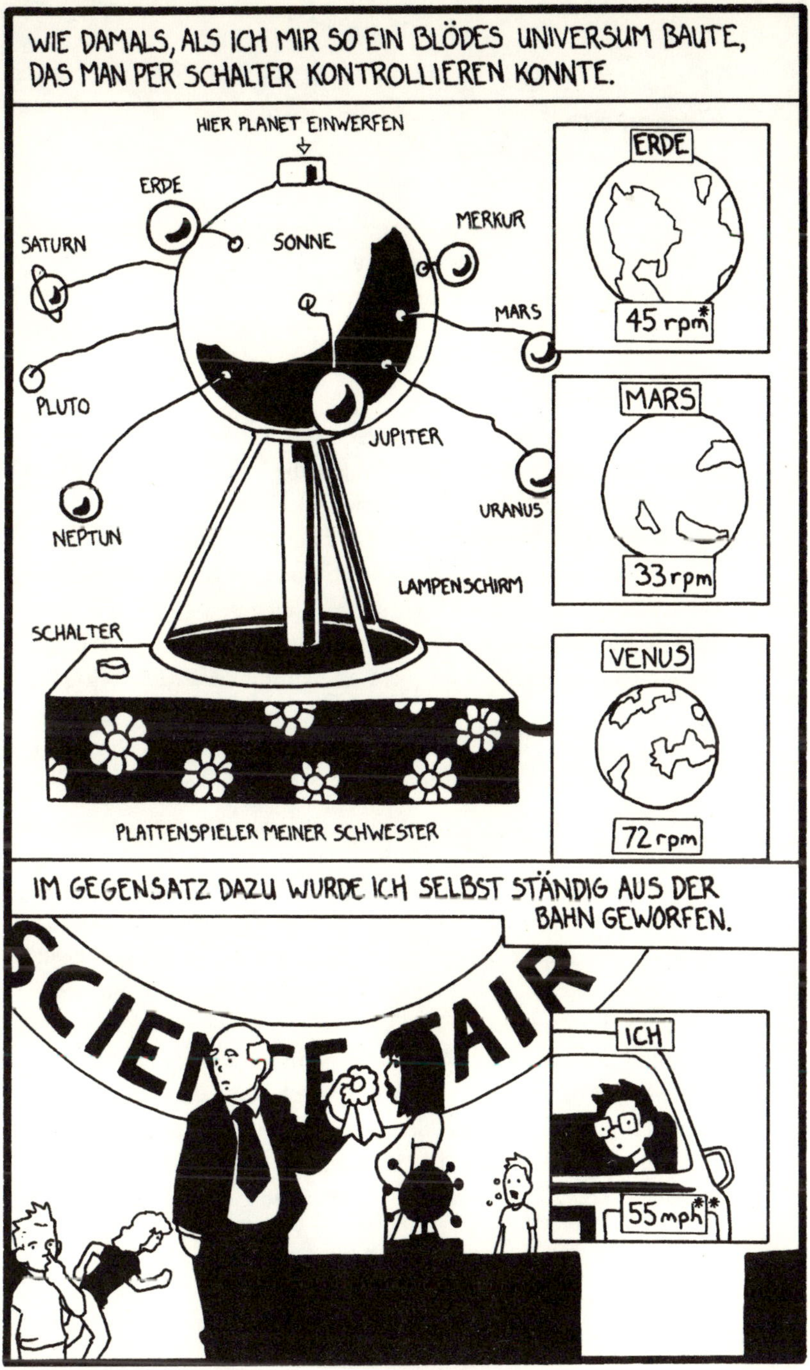

* UMDREHUNGEN PRO MINUTE

** MEILEN PRO STUNDE

Einsamkeit

> Ich bin zu dem Schluss gekommen, dass alle Schwierigkeiten des Menschen einen einzigen Grund haben: Er kann nicht mit sich allein still in einem Zimmer sitzen.
> *Pascal*

VERDAMMTES A, KLAR.

Früher, als mir noch daran gelegen war, solche Dinge zu sagen, zitierte ich Pascal: »In der Einsamkeit ist die Erinnerung von unendlicher Gegenwart.« Über so was konnte ich einen ganzen Wachdienst lang nachdenken, besonders zwischen zwei und sechs Uhr morgens.

Ich stand Posten in der einsamsten Stunde der Nacht. Ich trieb im matten Schein des grauen Lichts vom Flur her, das sich kühl über den schimmernden Kachelboden ausbreitete. Ich trieb in grauen und wässerigen Blautönen, im blassen Kadmiumrot des EXIT-Zeichens, die Aufmerksamkeit gebannt vom schwachen Knacken des Funks der MP-Station, ein hypnotisierendes Leiern, das ein plötzliches, aber ruhiges Ende fand, wenn seine Wellen unsichtbar gegen die Zementwände prallten.

Dies ist die Einsamkeit, von der Pascal sprach. Keine Bewegung, denn die bringt die Welt herein. Kein Gewisper, Gemurmel, Gesumme. Kein Buch. Dies ist die Einsamkeit, die auf sich zu nehmen ein poetischer oder religiöser Akt ist. Oder ein Zeichen von völligem Mangel an inneren Kräften, eine Einsamkeit, die meist nur, wenn überhaupt, im Zustand der Trunkenheit überstanden werden kann.

Lichter brachen sich in breiten, kreisrunden Ringen in den Spiegelglasfenstern, auf die ich starrte, Lichter von außen und aus der Ferne. Hinter den Scheiben, den Schatten und Spiegelungen konnte ich nichts erkennen. Es würde noch Stunden dauern, bevor jemand das Büro verließ, um zum Hauptquartier zu gehen, oder bevor jemand das Gebäude betrat, um früh mit der Arbeit anzufangen. Niemand, mit dem ich ein Wort reden könnte oder für den ich zum Grüßen aufstehen müsste. Ich war allein.

Das ist der Moment, wenn wir zu den Müttern hinab in den Vulkan steigen; wenn wir mit unseren Dämonen ringen; unsere Qualen ertragen. Dafür gibt's keine Worte, wenn ihr mich fragt.

Ich stand da, das Gewehr geschultert, und musste wieder daran denken, wie ich in der vierten Klasse vertrimmt worden war, weil ich nicht an Gott glaubte, und wie ich lachte, als die Freundin, mit der ich gerade Schluss gemacht hatte, wutschnaubend ihren Wagen mit dreißig Meilen pro Stunde in die Mülltonnen des chinesischen Restaurants in der kleinen Gasse unter meiner Campuswohnung fuhr und Gemüsereste und Fischgräten über der Kühlerhaube verteilte. Wir erinnern uns also an Scheiße. Und an Träume, vermute ich.

Eine Tür schloss sich am Ende des langen Flurs und um die Ecke, ein leiser Klick, der daran erinnerte, dass es in uneinsehbarer Ferne Menschen gab. Ich verschob das Gewicht von einem Fuß auf den anderen und überprüfte das Gewehr. Der Helm drückte schmerzend auf den Schädel, ein im Innern widerhallender Schmerz. Das war die Sache bei diesen Kevlar-Helmen – sie ließen einem zwei unbefriedigende Möglichkeiten: Man konnte den inneren Riemen festzurren, damit der Helm nicht oben auf dem Kopf schaukelte, aber das schnitt die Blutzirkulation ab, sodass die Ohren und der Hals zu kribbeln beginnen, bevor sie taub werden; oder man konnte den Zehn-Pfund-Helm auf einem wachsenden Knoten auf dem Schädel schaukeln lassen – eine Art ständig schmerzende Beule. Es ist die Art von Design, die das Marine Corps ganz speziell in Auftrag gegeben zu haben scheint, nach dem Motto: »Könnten Sie vielleicht einen Kevlar-M-2-Stahlhelm entwerfen, der den Mannschaften eine ständig schmerzende Beule beschert? Das hält sie von Dummheiten ab.« Ungefähr so, fiel mir auf meinem Posten ein, wie damals, als mein Vater jeden Morgen, bevor er zur Arbeit ging, erst noch alle Kinder vermöbelte – weil sie es sowieso irgendwann verdienen würden, oder? Das ist der Mechanismus von »Arschloch!« und »Miststück!« und »Ich hasse dich!« und »Wenn du mich noch einmal schlägst, du Drecksschlampe, breche ich dir deine verdammten Knochen!« Und es ist das Drehbuch meiner Träume.

Ich zog eine Zigarette aus der Tasche, ohne das Päckchen sehen zu lassen, ohne die Zigarette sehen zu lassen, hielt sie vorsichtig in der hohlen Hand …, das Feuerzeug entzündete ich unter der Kante des Tresens, sodass kein verräterischer Schein in den Glasscheiben zu sehen war. Für alle Fälle. Ich saß auf dem Klappstuhl und beugte mich über meine Zigarette. Ich nahm einen langen, tiefen Zug, brannte die Glut herab zu einem langen, leuchtenden Punkt unter einer Hülle aus zerstiebender Asche. So lange ich konnte, hielt ich den Rauch, ließ ihn in die Lunge strömen und atmete mit langem, hastigem Ächzen wieder aus, ohne dass ich noch nennenswerten Rauch entdecken konnte. Ich drückte die Zigarette unter dem Tresen aus und wischte die Asche mit einem Zipfel meines Hemdes weg. Die herabgefallenen Funken und Ascheflocken zertrat ich im losen Sand auf den Fliesen. Mein ALICE-Gepäck stand offen an die Wülste der Sandsäcke gelehnt, und ich warf die Kippe hinein, bevor ich wieder hinaus in die Nacht starrte.

So also kämpfte ich den größten Teil meines Krieges. Um zwei Uhr morgens auf einem Wachposten oder um drei Uhr draußen auf dem Highway mit einer Ladung 155-mm-Granaten im Schlepp. Allein. Ohne Waffen.

Als eine Stunde später bei Tagesanbruch der wachhabende Corporal kam, um mich zu entlassen, fragte er: »Haben Sie da hinten geraucht, Lance Corporal?«

»Nein«, erwiderte ich, »hab nicht geraucht.«

Mit glitzernden Augen musterte er mich misstrauisch. »Ach ja?«, fragte er und machte eine Pause, um mich eingehend zu taxieren. »Glauben Sie ja nicht, ich hätte Sie nicht durchschaut. Ich weiß, was

Sie im Schilde führen, Lance Corporal, und zwar ganz genau. Sie halten sich für was Besonderes, dabei sind Sie nur ein Stück Scheiße.« Ich starrte zurück. Er schwieg wieder, wobei er diesmal mit der Zunge schnalzte und hinaus in die Ferne blickte. »Sie sind entlassen!«, sagte er und hob die Hand, als wolle er einen Hund verscheuchen.

Der Hundezwinger

Es waren nur etwa zweihundert Meter vom Wachzelt zum Zelt des Motor Transport Battalion, aber ich wankte unter dem Gepäck, das mehr wog als ich selbst. Ich schleppte drei Seesäcke, einen als Rucksack, die anderen auf den Schultern, mein Gewehr in der einen Hand, in der anderen das Feldbett. Mit dieser Ladung stolperte ich zwischen den Zelten herum. Ich stolperte über Stricke und Ketten und die Zementblöcke, an denen sie befestigt waren, vorbei an verstreuten Paletten und Stangen und Pfosten und Balken, die unter dem schimmelnden Leinen hervorragten. Ich wich Pissepfützen aus und halb geöffneten, weggeworfenen Chicken-à-la-King-MREs, die wie Kotze aussahen: weiß und geronnen, mit Erbsen und Karotten.

Ich stolperte voran, warf einen Blick in jedes Zelt, an dem ich vorbeikam, auf der Suche nach einem freien Platz, wo ich meine Seesäcke abwerfen und mein Feldbett aufstellen konnte. Die Marines im ersten Zelt, in das ich hineinsah, hatten ihre Kojen nah an den Rand des Zeltes geschoben. Wie Viehdiebe saßen sie um einen Bunsenbrenner herum. Ein Topf mit Suppe köchelte auf den Flammen. Alle drehten sich zugleich nach mir um und streckten ihre Arme aus: »Scher dich zum Teufel, das ist unser Zelt.«

Es war heiß, Saudi-Arabien-heiß.

Schweiß lief mir über die Stirn ins Auge, und meine Brille ließ die salzigen Tropfen bis zur Nasenspitze rinnen. Ich hatte keine Hand frei, um sie abzuwischen, und so schleppte ich mich durch Camp Shepard und gab ein dämliches und absurdes Bild ab. Ich fühlte mich verloren in einer vertrauten Umgebung. Die Jungs aus Minneapolis waren nach Mishab im Norden gezogen. Da jetzt die Reserveeinheiten der Marine Wing Support Group 47 zur First Marine Expeditionary Force, zur First Field Service Support Group und zum Sixth Motor Transport Battalion gehörten, waren keine Minneapolis-Zelte mehr da, in die ich hätte einziehen können. De facto waren keine Einheiten aus Minneapolis mehr da – unsere Heimatstadt wurde als zufälliger Herkunftsort behandelt, nicht als fundamentale Qualität des täglichen Lebens. Die Jungs aus Minneapolis waren sämtlich zum Seventh Motor Transport Battalion abkommandiert. In dem ständig sich ausdehnenden Geflecht der schlicht nach Kolonne und Reihe nummerierten Zelte, die jeden vom LKW-Fahrer, Koch, MPS zum Versorgungspersonal und Software-Transporter beherbergten, konnte ich nicht einmal erkennen, welche davon zu unserer Motor-Transport-Einheit gehörten.

Ich war allein.

Eine hohe, polierte, wohlklingende und einladende – *honigsüße* – Stimme rief: »He, Bruder, suchst du 'nen Platz zum Wohnen?«

Mein Blick sprach für mich.

»Such nicht weiter, Bruder. Komm, ich helf dir mit deinem ganzen Kram. Morris mein Name, auch Mountain Man.«

Ich glotzte ihn an. Einssechzig mit Bart. Ein überaus sorgfältig gestutzter und überaus *nicht vorschriftsmäßiger* Bart. Er war ein Schütze Arsch mit Kung-Fu-Griff-Bart. Das war das Einzige, woran ich denken und was ich anstarren konnte, während mir die allerfröhlichste Person, die mir in ganz Saudi-Arabien begegnet ist, behilflich war.

Er schleppte zwei meiner Seesäcke ins Zelt.

»Dein Glückstag«, sagte er, »du kriegst die Ecke.«

»Danke«, erwiderte ich, »ist das hier ein Zelt des Sixth Motor Transport Battalion?«

»Jawohl, Sir. Das beste Zelt im Bataillon, Bruder. Soeben bist du in'n Hundezwinger eingezogen.«

Ich saß auf einem meiner Seesäcke und fischte nach einer Zigarette. Das Zelt roch nach Pomade, Magic Shave, Stinkfüßen und Schweiß. Ein entfernter Hauch von Uringeruch schwebte in der Luft. Mit Palettenplanken war ein Behelfsboden verlegt, und kreuz und quer durchs Zelt, über so gut wie jeder Koje, hing Wäsche, grüne Hemden und Socken unter einem grünen Zeltdach über grünen Kojen, schwarzer Asphalt glänzte feucht durch die Leisten der Paletten. Zwei weit oben herabbaumelnde Glühbirnen warfen Schatten in alle Richtungen. Abgesehen von mir und Mountain Man war das Zelt leer. Dann ging er. Bevor ich mich zurücklehnte, um auf meinem Haufen aus Seesäcken zu schlafen, rauchte ich eine Zigarette.

Als ich an dem Morgen aufgewacht war, hatte ich immer noch Wachdienst – ich räkelte mich im Halbschlaf in Erwartung eines trägen Vier-Stunden-Dienst-acht-Stunden-frei-Rhythmus. Weiche Schatten umhüllten unser Zelt, und die Umrisse der Männer bewegten sich nicht, während sie lesend oder dösend dalagen, vor einer langen Nacht. Tanzende Staubteilchen hielten meinen Blick, während die Sonne durch die Löcher im Zeltdach schien. Ihre Strahlen waren wie Scheinwerfer, die eine schon vor langer Zeit ausgefallene Aufführung beleuchteten. Sergeant Small trat durch die schimmeligen Zeltklappen ein.

»Is Turnipseed hier?«

Ich stöhnte.

»Hey, Turnipseed, du sollst dich heute bei deiner Einheit zurückmelden ...« Er biss sich auf die Lippe. Todd stand von seiner Koje auf. »... oben im Norden.« Mein Herz flatterte in wildem Stakkato – mir war, als löse ich selbst mich auf in umherwirbelnde Teilchen wie die vor mir im Sonnenstrahl. Verletzt blinzelte ich.

»Wann?«, fragte ich.

»Sie haben nur heute gesagt«, erwiderte er.

Ich saß und er stand. Die Sekunden zogen sich hin in tausend erwogene Möglichkeiten. Er trat wieder hinaus ins Sonnenlicht.

Nach Norden. SCUD-Angriffe, Anthrax und Senfgas. Es waren erst zwei Wochen vergangen seit der Khafji-Invasion, zwei Wochen, die mich von den Marines aus Minneapolis und von Saudi Motors trennten. Wenn ich die Augen schloss, schwanden langsam der salzige Geruch des Golfes und der Schimmel auf dem Zelt mit den Männern darin, während ich mir die Endlosigkeit der Straße vorstellte, die sich durch festgestampften Sand erstreckte, dem blauen Himmel entgegen und die weiße Scheibe der Sonne über sich. Hitze. Keine Wolken. Schweißströme über die Augenbrauen, Schweiß sammelte sich in der Arschritze, Schweiß durchweichte die Zigarette zwischen meinen Fingern. Und dann nichts. Ich fühlte etwas wie Erlösung. Eingehüllt in eine Wolke aus schwarzem Rauch und Feuer, aus zersplittertem Glas und zerfetztem Stahl. Ich öffnete die Augen und sah den noch immer vor mir wirbelnden Staub – als wäre die Angst nicht nur greifbar, sondern als sei sie eben durch mich hindurchgefahren und hätte mich so schnell wieder verlassen, wie sie gekommen war, und hätte dabei etwas von meiner Schwere mitgenommen.

Jeder starrte mich an.

Mit Gepäck auf dem Rücken und geschulterten Gewehren schlenderten Todd und ich an den Maschinengewehr-Bunkern vorbei, hinaus durch die Tore von Camp Shepard. Es war Valentinstag, und wir gingen in Richtung des neuen AT&T-Zeltes, das beim Flottenlazarett aufgebaut war. Im Vorbeigehen sah ich, wie die Soldaten an den Patriot-Missile-Startern hantierten, die T-Shirts hoch bis zu den schlaffen, teigigen Schultern gerollt, Zigaretten zwischen den Lippen, die Augen in der grellen Wüstensonne zusammengekniffen oder versteckt hinter Ray-Bans.

»Todd?«, fragte ich. »Wen rufst du an?«

»Weiß nicht. Wahrscheinlich meine Mutter. Rufst du Sarah an?«

»Würde ich, aber ich habe ihre Nummer nicht. Ich glaube, ich rufe auch nur meine Mom an.«

Als der Operator das R-Gespräch durchgestellt hatte, sagte ich: »Alles Gute aus dem Land der tausend trägen Kamele und ein paar Raketenblindgängern.«

»Joel? Himmel, wie spät ist es?«

»Kurz nach eins. Nachmittags. Und in Minneapolis?«

»Viertel nach zwei *morgens*.«

»Oh! Aber es ist doch noch Valentinstag, oder? Hier ist es …« Und weiter ging's mit unserem unbeholfenen Gespräch: Sie weinte jeden Tag; sie ließ jeden Tag CNN laufen; sie wusste so viel mehr über den Krieg als ich und erzählte mir alles, was sie wusste. Es war merkwürdig, so, als liefen zwei separate Kriege ab, die über Satellit miteinander Verbindung aufnahmen.

»Was hörst du aus den Staaten?«, fragte sie.

»Eigentlich kriege ich nur Briefe von dir und Mark und den Großeltern und natürlich die *New Republic.* Nach fast einem Monat kommt jetzt erst die Post allmählich hier an.«

»Hast du etwas von Sarah gehört?«

»Nein. Ich hatte gehofft, du hättest etwas von ihr gehört.«

Mitten in diesem gefühlvollen Austausch bemerkte ich, wie ein Kerl mich anstarrte. Er war nicht im Dienst. Ich folgte seinem überfeierlichen Blick auf einen Zettel, der in der Telefonzelle klebte:

ACHTUNG: GIB KEINE LEBENSWICHTIGEN INFORMATIONEN WEITER
Nicht erlaubt:
– wie viele Leute bei dir wohnen
– die Art deiner Ausrüstung
– wohin du gefahren bist
– welcher Einheit du angehörst
– wo du bist
NUTZ DEINEN VERSTAND – ES GEHT UM DEIN LEBEN
Alle Zuwiderhandlungen werden vom UCMJ und/oder dem Kriegsgericht geahndet.

»Scheiße«, dachte ich. »Ich erzähl's ihr trotzdem.«

»Ich hab dir noch gar nicht erzählt, dass ich ab morgen wieder fahre«, sagte ich. »Hoch in den Norden. Die anderen Jungs aus Minneapolis sind schon seit ein paar Wochen dort. In einer Stadt, die Al Mishab heißt, glaube ich. Da haben wir schon auf unseren früheren Fahrten Granatenfeuer gehört, gleich nachdem wir hier angekommen waren. Vielleicht hast du den Brief noch nicht.«

Sie gab ein Drei-Uhr-morgens-Stöhnen von sich.

»Also, ich bin jetzt seit fast fünf Jahren Marine, ich krieg das schon hin«, sagte ich.

Das idiotische Tapferkeitsgefasel machte sie munter, und wir vertieften die Angelegenheit. Das war nicht schwer für sie: Eben noch das fürsorgliche Muttertier, machte sie jetzt Kleinholz aus mir: »Weißt du, dass du drei Monate lang deine Studiengebühren nicht bezahlt hast? Weißt du, dass du deinem Vermieter sechshundert Dollar schuldest? Und Mark Durfee hat angerufen und gesagt, er hätte deine Bücher aus der Buchhandlung abgeholt; wie kannst du Bücher kaufen, wenn du nicht mal deine Studiengebühren bezahlst? Willst du dein Leben lang ein Nichtsnutz bleiben?« Dann begannen die SCUD-Alarmsirenen zu heulen.

»Was ist das für Lärm?«

»Nur SCUD-Alarm in Jubayl.«

»Wie weit ist das von dir entfernt?«

»Ungefähr drei Kilometer«, erwiderte ich. »Aber der Alarm geht schon los, wenn im Kommando nur jemand laut furzt.«

Das wirbelnde Geheul ging weiter, während die saudische Küstenwache noch ihre Verteidigungssirenen hinzufügte. Ich konnte meine Mom kaum hören.

»Joel, bitte leg auf. Du kannst mich später noch mal anrufen. Geh jetzt in einen Bunker oder so. Joel?«

Todd stand neben mir und gluckste. Jetzt drehte die Army *ihren* Alarm auf. Dann das Marine Corps.

»Um Himmels willen, Joel, das klingt, als ob es direkt neben dir ist.« Ich kann die Atemstöße zwischen den Schluchzern hören. Ich wünschte, ich könnte etwas Einfühlungsvermögen aufbringen, um sie zu beruhigen und zu trösten oder überhaupt etwas zu fühlen. Aber ich habe das Auf und Ab dieser Achterbahnfahrt schon zu viele Male mitgemacht.

Also mimte ich den Klugscheißer: »Neben mir? Bei jedem neuen Aufheulen muss ich in Deckung gehen.«

Auf Todds Gesicht zeichneten sich erste Anzeichen von Ungeduld ab, und ich beschloss, es war an der Zeit zu verschwinden. »Na ja, Ma, dann liebe Grüße und so weiter. Sag Sarah, sie soll mir schreiben. Zwischenzeitlich suche ich in einem Bunker Deckung.«

Hektisch, als wären es ihre letzten Worte, ratterte meine Mutter die Litanei liebevoller Beteuerungen herunter: »Ich hab dich sehr lieb, das habe ich immer gehabt, und wir alle beten für dich, auch wenn du nicht an Gott glaubst, was du lieber tun solltest, und Mikey und Carrie und Bill haben dich lieb, auch wenn sie das nicht sagen, und dein Vater hat dich lieb … Pass auf dich auf, ich wünsche dir alles Liebe.«

Kaum hatte ich aufgehängt, da surrten die Sirenen aus. Kein

SCUD. Nichts; alles ohne Sinn und Verstand. Darin eingeschlossen meine Freundschaft mit Todd, die ungefähr fünfzehn Minuten vor ihrem Ende stand.

»Fertig, Diogenes?«, fragte Todd. Wenn wir den Mutigen markierten, sprachen wir über Diogenes, den Hund, kein Höllenhund, aber eben doch ein Hund – der Vater aller Zyniker.

»Als man Diogenes eines Tages beim Masturbieren in der Agora ertappte«, sagte ich, »fragte man ihn: ›Schämst du dich nicht?‹ Woraufhin er erwiderte: ›Mich schämen? Machst du Scherze? Ich wünschte, ich könnte mir einfach den Bauch reiben und so meinen Hunger verscheuchen!‹«

Unser Lachen übertönte die wegsterbenden Sirenen, und wir schlenderten Richtung Camp Shepard, Gewehr über der Schulter. Wir lachten das Lachen der Zyniker; das Lachen der Krieger. Das Lachen von Freunden, die einander nie mehr wiedersehen werden, eine durchgetrennte Marine-Corps-Freundschaft, Freunde, deren Zukunftsaussichten aus dem Bordell stammten, aber zugleich auch aus der Realität aus Kugeln, Geschützen und Tod.

Ich war während der Wache eingeschlafen, aber jetzt war Nachmittag, und ich war zurück im Sixth Motor Transport Battalion. Es ist komisch, welche Entfernungen in sechs Stunden und 46 Metern zurückgelegt werden können. Ich hockte immer noch in meiner Koje, den Helm zurückgeschoben, und rauchte, während ich meine neue Umgebung erkundete und Mountain Man wieder auftauchte.

»Hey, Mann, heißt du Turnipseed?«

»Ja.«

»Na, dann schnall dir den Scheißeimer lieber auf den Arsch, Sergeant Benson sucht dich schon den ganzen Tag lang.«

»Was du nicht sagst«, sagte ich. »Na, dann will ich mal zu ihm gehen und Hallo sagen.«

»Ja, und du sagst lieber auch ›Sir‹ und dass wir beide in Eile sind.

Los, wir gehen«, drängte er, als wolle er mich im Angesicht einer schweren und gefährlichen Mission ermutigen. Leichtfüßig tanzte er durch die Unordnung im Zelt und hinaus ans Tageslicht am anderen Ende, während er ohne sich umzudrehen rief: »Komm schon, Junge, mach zu.«

»Okay, schon gut, schon gut, okay«, rief ich zurück und folgte ihm.

Er hastete über die Zeltseile und wand sich geschickt an den Bunkern vorbei auf dem Weg zur Kompaniestube. Als ich in das Zelt trat, außer Atem, aber amüsiert über Mountain Mans überschäumendes Wesen, sah ich in einer hinteren Ecke Zigarre rauchend über den Schreibtisch gebeugt den glatzköpfigen Mann mit den langen Narben und der gebrochenen Nase sitzen, der mich zum Wachdienst eingeteilt hatte. Ein zweiter Mann mittleren Alters, untersetzt, schwarz, dessen Schläfen langsam grau wurden und der nur seine Wüsten-Tarnanzughose und ein braunes T-Shirt trug, saß am Schreibtisch neben dem Dienstbrett. Ich trat an den Tresen heran und meldete mich.

»Ist Sergeant Benson da? Mein Name ist Turnipseed, und mir wurde gerade zur Kenntnis gebracht, dass er nach mir sucht.«

Der Mann hinter dem Schreibtisch sah schweigend von seiner Arbeit auf und schenkte dann seine Aufmerksamkeit wieder den über dem Schreibtisch verstreuten Papieren. In der Annahme, der Sergeant müsse woanders sein, drehte ich mich um und wollte gehen …

»Du kannst deinen Arsch gleich hier verankern, Turnipseed«, rief der Mann am Schreibtisch, den Kopf weiter über seine Arbeit gebeugt. Ich blieb unschlüssig stehen, betroffen von seiner Weigerung, meine Anwesenheit zur Kenntnis zu nehmen, über sein vorausgegangenes Schweigen und seine späte Erwiderung.

Ich stand still und schwieg, sah auf das Postgemisch auf dem Tresen, bemerkte die Stempel auf den Briefen, »Up North« oder »Mishab« oder »Medivac«, bis der Sergeant nach einer scheinbaren Ewigkeit erneut sprach.

»Wo sind Sie gewesen, Turnipseed?«

»Im Wachzelt und auf Umzug«, erwiderte ich.

»Äh, Morris«, rief er Mountain Man sanft zu, wissend, geradezu väterlich, »wann, verdammt noch mal, habe ich Sie heute morgen rüber zur Wachbaracke geschickt?«

»Null sieben, Sergeant.« Woraufhin der Sergeant einen kalkulierten Blick auf seine Armbanduhr warf. Meine Gedanken rasten, während ich versuchte mich zu erinnern, um welche Zeit Sergeant Small an dem Morgen in unser Zelt gekommen war, wann genau; nach sieben, da war ich sicher.

»Turnipseed«, fragte Sergeant Benson, »wie ich sehe, tragen Sie eine Uhr. Was können Sie darauf lesen?«

»Ja, ich habe eine um«, seufzte ich. Ein albernes Spiel, ein unfaires dazu. »Und es ist acht Stunden her, seit Sie Morris zur Wachbaracke geschickt haben. Kann ich etwas für Sie tun?« Es musste ungefähr zehn gewesen sein, als Sergeant Small in unser Zelt gekommen war. Er musste gewartet haben, ehe er mir den neuen Befehl mitteilte, damit ich mich nach dem Nachtdienst etwas ausruhen konnte. *»Benson – was für ein Arsch«,* dachte ich, während ich auf eine Antwort von ihm wartete.

»Ja, Sie können etwas für mich tun«, sagte er nach einer Pause, in der er seine Worte sorgfältig abgewogen hatte. »Sie können, verdammt noch mal, erscheinen, wenn ich Sie rufen lasse, und Sie können dort stehen, während ich Ihnen sage, was Sie für mich tun können. Wo also sind Sie gewesen – Sie haben meine Frage noch nicht beantwortet … Ich weiß, Sie sind nicht den ganzen Morgen in der Wachbaracke gewesen, weil Morris seinen Arsch über das ganze Camp in Bewegung hielt, um Sie zu suchen. Was haben Sie zu sagen?«

»Wollen Sie die ungekürzte oder lieber die *Reader's-Digest*-Version?«

Morris zuckte zusammen. Laut.

»Kommen Sie her, Turnipseed«, winkte mich der Sergeant heran.

Dass er immer noch nicht von seinem Papierkram aufsah, nervte mich. Ich ging um den Tresen herum auf den Schreibtisch zu, an dem Benson saß. »Stopp!«, befahl er und drehte sich dann zu mir um. »Turnipseed, warum legen Sie es darauf an, mich zu verarschen? Wissen Sie nicht, dass es schon beschissen genug ist, ein verdammter Uffze zu sein, auch ohne dass jeder kleine Klugscheißer versucht, mir seinen Schlappschwanz in den Arsch zu stecken?«, flüsterte er. Ich lachte leicht, während er sich in seinen Stuhl zurücklehnte.

»Sergeant Small hat mir nicht gesagt, nicht erklärt ...«

»Sergeant Small hat nichts damit zu tun, Turnipseed. Ich will keine weiteren Entschuldigungen hören. Weder heute noch morgen, verdammt noch mal. Was Sie jetzt für mich tun können, ist, den Dienst habenden Fahrer zu finden und ihm zu sagen, er soll Ihren verdammten Arsch runter zu Saudi Motors bringen, damit Sie Ihre Zulassung bekommen – und ich will Sie erst dann wieder zu Gesicht kriegen, wenn Sie eine haben. Können Sie diese Kleinigkeit für mich tun, Turnipseed?«

»Ja, das kann ich. Wo ist der Dienst habende Fahrer?«

»Oh, der hat sich wahrscheinlich irgendwohin verpisst, wo ihn niemand finden kann, so wie es heute anscheinend alle tun.«

Morris, der während der ganzen Vorstellung an der Seite gestanden hatte, trat heran. »Hey, Turnipseed, ich fahre dich runter, Bruder. Muss sowieso hin.«

Der Unterricht dauerte ganze zwei Stunden. Mit vier leichten Regeln und fünfzehn Minuten praktischem Unterricht hinter dem Steuer lernte ich einen Sattelschlepper fahren. Ich lernte nicht, rückwärts zu fahren. Ich fuhr nicht hoch nach Norden zu den Jungs aus Minneapolis, sondern blieb in Jubayl, brachte LKWs in den Norden nach Mishab und zu den umliegenden Munitionslagern. Für meinen ersten Konvoi war ich für den nächsten Morgen eingeteilt. Auf meiner ersten Fahrt riss ich ein Gestell ab, das an eine Seite eines Trailers montiert war. Der Bursche, der ihn fuhr, war stinksauer, doch da weiter nichts beschädigt war, kreideten wir es der Unerfahrenheit an.

Kurz nach Sonnenuntergang kam ich vom Sattelschlepper-Unterricht zurück, und überraschenderweise war das Zelt voll. Sieben, acht Jungs, alle aus Philadelphia, alle bis auf einen schwarz, saßen im Halbkreis auf dem Rand zweier Kojen. Sergeant Benson stand zwischen ihnen, Hände in den Taschen, und war in seinem Element. Ich kroch durch die Eingangsklappe, verdeckt von herabhängender Wäsche.

»Hey, Bruder, wer ist der neue Kerl da?«

»Ach, das ist Turnipseed«, antwortete Morris. »Ich hab den verlorenen Hundearsch hier heut Morgen reingelassen. Durchs ganze Lager musstest du deinen armen, alten Arsch schleppen, stimmt's, Turnipchew?«

»Ja«, sagte ich, während ich meine Flak-Jacke und den H-Gurt ablegte, »das stimmt.«

»Mensch, da haben wir uns also ein neues Hündchen zugelegt«, rief Hatch in meine Richtung. Er lag auf seiner Koje, die breiten Schultern auf die Ellbogen gestützt. Der Kopfhörer hing ihm um den Hals und dudelte weiter. »Wo kommst du her, Turnipjew? Jude?«

»Nein, Gemüse. Aus Minneapolis.«

»Hey, Turnipseed – Steckrübe –«, rief Morris, »macht dich das nicht zum *Tiefkühl*gemüse? Sind deine Vorfahren vielleicht in Plastiktüten gekommen wie Erbsen und Karotten und so'n Scheiß?«

»Hey, Mountain Man, wenn du dir den Bart weiter wachsen lässt, kann Turnipjuice deinen Arsch mit nach Hause nehmen. Du solltest lieber 'n Bär erledigen oder sonst was Verrücktes. Wie wär's mit'm Eichhörnchen. Habt ihr Eichhörnchen in Minnesota?«

»Taschenratten«, sagte Hatch, »diese Landeier haben Taschenratten.«

»Erzähl mal, Bruder Turnip, wie, verdammte Scheiße, lebt sich's da oben …«, wollte Ebbers wissen.

»Na ja, schlafen, essen. Treib mich in der Gegend rum. Lese, telefoniere mal. Meistens relaxe ich in so Cafés und lese.«

»Café? Verdammt«, sagte Hatch. »Ich wusste, du bist so'n studierter Schnösel. Bloß gut, dass der olle Riley da drüben seinen Master in Temple macht. Ihr könnt euch gegenseitig für uns übersetzen – erklär'n.«

»Na schön. Wenn du nichts dagegen hast, würd ich jetzt gern was lesen und schreiben. Sorry, lustiger werde ich nicht.«

»Cool«, sagte Hatch. »Bin selbst gerade mitten in'm Buch. Vielleicht bringen Ebbers und Mountain Man hier mal'n bisschen Schwung in die Bude.«

Ich breitete meine Habseligkeiten auf meiner Koje aus: Zeitschriften, Briefe, Füllhalter. Am Fußende das ALICE-Gepäck, darüber die Flak-Jacke und der H-Gurt, daneben die Gasmaske, und auf dem ganzen Haufen drauf thronte der Stahlhelm. Links das tragbare Bücherregal. Alles, was mir noch fehlte, war ein reifer Port und was Gutes zu rauchen.

»Ach, übrigens, macht es euch was aus, wenn ich hier drinnen Pfeife rauche?«, fragte ich.

»Pfeife? Kein Scheiß? Wohl so'ne Art Professor, oder was?«

»So zerstreut ist er schon mal, brauchst nur den Uffze VD zu fragen«, lachte Mountain Man.

»Ja, die Pfeife rauchst du, verdammt noch mal, besser draußen«, sagte Sergeant Benson. »In meinem Zwinger wird nicht geraucht.«

Ich packte meine Zeitschriften und Bücher aus, konnte aber nicht lesen, saß nur da und stierte vor mich hin, erschöpft, aber hellwach. Die Erschöpfung war nicht nur körperlich. Seit langem versuchte ich nun schon, in Opposition zur Gesellschaft zu gehen und das

Vordergründige mit einer dahinter liegenden Realität zu vergleichen – die fand ich in Büchern und in der Philosophie. Ich hatte nicht mehr die Energie, jede Wahrnehmung als Teil eines Syllogismus zu verarbeiten. Was die Opposition anging, mit meinen Frontalangriffen auf die Gesellschaft war es nicht allzu gut bestellt: Die Trommeln meiner Schießeisen rauchten, aber ich hatte keine Munition mehr. Ich war so weit, Taschenbuchausgaben von Wittgenstein aus meinem Fuchsbau rauszuschmeißen, während ich einen leeren Füllhalter schwang. Aber der Feind schickte weiter seine Horden, die unter Trompetenfanfaren die Dead-White-Barrikaden stürmten: ganze Divisionen von Warner Brothers und Disney, Def Jam und Columbia, Wal-Mart und K-Mart und 7-11, Ray-Ban und Kodak, Nike und Gatorade, von Hatches und Farmers und Ebberses, von Privates über Corporals hin zu Colonels, Befehlsketten und Fastfood-Ketten – viel zu viel, um dagegen anzukommen. Etwa eine Stunde lang muss ich ungefähr so dagesessen haben – hätte aber auch nicht den Unterschied bemerkt, wäre es nur eine Minute gewesen.

»Hey, Mann, wir dachten schon, du hättest Leichenstarre oder so'n Scheiß. Hockst du immer so da?«

»Klar, wieso nicht?« Ich fühlte mich gezwungen, lustig zu sein. »Ich sitze hier und sinniere über Zen: ›Der Ein-Ei-Veteran. Das Untere oder das Obere‹?«

»Verdammt, er dreht ab, Eb. Was liest du gerade, Turnipseed?«

»Platons *Staat.* Sehr un-Zen.«

»Du siehst überhaupt nicht wie'n Staatsmann aus.«

»He, Turnipchew«, rief Mountain Man, »du ziehst mir doch nicht etwa so'ne Schaf-im-Wolfspelz-Scheiße ab, oder? Hätte schwörn könn, du hätt'st heut morgen 'n verdammt demokratischen Arsch reingeschleppt.«

»Also, der *Staat* ist ein philosophischer Dialog und könnte oberflächlich gesehen ein politischer Text sein – ist er in gewisser Weise auch –, ist in Wahrheit aber so was wie eine Darstellung oder Parabel über die Reise der Seele durch die Philosophie.«

Heute fällt es mir schwer, den Ton im Hundezwinger einzufangen: Er war ungezwungen, frei, menschlich und ungeniert. Unser Schlagabtausch war von Anfang an ohne Umstände.

»Also …«, begann Ebbers, »dann bist du also echt'n Professor. Okay, Professor, was hältst du von dem Scheiß hier? Denkst du, wir sollten echt hier sein und für Bush den Hund da am Arsch kriegen?«

»Ehrlich gesagt, ich entsage aller Sodomie.«

»Hey, Mountain Man, hat unser Professor gesagt, ›entsage Sodomie‹ oder ›deiner Lobotomie‹?«

Mountain Man stellte sich auf den Mittelgang und fegte mit großer Geste ein paar feuchte Handtücher beiseite. »Ich glaube, er sagte: ›entsage Sodomie‹, Bruder.«

Die beiden schlugen einander die Hand im High Five, während der Rest von uns lachte.

»Hey, Professor, später musst du uns irgendwann mal sagen, was das heißt.«

»Es heißt: ›Ich mache nix mit Hunden‹.«

»Aha. Schon leugnet er's«, sagte Morris. »Ich werde jedenfalls meinen Schlafsack extra fest zuziehen.«

»Sag mal, Morris, wie bist du eigentlich zu dem Namen Mountain Man gekommen?«

»Professor, du solltest mich mal auf Pearle Vision ansehen. Siehste denn nicht, dass ich 'n gottverdammten Bart trage?«

CRASHKURS
SCRE-EENCH
KNOW THYSELF
!*e$
WO HAST DU FAHREN GELERNT?
AUF DEM COLLEGE?
FAHREN GELERNT HABE ICH MIT VIER MAL WAGEN ÜBERPRÜFEN UND 15 MINUTEN KNIRSCHENDER GANGSUCHE BEI SAUDI MOTORS.
SCHLECHT

BEI MIR KNIRSCHTEN AUCH NOCH GANZ ANDERE GETRIEBE.
HUNTER S. THOMPSON
ODER
SOCRATES
ODER
JAMES BOND
„SOLCHE GEISTER – ES KÖNNEN GEISTER ERSTEN RANGES SEIN – SIND IMMER DARAUF AUS, SICH SELBER UND IHRE NATUR – WILD, WILLKÜRLICH, PHANTASTISCH, UNORDENTLICH, ÜBERRASCHEND – ZU GESTALTEN ODER AUSZUDEUTEN."
-NIETZSCHE
SCHEIßE, FAHR WEITER!
KNOW THYSELF

Black Planet

Langsam begann ich, ein neues Mantra zu leben: »Fuck it, drive on« Kurz: »Fido«.

Es war unabwendbar wie Schwerkraft oder Zigaretten zu fünfundachtzig Cents das Päckchen. Oder Mountain Mans Bart: Er hatte sich beim Rasieren so häufig geschnitten, dass der Navy Corpsman zu ihm sagte: »Scheiß drauf, lass dir 'n Bart stehen.« Morris musste ständig eine schriftliche Erlaubnis mit sich rumtragen.

Und der Rest von uns musste weiter fahren.

»Meine Reifen sehen etwas abgewetzt aus« wurde von »Fido« mit »Los, weiter« beantwortet.

Auf »Ich hab nur zwei Stunden Schlaf gekriegt« folgte »Ich glaub, du musst noch 'ne verdammte Stange Camel am Truck Stop kaufen, oder?« Fido. Fuck it, drive on.

Nachdem ich das Vorderteil des alten Mercedes von diesem armen Bastard abmontiert hatte, fuhren wir weiter. Unser Konvoi kam von der Fahrt zum Munitionslager zurück, als die Sonne gerade in die Wüste eintauchen wollte. Müde und schmutzig, die Augen leer vom allzu langen Schweifen über schwarzen Asphalt, kam ich ins Zelt und wurde von einer festlichen Atmosphäre begrüßt. Ich war sofort angeödet.

»Hey, Jungs, was hab ich verpasst?«, ächzte ich.

»Nur deine Post, Professor«, rief Morris und wandte sich sofort wieder Farmer und Ebbers zu, die im Mittelgang des Zeltes einen Rap ausarbeiteten.

Angehäuft auf meiner Koje lagen: ein paar Briefe, ein Carepaket von den Eltern meines Stiefvaters und ein Brief an »alle Eingezogenen« von Volksschülern aus Michigan. Ich öffnete das Carepaket, gab es dann weiter an Ebbers, ließ mein Ka-Bar-Messer unter den Briefschlitz des großen Umschlags aus Manilapapier gleiten, ausgebeult von den Grüßen der Volksschüler. Sie schickten mir Fotos von ihrer Thanksgiving-Feier und Dutzende von Briefen – so ordentlich wie möglich hingekritzelt –, darunter einer von Becky:

Lieber Soldat, ich hoffe, du bist in Sicherheit. Von Becky B.

Ein anderer von Eric:

Ich hoffe du wirst nicht erschossen
Vom Irak weil nämlich manche
Leute schießen weil die Leute
Alle Soldaten erschießen
Für den Soldaten
Ich mag dich gern
Eric S.

Ich rauchte eine ganze Zigarette und versuchte Erics Erstklässler-Haiku-Versuche grammatikalisch zu gliedern. In der Post war auch ein Brief von meiner Mutter – zu dünn – sowie die Sonderausgabe der *New Republic,* »Rassenstreit auf dem Campus«. Nichts von Sarah. Mark hatte mir eine Woche zuvor geschrieben, dass an der Universität ein ganzer Tag Veranstaltungen wegen »Sensibilitätstraining« ausgefallen war. In einem der Artikel der *New Republic* warf ein Jura-Professor der Yale-Universität die Frage auf: »Warum sollte der Unterricht ausfallen, solange Studenten ihrer Entschlossenheit, gegen den Rassismus anzukämpfen, besser Ausdruck verleihen können, indem sie etwas aufgeben, das ihnen wirklich am Herzen liegt, wie beispielsweise ein Wochenende?« Wie das Leben beispielsweise. Ich versuchte mir vorzustellen, einen Krieg auf dieser Grundlage zu führen: nur an Wochentagen, mit Bier vom Fass und einem Absacker bei den Irakern. Saddam und Powell drehen sich abwechselnd im Kreis. Montag dann zurück in die Schützengräben.

Ich sah auf zu den Jungs, die sich im Zelt herumdrückten. »Wusstet ihr eigentlich, dass wir Black History Month haben?«

»Wir haben *was*?!«, fragte Ebbers. »Scheiße, Professor, *jeder* Monat ist Black History Month.«

»Ja«, sagte Hatch, »das braucht niemand hier im Zwinger extra gesagt zu kriegen. Weißt du was, Professor, du solltest mal mit dem Zwinger in Philly abhängen. Da sieht man, was 'n Bruder ist. Vielleicht kriegen wir sogar deinen Arsch unter Dach und Fach.«

»Hey, Professor«, fragte Mountain Man, »hast du's schon mal mit 'ner Schwester gemacht?«

»Aaach …«, stotterte ich, wobei Ironie und Überraschung auf meiner Zunge übereinander stolperten. »Nein.«

»Cool. Komm mit nach Philly, wir finden was Passendes für dich.«

Bones auf seiner Koje richtete sich einen halben Zentimeter auf und sah über seine breite, runde Nase auf mich herab. »Du hast doch nicht etwa Angst davor, Kürbisstrudel? Bestimmt denkst du, du holst dir'n Herpes oder so, hä?«

»Bones?!«, rief Mountain Man, »wovon redest du überhaupt? Du hast es doch in deinem ganzen verdammten Leben noch nie gemacht. Ich weiß, *du* hast Angst vor den Schwestern. Lass meinen Bruder, den Professor, in Ruh, und träum lieber weiter von 'nem schönen Arsch für dich selbst.«

»Ja, schon okay, Mountain Man, halt deinen großen, alten Gorillahintern schön für'n weißen Mann parat. Mach ruhig weiter so – wir sprechen uns später.«

»Hey, Professor«, rief Hatch, »hör gar nicht auf Bonesie. Er sieht gefährlich aus, aber im tiefsten Innern ist er'n knuddeliger Teddy, stimmt's, Bonesie? Er ist bloß'n Ringkampf-Trainer – an so was wie'n Arsch denkt der gar nicht. Keine Sekunde.«

Bones grinste albern. Und so verbrachte ich meine Abende im Hundezwinger. Bones klaute meine Zeitschriften und warf sie dann zurück aufs Bettgestell – ohne die aufhetzenden Anti-Black- oder Anti-Bones-Artikel gefunden zu haben; Artikel, die Ebbers und ich stets ausführten – total witzig; und mit Hatch redete ich über das

Leben jenseits des Kriegs. Zwar verbrachte ich nicht mehr so viel Zeit mit Thoreau und Wittgenstein, dafür lachte ich viel – damals war guter Humor der beste Glückstreffer, der mir passieren konnte.

Die meiste Zeit saß ich sowieso im Laster. Und schlief dann. Fuhr wieder. Und schlief. Immer wieder schlafen.

Ich erwachte in dem buttergelben Sechzig-Watt-Licht um Mitternacht durch den Lärm von Ebbers und Farmer, die sich kabbelten:

»Hey, Ebbers, war das deine Mutter, die ich da gestern krakelend am Truck Stop gesehen habe? ›Blasen fünfzig Cent, das ganze Programm für'n Dollar‹?«

»Ja, Farmer, aber sie hat kein Geschäft gemacht, weil deine Mama es gerade vorher für fünfundzwanzig Cent gemacht hatte. Den Zipfel aus'm Arsch gelutscht hat'se denen, Bruder.«

»Natürlich hat keine von denen was verdient«, rief ich dazwischen, »wenn ihr beide das ganze Geschäft an euch reißt und eure Ärsche draußen vorm Tor umsonst zur Verfügung stellt.«

»Professor? Wieso hat deine Mama nicht abgeschluckt, wo ich das doch wollte?«, rief Ebbers.

Farmer zog Ebbers mit dem Handtuch eins über den Arsch. »Scheiße, Eb – die Mama vom Professor hat'n dir nicht abgeschluckt?«

Die beiden verschwanden Richtung Dusche.

Währenddessen schielte ich zu Rat rüber, der auf Beutesuche unter seiner Koje zugange war. Irgendwie brachte ich die Energie auf zu zwinkern. Ich sah, dass Riley einen Brief schrieb, während Hatch auf seiner Koje lag und still seinem Walkman lauschte. Bones, Flowers, Simkins und Luke waren draußen auf Fahrt.

Ebbers überraschte mich, als er zurückkam. »Du lernst schnell, Professor. Bist du sicher, dass du kein Schwarzer sein willst?«

»Will unser Professor etwa schwarz werden?«, wollte Mountain

Man wissen, der zwischen den Planen am Zelteingang stand. »Wahnsinn. Na, auf jeden Fall wirst du warten müssen bis nach der Fahrt, Professor. Du auch, Rat, ich weiß, dein verschlagener kleiner Arsch will schwarz sein. Hatch und Riley, ihr müsst los mit Rat und Professor.«

Fünfzehn Minuten später saßen wir vier auf unserem Gepäck vor dem Fahrerschuppen unten am Hafen, die Gewehre quer über den Knien. Wir warteten auf die Rückkehr weiterer LKWs. Wir warteten noch etwas länger, und einer der Fahrten-Sergeants rief von seiner Hühnerstange herab: »Hey, Gentlemen, ihr müsst runter zu Saudi Motors, 'n paar LKWs überprüfen. Die LKWs, die ihr übernehmen sollt, lassen noch ein, zwei Stunden auf sich warten.«

Es war eine friedliche Fahrt durch das Hafengebiet, und wir kamen kurz nach ein Uhr morgens zurück zum Fahrerschuppen. Die Laster wurden abgefertigt, aber sie hatten keine Laderiemen, also ging ich mit Hatch durch die Ali-Baba-Garagentore hinein, zwei Stockwerke hoch und rief ins Fahrtenbüro.

»He, habt ihr 'n paar Riemen für uns?«

Einer der Fahrtenleiter warf über das Geländer einen Blick auf uns, eine dampfende Tasse Kaffee in der Hand.

»Ich glaube, in der großen Kiste da drüben vor der Luke, gleich neben den Picknicktischen, sind 'n paar. Sonst habt ihr Pech gehabt und müsst warten, bis die anderen aus Mishab zurück sind.«

Pech gehabt. »Aha«, sagte ich, »und Sie hätten auch nicht zufällig noch 'n Kaffee für uns?«

Sein Kopf verschwand für eine Sekunde und tauchte dann wieder über dem Geländer auf.

»Nein, haben wir nicht. Ich meine, gerade genug für uns«, sagte er. »Wir müssen nämlich die ganze Nacht aufbleiben, alles klar?«

»Na, kleinsten Dank auch.«

»Ja, schon gut.«

Rat und Riley hatten bereits die Kiste durchwühlt und nur etwa ein Dutzend Riemen gefunden, gerade genug für eineinhalb Laster, je nach Ladung. Vielleicht zwei. Eigentlich hätten wir am liebsten immer mindestens acht Riemen pro LKW gehabt.

»Hey, Professor«, fragte Rat, »was hältst du davon, wenn wir, du und ich, auf 'ne kleine Erkundungstour ziehen?«

»Was meinst du damit?«

»Ich meine, die *Army* fährt nicht alle ihre Laster. Und sie überwacht sie auch nicht nachts.«

»Und so könnte ich mir vorstellen, ein paar Riemen zu beschlagnahmen, oder?«

»Gute alte Marine Corps Supply«, gluckste er. Rat war ein Wegelagerer und Söldner im Quadrat.

Wir hüpften in einen Fünftonner und fuhren die halbe Meile durch den Hafen zum Army-Parkplatz, wo, so sicher wie das Amen in der Kirche, keine einzige Seele Wache stand. Rat drehte die Scheinwerfer aus, rollte den Laster langsam auf den Parkplatz und parkte ihn zwischen zwei ihrer Sattelschlepper, US-Militär-Ausgabe, nichts Geringeres. Mag-Lites im Anschlag, huschten wir geduckt zwischen den Army-Lastern durch und rissen uns über ein Dutzend Riemen unter den Nagel.

Die Fahrt an dem Abend ging zu einem Lagerhaus in den Ausläufern von Jubayl. Es war ein durchgeknallter Karneval aus U. S.-Kommerz und Orgie, ganz zu schweigen von korporativem Opportunismus: Es gab da Paletten voller Frisbees, Schaumstoffbälle, jede Variante von Wrigley's, Pepsi, Miller Sharps alkoholfreies Bier, Snickers, Hallmark-Karten, Chunky Soup, Slim Jims. Es war das reinste Supermarkt-Center. Wir waren gekommen, um Einzelpäckchen Kellogg's Cornflakes abzuholen: zwei Lasterfuhren, außerdem noch zwei Lasterladungen Kartons mit H-Milch.

Irgendwoher kannte Rat bereits den Staff Sergeant, der für das Warenlager zuständig war. Als hätte er ein kleines schwarzes Buch. Später sollte ich Rat nicht nur im Besitz von Whiskey (strengstens verboten) vorfinden, sondern auch, nachdem wir in Zelte in der Wüste umgezogen waren, von einem tragbaren Generator, einem Neunzehn-Zentimeter-Farbfernseher, einem Videorecorder und einem Stapel Pornofilmen. Er war ein North Philly Minderbender – ein Irrer: Als es ihm gelungen war, eine neue Lieferung an Wüstenstiefeln aus Wildleder zu besorgen – viel cooler als die schwarzen Dschungelstiefel –, berechnete er mir nur fünfundzwanzig Dollar fürs Paar, und wenn ich mich recht erinnere, legte er noch 'n Set Wüsten-Tarnanzugshosen drauf.

Schlafen war alles. Und wenn ich schlief, dann tief und fest. Das Aufwachen war an dem Morgen fast eine Wiedergeburt. Natürlich war es meistens nicht Morgen, wenn ich aufwachte. Stattdessen das Licht schwankender Glühbirnen; sachte schwingende Schatten. Das Schlappen von Plastik-Badelatschen in einer Pfütze vor dem Zelt.

Ich blinzelte mich ins Bewusstsein. Um mich herum: leere Kojen mit zerknüllten Schlafsäcken, verkrustete Socken, die vom Kojengestell baumelten, Briefe, deren einst glatte Ecken vom vielen und langen In-der-Hand-Halten schmutzig und zerknittert waren. Leise Musik: Public Enemy. Ein Ruf in der Ferne. Hatch, Bones und Riley saßen und lagen auf ihren Kojen und lauschten. Als ich aufstand und eine Zigarette anzündete, kam Ebbers herein und fragte: »Sag ma, Professor, hast du Angst vorm Black Planet?«

Hinter ihm reckten sich Köpfe, alle Blicke auf mich gerichtet. Würde ich ihn in Stücke reißen? Würde ich mich gesellig geben oder beleidigend? Würde ich es aufgreifen und wie beim Judo zurückschwingen und alle zum Lachen bringen – das übliche Spielchen.

»Nur wenn du ihn leitest, Ebbers.«

Gelächter. Ebbers verdreht die Augen, und Hatch hinter ihm sieht mich an, schüttelt den Kopf und grinst.

»Verdammt, Professor, warum gehst du mich bloß immer so an?«

»Weil ich nicht weiß, ob du mich verarschst oder mir 'ne ernsthafte Frage stellst.«

»Hey, Professor«, mischte sich Hatch ein, »was willst du damit sagen, es is nich ernst? Meinst du vielleicht, schwarze Brüder sollten kein'n hab'n? Ich will ja nich jammern – bloß, damit du's weißt, schwarz zu sein is *hart*, Professor.«

»Also okay, ernst gemeint. Wie wollt ihr also zu einem Black Planet kommen?«

»Ich?«, grölte Ebbers und packte seinen Schwanz, »ich hole ihn mir einfach!«

Wir alle lachten, aber das Gelächter erstarb schnell.

»Sehr witzig, Ebbers. Aber glaubst du etwa, irgend'n Arschloch, das im Stadtbus sein'n Schwanz grabscht, macht's irgendwie *leichter*?«

»Kein Schwanzgrabschen?«, jaulte Ebbers. »Professor, willst du damit etwa sagen, du willst mich nich mehr beim Schwanz packen? Nee, echt jetzt, ich will mich fortpflanzen und neu was in die Welt setzen, und deshalb *schaffe* ich mir meinen Black Planet einfach selbst.«

»Ja, okay, schon gut, Mr. Nietzschenstrudel, was versuchst du uns damit zu sagen?«, fragte Bones.

»Ich sage, was Sokrates in Buch eins in Platons *Staat* sagt: dass der, der eine Ungerechtigkeit begeht, sich selbst ebenso viel Schaden zufügt wie jedem anderen; dass er seiner Seele Schaden zufügt.«

»Okay, klar, den Kerl hast du in- und auswendig drauf, aber du weißt ja, dass er kein Weißer war wie all die, die uns klein halten wollen.«

»Was?«

»Ganz recht, Professor, du hast's gehört: Sokrates war 'n *schwarzer Bruder.*«

»Mann, ich hab mal 'n Bild von ihm gesehen, und darauf sah der Kerl aus wie dieser gottverdammte James Earl Jones.«

»Ja, 'n Freund von mir hat mir mal 'n Zitat von Aristoteles gezeigt, wo der sagt: ›Sokrates ist schwarz‹.«

»Das ist aus der *Metaphysik*. Der Abschnitt über die Kategorie. Dort steht auch, dass Sokrates weiß ist. Und er sieht nicht aus wie James Earl Jones, sondern wie Richard Dreyfuss.«

»Na, okay, aber auch wenn sie weiß sind, die Ideen haben sie von Afrikanern geklaut. Willst du *das* etwa leugnen, Professor?«

»Du meinst die Ägypter?«

»Ja, und die Hunde aus Äthiopien, von denen's die Ägypter geklaut haben.«

»Es gibt eigentlich keinen Beweis dafür, dass Sokrates mal in Ägypten war. Platon vielleicht, aber die Einflüsse, denen er ausgesetzt war, werden eher den Pythagoreern in Italien zugeschrieben und, klar, Sokrates. Andere griechische Denker waren aber bestimmt in Ägypten: Herodot, Solon und Thales, glaube ich, aber man weiß nicht so genau, wie oder womit die Ägypter sie beeinflusst haben oder ob überhaupt. Abgesehen davon waren die Ägypter nicht wirklich ›schwarz‹.«

Die Hölle brach los.

»Professor, bist du auf'm *College*? Das glaub ich nich, eher muss ich deinen Arsch unterrichten.«

»Professor, willst du etwa sagen, die DJs am Plattenpult belügen unsere blöden schwarzen Ärsche? Weil ich weiß, das tust du nich. Ich kapier bloß nich, was du sagen willst.«

»Schön, okay, sie waren also schwarz. Dunkelhäutig. Was auch immer. Ich kann's nicht sagen.« Ich strampelte mich ab. Was sagen? Was konnte ich sagen? Scheiße, wenn man nichts sagen kann, muss man *fragen*. »Ich will euch was fragen ...«

»Strudelokrates, ich weiß, du wirst jetzt nicht noch was Dummes sagen«, sagte Bones.

»Nehmen wir mal an, die Ägypter hätten *tatsächlich* Geometrie, mathematische Astronomie, Physik und Philosophie erfunden und die Griechen hätten das *tatsächlich* von ihnen geklaut. Wär es dann für Schwarze nicht Pflicht, ihr kulturelles Erbe wiederzuerlangen, indem sie Physik, Mathematik und Philosophie studierten?«

Die Luft im Zelt stand – na ja – still. Bones starrte mich an, als ob ich ein *heimliches* Tagebuch führte, in das ich meine Gedanken über den schwarzen Mann eintrug. Ebbers war schlicht und ergreifend baff. Hatch und Riley kauten nachdenklich auf der Innenseite ihrer Lippen.

»Kann ja sein, Professor«, sagte Hatch, »aber irgendwie macht's uns keiner leicht, den Scheiß zu studieren … niemand in meiner Klasse hat'n Scheißdreck auf Philosophie gegeben. Wie find'st du das?«

»Überhaupt geben nur wenige Leute einen Scheißdreck auf Philosophie. Aber das hat die Philosophen nicht vom Denken abgehalten. Siehst du mich in diesem verdammten Camp Ausschau halten: ›Hey, Sergeant Benson, was dagegen, wenn ich vor der Fahrt heute Morgen noch'n bisschen Platon lese?‹«

Ebbers streckte die Brust heraus und langte mit dem Arm nach hinten, um sich den Arsch zu kratzen, und brüllte wie Benson: »Turnipseed, versuchst du schon wieder, mir diesen *Play*to in'n Arsch zu schieben?«

»Haha, sehr komisch, Punkinstrudel«, sagte Bones. Jetzt versuchst du'n Witz zu reißen, aber ich durchschaue dich. Und glaub ja nicht, ich könnte das nicht.«

»Also, Bones, eigentlich …«

»EIGENTLICH.« Das gesamte Zelt imitierte das Genäsel des weißen Mannes.

»Eigentlich«, sagte ich, »könnte Platon an dir 'n Narren fressen, Bones. Weißt du, dass man das altgriechische Wort für ›Freund‹ oder ›enger Verwandter‹, *oikeion,* wörtlich mit ›Superkumpel‹ übersetzen könnte?«

Wir hatten da eine großartige Sache laufen, der Zwinger und ich. Wir kamen hechelnd von unserem Dienst draußen zurück und tauschten sofort Beleidigungen und Klatsch über Platon und Public Enemy aus. Ich liebte diese Momente, aber sie waren kostbar, es gab nur wenige davon. Immer auf Achse. Wir waren echte Fahrtenknackis.

Die Luft war noch kühl und frisch, als ich vor Sonnenaufgang am Fahrtenbüro ankam, und überall in Camp Shepard und im Hafenbezirk glitzerten die Lichter. Unsere Laster warteten auf uns mit eingeschalteten Scheinwerfern, die sich durch den Nebel fraßen, während die Motoren noch das weiche Schnurren des Stillstands von sich gaben. Wir nahmen eine rasche Inspektion rund um den Wagen vor, ob etwa der Fahrer vor uns etwas vergessen hatte oder blöd genug gewesen war, einen unsicheren Sattelschlepper zu fahren. Gewöhnlich waren wir ebenso müde oder blöd oder blind wie der Fahrer vorher. Dann fuhren wir hinunter zu den Ladedocks, wo wir uns um den letzten Platz und das längste Nickerchen rangelten.

Nachdem wir Paletten mit 155-mm-Artillerie-Granaten aufgeladen hatten, fuhren wir langsam durch das Lager zurück und rollten durch die Nebelschwaden zum Tanken ins Innere des Hafenbezirks. Dutzende roter und gelber Brems- und Anhängerlichter schwirrten und kreisten vor uns wie Glühwürmchen.

An der Tankstelle brüllte ein Mann in olivgrauem, drei Nummern zu großem Overall: »EINHEIT?«

»SIXTH MOTOR TRANSPORT BATTALION«, erwiderte ich. Unser Gebrüll trug nur unwesentlich zur Kakophonie aus rumpelnden Dieselmotoren, leisem Kreischen der Hydraulikbremsen und trägem Knacken der Funkgeräte bei.

»IN ORDNUNG«, sagte er und deutete auf einen Kraftstoffschlauch im Sand am Straßenrand. Ich stellte den Motor ab, sprang aus dem Wagen und ging um ihn herum darauf zu, zerrte den schweren Leinenschlauch hinüber zu meinem ersten Tank, der über dem Hinterrad montiert war. Der Tankwart stand hinter mir und nahm die Nummern aus der klickenden Pumpe auf, die tief in den Boden gebuddelt war und gerade nur so weit herausstand, dass die Messskalen zu sehen waren.

Reservetanks waren hinten an unsere Wagen geschweißt, ich ging hin, hob den Tankschlauch brusthoch, um ihn in den Tank zu schieben, und fing an zu pumpen.

»HEY! DU DA! DU VERPLEMPERST DAS ZEUG!«

Ich hörte auf zu pumpen und sah mich nach dem Randalierer um.

»JA, DU, ARSCHLOCH!«

Ich sprang vom Laster, ohne den Schlauch mitzunehmen, und zerrte ihn zurück wie ein verdrehtes Fliegenband, sodass der Mann hinter mir zur Seite sprang. Treibstoff spritzte aus einer aufgeplatzten Schweißnaht an einer Kante des Reservetanks wie aus einem Dieselsprenger. Genauer, er spritzte direkt nach hinten, exakt über meine sämtlichen Artilleriegranaten.

»Hey, Mann, warum gehst du nicht rüber und drehst das Ding zu?«, wollte der Wart wissen.

Ich kletterte hinten auf meinen Laster, zusammengekrümmt, um nicht vollgespritzt zu werden, und drehte die Verschlusskappe auf den Tank. Von dort konnte ich sehen, wie alle an der Tankstelle mich anstarrten. Oshkosh-B'Gosh, der Overall-Sack, war wieder einmal mein Konvoi-Commander; er bahnte sich langsam den Weg zu meinem LKW. Er sah mich an und hielt die Hand in den Dieselstrahl, als wolle er eine Dusche nehmen.

»Ach, bloß'n leichter Strahl«, sagte er. »Sie haben sowieso genug für die Hin- und Rückfahrt nach Mishab in Ihrem Haupttank.«

»*Das* macht Ihnen Sorgen?«, fragte ich. »Was ist zum Beispiel mit *Feuer*?«

»Feuer? Mit Diesel? Ich könnte eine Zigarette auf dem Zeug ausdrücken. Willst du sehen?«

»Nein«, erwiderte ich und sprang hinunter, »nein, danke. Ich glaube, ich bringe dies Ding wieder zurück.«

»Himmel noch mal, Kleiner, ist schon okay. Echt. Willst du meinen? Ich hab den Mack mit Zweierkuppelung – kannst du den fahren?«

Ich sah hoch zu dem schwachen Dieselstrahl, der sich in goldenen Bändern aus dem Tank wand und über die Paletten voller Handgranaten lief. *Zweierkuppelung.*

»Ich krieg das schon hin«, sagte ich, »sorgen Sie dafür, dass jemand meine Rückseite im Auge behält, okay?«

»Okay!«, entgegnete er. »Auf geht's!«

Unser Vier-Laster-Konvoi kam vor dem Haupttor zum Stehen, als die Sonne über dem Golf aufging. Bis zum Abu Hadriyah Highway hatten wir stockenden Verkehr, und ich fühlte mich halb wie ein wahnsinniger Fahrer, der jeden Moment von der Verkehrspolizei gestoppt werden konnte. Mit etwas Glück würde ich an den Highwayrand verdammt werden und könnte Walt Whitmans *Democratic Vistas* beenden.

Wie sich zeigte, waren die Verkehrspolizisten die Einzigen, die mich *nicht* anhielten. Im Verlauf des Morgens entwickelte ich eine Art Galgenhumor. Ein paar Jungs aus einem deutschen Wassertransporter winkten hysterisch.

»Mann, du hast 'n Problem!«

Ich winkte zurück: »Ja, ich hab Probleme. Wir alle haben welche.«

»Nein, nein, du hast 'n Leck hinten! Nummer-eins-Problem!«

»Ich kümmer mich in Mishab darum. Auch um Nummer zwei.«

»DU HAST 'N TREIBSTOFFLECK!«

»Ach das! Ihr kennt doch das Corps: ›Fuck it, drive on‹.«

Sie warfen sich Blicke zu, traten das Gaspedal voll durch und machten, dass sie wegkamen. Nach einer Weile ließ mich mein Schmachter an die Sache mit der Zigarette und dem Diesel glauben. Ich hatte die erste auf der Fahrt fast zur Hälfte aufgeraucht, als ein paar Briten auftauchten. Ich schnippte die Glut aus dem Fenster (im

Vertrauen – in der *Hoffnung*, dass es stimmte und ich die Kippe auch in Diesel ausdrücken konnte), als ein dickmäuliger A-Fahrer mir zurief:

»He, du da, ist dir klar, dass da hinten Treibstoff über deine gesamte Ladung läuft?«

Ich lächelte ihn an und warf dann den Rest meiner schwelenden Zigarette aus dem Fenster, wo er sich in einen Funkenregen auflöste: »Ja, du kannst deine Zigarette darin ausdrücken!«

»Scheiße kannst du, Menschenskind! Du hast sie doch echt nicht alle!«

»Echt nicht alle? Verdammt gut bestückt, sag ich dir!«

Von hinten war ein Zischen zu hören. Nervös blinkte ich mit dem Fernlicht, verzweifelt, weil keiner der Laster vor mir das Signal im hellen Tageslicht bemerken würde. Ich gab auf und fuhr seitwärts auf den schmalen Randstreifen. Ich war gerade knirschend zum Stand gekommen, als ein gigantisches *Krawumm* durch den Wagen dröhnte und mich samt ALICE-Gepäck und Flak-Jacke aus der Tür hechten ließ.

Nichts. Kein Rauch. Vielleicht ein Plattfuß. Ich kroch um den Laster und konnte keinen Platten entdecken. Besser als Whitman: Hier hatte ich mein Mysterium. Ich spähte unter meinen Laster; überprüfte die Schläuche, die Laderiemen. Ich suchte nach gebrochenen Stützen unter dem Anhänger. Dann bemerkte ich, dass der Treibstoff nicht mehr leckte. In dem Metalltank klaffte ein langer Riss mit abblätternder Farbe entlang der Narbe: Beim Auslaufen hatte sich der Tank ein Vakuum geschaffen, und als genügend Treibstoff entwichen war, hatte Luft ihn ersetzt und den Tank wieder in Form gebracht.

Mein Konvoi war schon lange über alle Berge.

Ich holte den Rest des Konvois am Munitionslager 3 ein, einem Labyrinth aus Sand, in dem über Tausende von Quadratmetern Munition gelagert wurde, wie Nahrung in einer Ameisenkolonie. Obwohl ich zweieinhalb Stunden später ankam, war ich nur ein halbes Dutzend Laster hinter den anderen. Noch immer standen wir bis auf die Straße, über den ASP hinaus Schlange. Es sah nach einer langen Warterei aus.

Ich nahm den Helm ab, legte den ersten Gang ein, stellte den Motor ab und streckte die Beine aus. Nach einem tiefen Schluck warmen, gechlorten Wassers, gemischt mit einem halben Paket Taster's Choice, das aus einem MRE zurückgeblieben war, griff ich nach meinem Whitman und einer Zigarette. Der Gute hatte noch kaum den Mund aufgemacht, als auch schon Sturmwolken links hinter meinem Fenster aufzogen. Mit einem befehlshabenden Offizier mitten drin.

»Verdammt! Verdammt! Verdammt! Wollen Sie uns etwa zu Adam und Eva zurückbomben?«

Er sprang auf mein Trittbrett und steckte sein ledriges Gesicht mit braunen Kulleraugen in den Wagen.

»Machen Sie das verfluchte Ding aus! Und zwar sofort! Sofort!«, schrie er und langte halbherzig nach der verbotenen Kippe. Ich sah ihn mit einer gehobenen Augenbraue an, aschte seelenruhig in den Aschenbecher und seufzte gedankenverloren, während ich die Glut ausdrückte.

»Ist Ihnen klar, Marine, dass Sie in einem Munitionslager rauchen? Sie sind eine kurze Zündschnur auf einer gefährlichen Mission. HIMMELHERRGOTT: EIN GOTTVERDAMMTES MUNITIONSLAGER, KERL!«

»Eigentlich«, begann ich.

»EIGENTLICH? Wie heißen Sie, Kerl?«

»Joel. Und streng genommen bin ich nicht *im* Munitionslager.«

»Sir! Welchen Rang haben Sie, Joel?«

»Lance Corporal.«

»Sir, Sir, Sir! Ich bin verflucht noch mal Offizier, Himmelarsch!«

»Wie dem auch sei.«

Er schob sein Gesicht so nahe an meines heran, dass meine Brille von seinem Atem beschlug. »Hören Sie zu, Marine«, sagte er, »ich will Sie mit allem Nachdruck darauf hinweisen, dass das hier kein Witz ist. Dies ist ein gottverdammter, verflucht ernster Krieg, den wir hier führen. Ich habe den Eindruck, Sie finden das komisch. Das ist es keineswegs, und ich meine es so ernst wie ein Herzinfarkt. Sollte ich Sie noch einmal rauchen sehen, entziehe ich Ihnen den Führerschein für den Sattelschlepper so schnell, dass Sie … dass Sie … dass Sie denken, die Straße bricht Ihnen unter den Reifen weg, bildlich gesprochen, wenn Sie gottverdammt noch mal verstehen, was ich meine?!«

Ich starrte ihn an, völlig unbildlich, wie betaubt. »Jawohl, *Sir.*«

Letzten Endes entsprang »Fido« nicht Faulheit oder Drückebergerei, auch nicht dem verlogenen Pragmatismus von Scheißern, sondern war eine Art Kraftmeierei, hinter der die Erkenntnis stand, dass »Fuck it – du bist Marine – drive on« eine bessere Alternative zu all dem Tragischen und Unerwarteten war, als aufzugeben, und dass es die einzige Möglichkeit war, das Tragische zu überleben, bis es sich ins Komische verwandelte.

»Hey, Bonesie, legst du dich schon wieder mit'm Professor an?«, rief Hatch, als er ins Zelt geschlendert kam; Ebbers, Farmer, Luke und Riley in einer Reihe hinter ihm. Staub, der in der Sonne glitzerte, wirbelte durch die Bewegungen ihrer hingeschleuderten Flak-Jacken, Helme, Gewehre, Gasmasken und ALICE-Gepäck durcheinander, während Sergeant Benson vor dem Zelt: »Alle Mann antreten!« brüllte.

»Scheiße, Sergeant, mach mal halblang, ich muss dringend wohin.«

Der Sergeant steckte seinen kahlen Kopf ins Zelt: »Ebbers, komm mir bloß nicht mit dem Scheiß. Du hast fünfzehn Minuten.«

Eine halbe Stunde später waren wir alle angetreten, zusammen mit ungefähr einem Dutzend anderer Jungs von der Bravo Company, die nicht rausgefahren waren.

»Okay, herhörn! Ich will euch allen Zeit fürs Briefeschreiben sparen, also sage ich's nur einmal. Offenbar haben wir ein paar Hygieneprobleme mit euch Dreckschweinen: Wechselt gefälligst von jetzt an eure Unterhosen und putzt euch die Zähne, sonst fällt der verdammte Corpsman um, wenn ihr alle auf Krankenstation müsst. Hört auf, vor das Zelt zu pissen. Hat euch noch niemand gesagt, ihr sollt nicht dahin scheißen, wo ihr esst?«

»Wir essen doch gar nicht da drinn'n, Sergeant.«

»Das will ich nicht gehört haben, Ebbers. Und jetzt noch was besonders Schönes: Ihr kriegt noch 'ne Anthrax-Impfung verpasst.«

»Ich hab noch nich mal die erste gekriegt.«

»Na, dann hol dir gleich zwei davon, okay? Gentlemen, ihr müsst euch das Zeug holen. Ich habe meins schon und bin auch noch am Leben.«

Blicke gingen hin und her: »Mann, du bist'n knustiger alter Vietnam-Veteran. Deinen knittrigen Lederarsch bringt doch gar nichts mehr um.«

Sergeant Benson ließ uns keine Zeit zum Nachdenken. »Okay, wie ich höre, will Professor Turnipseed uns was mitteilen. Stimmt das, Turnipseed?«

»Tut mir Leid, Sergeant, aber ich muss da was verpasst haben.«

»Na ja, meine Jungs hier haben mir erzählt, du würdest ihnen Unterricht geben. Ich fühle mich irgendwie von dem Bildungsprozess ausgeschlossen. Warum kommst du also nicht einfach hier nach vorn und teilst uns anderen auch was Wissenswertes mit?«

Wichser. Ich sollte hier vorgeführt werden.

»Komm schon, Professor, erzähl uns was.«

Zögernd trat ich aus den Reihen und bezog Position vor Sergeant Benson gegenüber der angetretenen Truppe.

»Also gut, dann will ich euch mal was sagen, Jungs«, sagte ich und sah auf die etwa zwanzig vor mir versammelten Männer. »Es steht natürlich in direktem Bezug zu der Diskussion, die wir neulich Abend bei uns im Zwinger hatten: ›Die Menschen glauben, die Wahrheit liege weit entfernt an den Rändern des Universums, hinter dem fernsten Stern, vor Adam und nach dem letzten Menschen. Doch … Das Weltall entspricht immerwährend und gehorsam unseren Vorstellungen. Unsere Bahn ist vorgeschrieben, ob wir nun schnell oder langsam reisen.‹ Henry Thoreau.«

»Äh, Professor, ich glaub, das musst du uns 'n bisschen näher erklären«, rief Ebbers.

»Alles klar«, sagte ich, machte eine kleine Pause, um mich für meine Rolle zu sammeln, und trug dann im schlechtesten Rap aller Zeiten vor:

Was mein Mann mit dem Hosenschiss
euch allen einfach sagen muss
Is: »Blick nich ständig in die Ferne
Auf all das, was du hättest gerne,
denn da gibt's nichts zu borgen
zum Kurieren deiner Sorgen.
Und alles, was krank an dir nagt,
machst du dir selbst, sobald verzagt –
Wenn du dir also heut nich selbst vertraust,
bleibt nur, dass du dich auch morgen graust
– und auch am Tag darauf.
Dich selber musst du erst erkennen,
den Brunnen deiner Weisheit nennen,
dann hört von selbst dein Fieber auf.«

Sergeant Benson grinste seltsam und wandte sich der Truppe zu. »Was, zum Teufel, macht ihr denn hier mit dem guten, alten Turnipseed, Gentlemen? Ihr habt ihn ja wahrhaftig völlig durcheinander gebracht.«

»*Neee,* Sergeant. Den ganzen Scheiß hat er allein aufgeschnappt«, erwiderte Mountain Man. »Stimmt's nicht, Professor?«

Ich grinste: »Mein Wort drauf.«

Schnee-Engel

Der Bodenkrieg begann, aber wir merkten nichts davon. Abgesehen vom neuerlichen SCUD-Alarm. Über mehrere Wochen hatte Saddam seine SCUD-Raketen-Starter niedrig hängen, außerhalb von jedem Radar-Modus. Als die Marines die Randgebiete angriffen und irgendwie die brennenden Ölfelder und Einöden Kuwaits durchquerten, begann unser nächtliches Kakerlaken-Ausschwärmen von neuem, vom Zelt zum Bunker und wieder zurück.

In der Zwischenzeit zogen wir weiter unsere Fahrten runter. Beziehungsweise immer öfter ohne zu fahren, da wir auch weiterhin die Sattelschlepper-Population Saudi-Arabiens verheerten: Kurz nachdem mein Laster am Dock beladen worden war, brach er zusammen. Da wir einen beladenen LKW nicht stehen lassen konnten, blieb ich als Wache bei dem Karren, der keine zweihundert Meter vom Zaun zwischen den Lagerhäusern am Hafen und unserem Zeltlager stecken geblieben war. Ich konnte in der Brise die Kantine riechen, während ich mein Grillfleisch-MRE aß.

Hatch war so nett, mir meine Post vorbeizubringen. Ich kam mir vor wie einer, der einen Baum hütet, ohne Grund. Nachdem ich mir eine Pfeife gestopft hatte, öffnete ich einen Brief von Mary, der Frau meines Kumpels Mark und – weitaus wichtiger – Sarahs älterer Schwester. Sie schrieb liebevoll über CNN-Glotzen im Studentenheim und dass Mark jetzt in seiner »Fürsten«-Phase war und »elaborierte« Briefe an Kongress-Abgeordnete und Freunde schrieb, allerdings noch nicht an die Queen von England. Über Sarah schrieb sie nichts.

Und dieses Nichtvorhandensein machte sie mir nur noch gegenwärtiger. Wie ich so in der Mittagssonne dasaß, blockiert in einem gleich neben den Lagerhäusern am Hafen krepierten LKW, dachte ich an die letzten Momente, die wir beide miteinander verbracht hatten.

Wir wollten in einem Park Schlitten fahren. Es hatte wieder zu schneien begonnen, ein unbeständiger Schnee, der auf eine raue und bittere Weihnacht folgte, und schon bald fanden wir uns nicht im Park, sondern an der Universität wieder. Wir parkten vor dem Campus und gingen Richtung Northrup Mall, jeder Schritt wirbelte Schnee auf, verzaubert blickten wir um uns: Die Bäume glitzerten, der Schnee tanzte unter den Laternen und die Häuser lagen friedlich da, maskiert von Schneegestöber und Schatten. Die Welt drehte sich still weiter, allein zu unserer Freude – ein Zuschauer unserer wachsenden Ausgelassenheit. Unsere Schritte wurden leicht wie Hüpfer, wurden fast zum Lauf, während wir die breiten, leeren Straßen, bedeckt mit einem schimmernden Teppich aus Schnee, hinuntereilten.

Wir kamen auf die Mall, ein langes, offenes Rechteck, unterbrochen von großen Bäumen, so alt oder noch älter als die Universität selbst. Um sie herum ragten hell beleuchtete Säulen aus den Schatten, in denen die Gebäude sich verbargen, Dutzende von Säulen in Reih und Glied standen stramm für griechischen Ruhm und römische Grandezza. Unter dem hellen Licht, das den Mittelstreifen umrahmte, verhallten unsere Stimmen in der Nacht, unsere Rufe und unser Gelächter wie wattiert vom Schnee.

»Ich will Engel machen«, rief Sarah und drehte Pirouetten durch wadentiefen Schnee, der in einer Wolke um ihre Beine wirbelte. Wie ich sie so sah, ihr Gesicht schimmernd und umgeben von einem Glorienschein aus Licht und Schnee, durchlief es mich wie ein Schmerz. Eine weit zurückliegende Erinnerung – Begehren. Ich kannte das Gefühl, aber das lag lange zurück. Zu viel Schmerz. Wie betäubt blieb ich stehen und sah Sarah unverwandt zu, wie sie Pirouetten durch die Luft drehte.

»Was ist, *machen* wir nun Engel oder *nicht*?«, fragte Sarah.

Ohne zu zögern ließ ich mich auf den Rücken fallen, wedelte mit Armen und Beinen im Schnee und rief hinauf zu den Ästen und Sternen über mir: »Menschen liegen auf dem Rücken und reden über den Fall der Menschheit, ohne zu versuchen aufzustehen! – Und warum nicht, zum Teufel? Sie machen Engel!«

Sarah spielte mit und wirbelte Schnee hoch in die Luft. Kalt besprenkelte er mein Gesicht: Küsse von Schnee-Engeln.

Bombenalarm

Bombardiert werden ist öde. Anfangs war es noch ganz aufregend, als die ersten SCUD-Raketen fielen, als der Himmel blitzte und die Wüste bebte; als wir aus unseren Zelten heraus auseinander stoben wie Kakerlaken, mit nichts an als Gasmasken, Hundemarken und Unterwäsche. Verdrängtes aus den ersten Kriegstagen meldete sich zurück: das Wahnsinnsdurcheinander von fünf SCUD-Alarmen in unserer ersten Nacht in Saudi-Arabien, unsere Mordsangst, als eine der Raketen explodierte, direkt neben den Riesenpaletten mit

155-mm-Granaten, die wir bald an die Fronten fahren sollten; die zusammensackenden Bunker aus hastig unfachmännisch gestapelten Sandsäcken; während Robin auf seiner Koje unter den Nebeneffekten der Nervengaspillen zuckte.

Jetzt schrie der Himmel erneut gellend auf.

Nach der zweiten oder dritten Nacht, nachdem man zwei-, drei- oder viermal aus dem Schlaf gerissen worden war, war's nicht mehr aufregend, sondern nervtötend. Stell dir vor, du bist gerade in Latschen und mit Gasmaske zum ambulanten Klo geschlurft, hast die Tür geschlossen und dich hingehockt, und das leise aufbrummende Geheul der ersten Sirene bricht los. Dann folgen die anderen, sie sind allgegenwärtig – sogar die Moscheen waren mit Alarm ausgestattet –, und sie alle dröhnen jetzt gleichzeitig. Du bist müde. Die ganze Nacht lang hast du die Sirenen gehört. Stehst du also auf und läufst davon? Nein, du steckst dir da in deinem stinkenden Fiberglas-Außenklo eine Zigarette an und hoffst, das Schrapnell prallt an den Mauern ab.

Nach etwa zwei solchen Wochen stand ich nicht einmal mehr von meiner Koje auf, wenn die Sirenen losgingen, zerrte mir bloß die Flak-Jacke über die Brust, zog mir den Helm über und umarmte meine Gasmaske wie einen Teddybären. In der ersten Nacht, in der ich die Einladung der Sirenen höflich ablehnte, kippten Schuyler und Bergman meine Koje um und zerrten mich an den Beinen aus dem Zelt. Dieser Akt verzweifelten Stumpfsinns blieb nicht unbemerkt, und als der Alarm das nächste Mal losging und die meisten Leute kopflos Deckung suchten, sah ich Blegen ruhig rauchend auf seiner Koje sitzen. Heinemann hockte auf seiner und mischte die Karten.

»Wie groß ist die Chance, dass eins der Dinger tatsächlich einschlägt?«, fragte er.

»Vage«, entgegnete ich.

»Hör zu, Turnip, ich zahl dir 5 zu 1, wenn du die Angriffe heute Nacht schätzt, 10 zu 1, wenn du schätzt, wie viele Leute von den Patriot-Raketen weggeputzt werden – und 100 zu 1, wenn du sagst, wo sie einschlagen, wenn wir danebenschießen.«

So wurden wir die Buchmacher unseres eigenen Todes. Ich war nicht verbittert genug, um Wetten abzuschließen, Blegen war es, er legte fünf Scheine für fünf Angriffe auf den Tisch. Einen »Trifecta«, eine Gewinnplatzierung der ersten drei, spielte er nicht, sondern fiel auf seine Koje zurück, um den Rest des Alarms zu verschlafen. Genau wie ich: Wenn du gerade mal vier, fünf Stunden Schlaf kriegst, hast du keine Lust, dich für die geringe Wahrscheinlichkeit eines SCUD-Einschlags kaputtzumachen.

Als der Luftkrieg richtig losbrach und A-10er nach SCUDs jagten, genossen wir eine mehrwöchige Ruhepause. Doch sobald wir die Böschung überquerten, waren die Iraker vor Wut schäumend zurück. Ich saß gerade an einem Artikel für meine College-Zeitung, *The Minnesota Daily*, als das Déjà-vu abging. Während ich die Schönheit der Wüste beschrieb, schreckte mich der erste Alarm auf und jagte mich von meiner Koje hinunter in den nächsten Bunker. Angriff Nr. 2 brach nach dem zweiten Satz von Absatz 8 los, Angriff Nr. 3 in Absatz 10. Ich wollte nicht die nächste Postzustellung am Conex-Postamt versäumen, also blieb ich sitzen. Ebbers und Mountain Man kamen schnaubend vor Wut vom Alarm zurück.

»Der Scheißkerl geht mir langsam echt auf'n Keks!«, tobte Ebbers. »Wie soll man da 'ne Mütze voll Schlaf kriegen? Wenn Saddam nicht bald mit dem Scheiß aufhört, knöpf ich ihn mir persönlich vor.«

»Bleib in der Koje«, sagte Luke in das Gummi-Echo seiner Gasmaske hinein, die er übers Gesicht gezogen hatte, und versuchte seinen ständig unterbrochenen Schlaf fortzusetzen.

»Du spinnst, Luke«, entgegnete Ebbers. »Du und der Professor seid bald am Arsch.«

»Glaubst du echt, ’n ein Meter fünfzig hoher Haufen Sandsäcke schützt dich besser als dieses Zelt, Eb?«, fragte Hatch. »Beim nächsten Alarm bleib ich genauso in meiner Koje. Ich bin sowieso todmüde, da kann ich den Prozess ebenso gut beschleunigen.«

Als der Alarm für die vierte SCUD-Rakete losging, ignorierte ihn der halbe Zwinger.

Die Bombe explodierte direkt über unseren Köpfen, und der Druck presste uns die Luft ab. Auf einen klaren, adrenalingeladenen Befehl unseres Instinkts hin rasten wir aus dem Zelt heraus in Deckung. Ohne dabei irgendetwas wahrzunehmen. Erst als wir uns im Bunker mit beschlagenen Gasmasken wiederbegegneten, waren wir imstande, die Ereignisse Stück für Stück zu rekonstruieren: Alarm. Explosion. Deckung. Gasmasken. Irre, verständnislose Blicke. Nach ein paar Minuten Schweigen gab jeder auf und ging zurück ins Zelt.

Hatch stellte American Forces Radio an, um die Nachrichten zu hören. Der Angriff auf uns wurde nicht erwähnt, nur der tragische Bericht aus Khobar, wo achtundzwanzig amerikanische Soldaten von einer amerikanischen SCUD-Rakete getötet und hundert weitere verwundet worden waren – was den Job des WATER PURIFICATION SPECIALIST zum gefährlichsten am ganzen Golf machte. Warum waren sie nicht in ihre Bunker gelaufen? Vielleicht hatten sie dazu keine Zeit mehr gehabt. Oder weil Krieg langweilig ist. Bombardierung ist öde. Und während sich der Krieg dahinschleppte, zehrten wir langsam unsere inneren Reserven auf.

Und doch: Als die Nachrichten zu Ende waren und der fünfte SCUD-Alarm des Abends losheulte, rasten wir wie bescheuert zu den Bunkern, mit umnebeltem Hirn und Flak-Jacken und Gewehren – überflüssiges Gepäck auf unserer seltsamen Reise.

Verfranst

Und dann war der Krieg vorbei. Sechs Wochen lang Bombardierung, Tomahawk-Bombenangriffe und Artilleriegranaten. Vorbei. Siebenundfünfzig Schiffe mit 155-mm-Granaten, Plastikbomben, Napalm, Milchkästen, Müsli, Zelten, Arzneimitteln, Panzern, APCS, Uniformen, Frisbees, Coca und Pepsi, Stiefeln, Batterien und Männern hatten wir geschleppt, von Al Jubayl nach Mishab, dann nach Kibrit und Al Khanjar. Während der dramatischen Ereignisse im Februar hatten wir in nur zehn Tagen insgesamt 3755 Fahrten mit Munition für das gesamte Marine Corps hinter uns gebracht, für die eigentlich fünfzehn Tage vorgesehen waren. Von den ungefähr 1400 Sattelschleppern mit Anhängern, die wir von saudischen Zivilisten geleast hatten, waren fast sechshundert kaputt und standen auf dem Seitenstreifen des Abu Hadriyah Highway oder auf der vierspurigen Straße, die man von Mishab über Kibrit nach Al Khanjar durch die Wüste gepflügt hatte, und von dem Zeitpunkt an, als wir in Saudi-Arabien angekommen waren, bis zum Ende des Kriegs hatten wir zusammen über 10 000 Hin- und Rückfahrten absolviert. Wenn man die Hin- und Rückfahrt von Al Jubayl nach Khanjar und zurück als volle Zweier-Etappe rechnete – eine Fahrt von sechshundert Meilen –, käme man auf über sechs Millionen Meilen, von denen nur die Hälfte auf Asphaltstraßen zurückgelegt wurde. Wir waren fertig. Aber wir hatten mehr Munition über eine längere Entfernung in einer kürzeren Zeitspanne bewegt als irgendeine andere Einheit in der Geschichte des Krieges.

Jetzt mussten wir die ganze Sache rückgängig machen.

Wir mussten alle Munition aus dem Hafen von Jubayl räumen, damit der Truppenabzug beginnen konnte; so konnte die Munition überwacht und an die Kuwaitis und Saudis verkauft werden. Während des Kriegs waren wir immer in Konvois gefahren. Drei oder vier Laster, je nachdem, wie viele es zurück nach Mishab geschafft hatten. Doch als ich diesmal zum Lagerhaus am Hafen kam, sollte ich den LKW nehmen, der draußen einsam und verlassen herumstand.

»Du fährst heute allein zum ASP-3«, sagte Robin, der den Hafen während des ganzen Krieges nicht verlassen hatte. »Brauchst du 'ne Karte?« Ich war bestimmt schon drei Dutzend Male hinaufgefahren. »Es ist direkt am Abu Hadriyah, aber man kann's leicht verfehlen. Ich glaub, die Jungs haben gesagt, die Ausfahrt ist mit einigen Reifen und einer roten Flagge oder einem Toyota oder sonst was markiert.«

Ich organisierte mir ein paar Laderiemen und fuhr dann mit meinem Laster hinaus zum Hafen. Die Sonne ging eben auf, als ich an der Treibstoffsäule tankte. Der Bursche am Vordertor winkte mich durch, ohne mein Fahrtenbuch einzusehen, und wieder war ich mit einem Laster voller Artilleriegranaten auf der Straße.

Ich fuhr an den Auffahrten und zweispurigen Straßen vorbei, die hinaus zum Flughafen und zu den Raffinerien führten. Es war seltsam, so allein zu fahren, mit der von den Lippen baumelnden Zigarette über den Highway zu kreuzen, ohne andere LKWs in Sicht. Der Himmel war erfüllt von schwarzem Rauch, 360 Grad am Horizont, dunkel wie die hereinbrechende Nacht. Unter der erbarmungslos auf den Laster niederbrennenden Sonne hatte ich das Gefühl, durchs

Todescenter in der Geisterstunde zu fahren. Ich hatte die Abfahrt zum Abu Hadriyah verpasst. Die erste Ausfahrt, zu der ich kam, nachdem mir aufgegangen war, dass ich es vermasselt hatte, war eine Kreuzung, die nirgendwohin führte. Fünfzehn Minuten später kam ich zu einer anderen Ausfahrt und bog rechts ab Richtung Norden, auf eine frisch gepflasterte, zweispurige Straße. Nachdem ich den achten Gang eingelegt hatte, zündete ich mir eine Zigarette an, hatte aber noch nicht einmal die erste Asche abgeschnippt, als ich voll in die Bremsen treten musste. Die Straße war zu Ende. Bamm. Ende. Keine Straße mehr – nichts als ein großer Haufen Kies im Sand. Da Reifenspuren zum Ende der Straße führten, hatte ich geglaubt, ich könnte gefahrlos weiterfahren. Langsam bog ich vom Highway ab, schaltete in den zweiten Gang, fuhr um die Baustelle herum. Sie war schlammig, aber ich schaffte es hindurch – bis ich wieder zurück auf den Highway hochmusste.

Ich steckte fest.

Ich wusste nicht einmal, wie man mit dem LKW rückwärts fuhr. Als ein Filipino mit einem Wassertank hinter mir durch die Wüste kam, fühlte ich mich zugleich erleichtert und wie ein Schisser. Er parkte seinen Laster hinter mir und sprang aus dem Wagen.

»Hey, steckst du fest?«

»Ja.«

»Ich schiebe, du fährst raus, okay?«

Ich legte den Gang ein und stand auf der Kupplung. Als ich den Tankwagen auf meinen Schlepper aufprallen spürte, ließ ich die Kupplung einrasten und gab höllisch Gas. Ich war frei. Eine Viertelmeile den Highway hoch hielt ich auf dem Seitenstreifen und wartete auf den Filipino, damit er mir die Richtung sagen konnte. Er war verschwunden. In Luft aufgelöst. Ich spähte über die Wüste: ein weit offenes Meer ohne einen einzigen Orientierungspunkt. Wie konnte er einfach verschwinden? Aber er war es.

Ich fuhr wieder hinaus auf den Highway, von dem ich abgebogen war, und dann nach Osten. Ich sah auf die Schilder, die englisch und arabisch beschriftet waren, sodass ich sie lesen konnte. Trotzdem konnte ich sie nicht richtig *lesen*: eine verblüffende Erkenntnis, wenn du dich in der Wüste verirrt hast, ist, dass ein Straßenschild ohne Karte wertlos ist. Ich kam nicht weiter.

Eine SPIN-2-Satellitenaufnahme der Jubayl-Region, aufgenommen am 8. März, eineinhalb Wochen nachdem ich mich verfranst hatte, zeigt meine peinliche Lage mit der Genauigkeit von eineinhalb Metern per Pixel: das Gewirr der Highways, die aus Camp Shepard herausführten, die Kreuzung, die nirgendwohin führte, die Sackgassen-Highways, alles. Besser als eine Landkarte, sogar ohne die Straßenschilder. Betrüblicherweise hatte ich in meinem Laster keine Satellitenverbindung per Laptop, und CNN konnte ich in meinem Zelt auch nicht empfangen. Ich verpasste nicht nur den regiegeleiteten, zusammengeschnittenen, musikuntermalten Krieg auf der Mattscheibe – ich konnte ihn nicht einmal in hellem Tageslicht finden. Ich starrte durch die verstaubte Windschutzscheibe und grübelte darüber nach, was ich als Nächstes tun sollte. Richtung Jubayl zurückfahren und versuchen, meine Strecke zurückzuverfolgen.

Nicht einmal Jubayl fand ich mehr. Stattdessen fuhr ich den ganzen Weg hinunter zum Golf und hielt an Ampeln in einer Stadt, die nicht ein bisschen wie Jubayl aussah. Wie ein munitionsbeladener Idiot fuhr ich hin und her durch die Vororte. Ich ignorierte die starren Blicke der Toyota-fahrenden Saudis, die von mir zu meinen 155-mm-Granaten wanderten und zurück. Ich nickte ihnen zu und blies den Rauch meiner Zigarette aus, als sei ich völlig cool, in geheimem Einsatz oder so was in der Art. Schließlich fuhr ich die Küste entlang nach Norden, im Glauben, ich würde eine Serpentinen- oder Parallelstraße zum Abu Hadriyah finden. Stattdessen landete ich auf einem Vorsprung im Persischen Golf und parkte vor den Toren einer saudi-arabischen Küstenwachstation. Ungefähr ein Dutzend Jungs kam wild fuchtelnd aus dem einstöckigen Gebäude auf mich zugelaufen und schrie arabisch auf mich ein.

Ich lehnte mich aus dem Wagen und fragte: »Abu Hadriyah?«

Alle zwölf streckten den Arm nach Westen aus, wo sich nichts als Sand erstreckte mit Gestrüpp und den magersten Schafen, die ich je gesehen hatte. Die Wolle hing an ihnen wie Haarbüschel.

»Hört zu, Leute«, sagte ich, »ich habe mich verfahren. Spricht irgendjemand von euch Englisch?«

Sie sahen einander an, dann rannten zwei von ihnen zurück ins Gebäude. Ein Typ mit Epauletten kam raus, der perfekt Englisch sprach.

»Wie ich höre, haben Sie sich verfahren«, sagte er. »Wohin wollen Sie denn?«

»Auf den Abu Hadriyah Highway.«

»Der liegt genau westlich von hier«, sagte er und zeigte in dieselbe Richtung wie die anderen. »Wenn Sie wenden, können Sie mir zurück zum Highway folgen.«

Die Straße, auf der ich war, führte direkt auf einen Damm hinaus in den Golf. Die Parzelle der Küstenwache war nicht einmal groß genug, einen PKW zu wenden. Ich versuchte eine Dreier-Kehrtwende, aber ich war noch nie einen Laster rückwärts gefahren. Also fuhr ich in den Sand. Also blieb ich stecken. Die Saudis von der Küstenwache holten Schaufeln aus dem Wachhaus, als wäre es das Normalste von der Welt, nicht anders, als wenn die Leute in Minnesota nach einem plötzlichen Schneesturm den Kumpel aus der Nachbarschaft samt Vierzigtonner, halb beladen mit Munition, ausbuddeln. Während ich mit dem Offizier auf die Landkarte sah, sprang einer von ihnen in meinen Laster. Er ließ die Reifen im Sand durchdrehen und bespritzte seine Kameraden mit Kies und Rauch. Ich dachte, jeden Moment müsse der Motor explodieren. Dann schoss der Kerl nach vorne und alle johlten, als wäre er Evel Knievel, der über die Springbrunnen vor dem Caesar's Palace jumpte.

Zur Krönung verbrachte ich die Nacht in der Wüste, zum dritten Mal festgefahren. Diesmal hatte ich meinen gesamten Sattelschlepper bis hoch zum Fahrerhaus im Sand eingegraben, auf der Straße, die vom Abu Hadriyah zum Munitionslager führte. Die Ausfahrt vom Highway fand ich problemlos, genau wie Robin sie beschrieben hatte: inklusive eines Schrott-Camrys neben einem Stapel Reifen mit einer roten Flagge mitten darauf. Es war auf der unausgebesserten Straße zum Munitionslager, wo ich Scheiß baute, indem ich an eine Gruppe Amerikaner mit einem Frontlader und einer Kettenraupe heranfuhr, die in der Mitte der Straße einen Krater füllten. Die Straße war nicht breit genug, um vorbeizukommen, und ich war schon einmal im Dreck stecken geblieben; außerdem hatte es angefangen zu regnen, also wollte ich einfach mit Vollgas am Straßenrand an diesen Bauarbeitern im Schlammloch vorbeiziehen. Ich schaltete hinunter in den vierten, dann in den dritten – dann fraß sich der Motor fest und ich flog fast durch die Windschutzscheibe. Die Bauarbeiter glotzten mich an, als hätten sie gerade ihre Dosis Morphin aus dem Gasmaskenbeutel eingeworfen.

Ich sprang aus dem Wagen, um zu sehen, wie die Dinge standen. Schlecht. Ich hatte vorne vor dem Laster einen Sandberg aufgepflügt, der hoch bis zum Fahrerhaus reichte.

»He, Kumpel«, rief einer der Arbeiter, »warte, ich helfe dir.« Er schwenkte seinen Bulldozer auf den Ketten herum und schob dann den Sandberg vor meinem Laster weg. Dann schwang er wieder herum und kam rückwärts auf mich zu. Er lief einfach über das Hinterteil des Bulldozers und warf die ersten Glieder einer Kette herunter. Am Ende der Kette war ein S-Haken von der Größe eines Stiefels, und die Glieder waren groß wie meine Faust. Ich trat so viel Sand zur Seite, dass ich den Haken an der Karosserie festmachen konnte, und sprang wieder in den Wagen. Er drehte sich zu mir um, zeigte mit dem Daumen nach oben und fuhr an. Als die Karosserie des Sattelschleppers zu knacken begann, trat ich das Pedal durch, aber außer dem Wagengestell und der Stoßstange bewegte sich der Laster keinen Millimeter.

»Mensch, den Hurensohn hast du aber schön geparkt, was?«

»Sieht so aus«, erwiderte ich.

»Wir müssen zurück ins Lager, aber wir schicken dir jemanden her.«

»Steckt fest wie'n Hurenbock«, sagte der andere und schüttelte den Kopf.

Als ich zusah, wie die Crew dem Sonnenuntergang entgegenrollte, stellte ich fest, dass ich meinen Füllhalter und meine Pfeife verloren hatte. Es goss in Strömen. Ich ging hinaus und um meinen Laster herum, konnte aber selbst nach mehreren Runden nichts finden und gab auf. Mir war arschkalt, als ich wieder in den Wagen stieg. Ich hatte vergessen, den Parka mitzunehmen. Ich hatte auch vergessen, ein MRE mitzunehmen. Nicht einmal Wasser hatte ich dabei. Die ganze Fahrt hätte eigentlich nur ein paar Stunden dauern sollen. Ich sah hinunter auf meine MOPP-Ausrüstung in der braunen Plastiktüte und stellte mir vor, sie als Pyjama überzuziehen, entschied mich dann aber dagegen. Ich krabbelte in die Koje hinter dem Fahrersitz und krachte hin.

Die ungeheure Weite und Fremdheit der Natur erkennen wir erst, wenn wir uns ganz verloren oder herumgedreht haben. Denn man braucht einen Menschen nur einmal mit geschlossenen Augen herumzudrehen, und er ist verloren in dieser Welt. Jeder muss die Himmelsrichtungen neu erlernen, wenn er aus dem Schlaf oder aus irgendeiner Zerstreutheit erwacht. Nicht ehe wir verloren sind, mit anderen Worten, nicht ehe wir diese Welt verloren haben, fangen wir an, uns selbst zu finden und zu erkennen, wo wir sind und wie unendlich weit unsere Verbindungen reichen.

Thoreaus *Walden* war damals meine Bibel. Ich nummerierte die Paragraphen meiner Modern-Library-Ausgabe, Kapitel für Kapitel. *Walden* war mein Kompass – mein *Realometer.* Ganz egal, welche Bücher ich mitschleppte, *Walden* war immer dabei.

Als ich so die Nacht in meinem Laster mitten in der arabischen Wüste verbrachte, versuchte ich mein Leben mit dieser Bibel zu testen. Ich versuchte es, aber es gelang mir nicht. Während ich blätterte, erschien mir das Buch über die Maßen traurig, einsam, fast verzweifelt. Ich fing an, es zu betrauern.

»Hey!«, rief jemand. »Hey, Sie da drinnen, stecken Sie fest oder so?«

Ich sah über den Fahrersitz hinweg in das Gesicht, das ins Fenster linste.

»Nein, ich zelte hier. Sind Sie der Roadmaster?«

»Nein, ich gehöre zum Sixth Motor Transport Battalion. Wer sind Sie?«

»Turnipseed vom Sixth Motor Transport Battalion. Sag dem Roadmaster, dass ich hier bis zum Arsch feststecke, okay?«

»Okay, ich sag's den Leuten vom Fahrdienst, wenn ich aus Mishab zurück bin. Himmel, du hast die Kiste echt festgefahren, was?«

»Kann man so sagen.«

»Na dann viel Glück.«

So ging's die ganze Nacht lang. Alle halbe Stunde kam jemand vorbei und wollte wissen, ob ich stecken geblieben war. Ich rauchte gerade eine Zigarette und las *Walden*, als der erste Philly-Boy angekleckert kam.

»Hey, bist du's, Professor?«

»Ja, Farmer, ich bin's. Steck hier fest.«

»Ach du Scheiße. Weiß Sergeant Benson, dass du hier steckst?«

»Keine Ahnung. Dabei muss der Roadmaster es inzwischen ein Dutzend Mal gehört haben.«

»Kacke, Mann. Dein Arsch steckt echt fest. Und scheißkalt isses heut Nacht. Brauchst du'n Parka, Professor?«

»Farmer, wenn du noch'n zweiten Parka dabei hast, gehst du in die Geschichte ein.«

»Ich hab keinen zweiten dabei, aber meinen kannste haben. Brauchst du noch was zu essen oder Wasser oder so?«

»Ja, so'n Fertigessen wäre toll. Wasser auch.«

»Soll ich dich hier abschleppen, Professor?«

»Verdammt gut erkannt, Farmer.«

»Na, dann okay. Ich muss zurück nach Jubayl. Ich spreche mit Sergeant und Mountain Man. Wir kriegen dich hier im Handumdrehen raus. Nacht, Professor.«

Der Parka war noch warm von Farmers Körper.

> Ich sage, nimm dich in Acht vor allen Unternehmungen, die neue Kleider verlangen, und sei lieber kein Träger neuer Kleider … Hast du ein neues Unternehmen vor dir, versuch es in deinen alten Kleidern. Alle Menschen wollen, nicht etwas zu tun mit, sondern etwas zu tun, oder eher etwas zu sein. Vielleicht sollten wir uns nie einen neuen Anzug anschaffen, egal wie zerlumpt oder schmutzig der alte auch sei, bis wir es gewissermaßen so gehandhabt, unternommen oder gesteuert haben, dass wir uns wie ein neuer Mensch im alten fühlen und dass es zu bewahren so wäre wie neuer Wein in alten Schläuchen. Unsere Mauser muss sein wie die des Geflügels, eine Krise in unserem Leben.

Er hat Recht. Ich erkannte, dass der Golfkrieg meine Krise war, meine Mauser. Man kann bei *Walden* so gut wie keine Seite umblättern, ohne auf einen umwerfenden, lasergesteuerten Aphorismus oder eine diamantharte Wahrheit zu stoßen. Der Knalleffekt ist, dass Thoreau sich nicht so sehr aufs Leben vorbereiten wollte – was ein langer, improvisierter Gesang und Tanz ist mit einer manchmal komischen, manchmal tragischen Handlung – als vielmehr auf eine lange, einsame Ewigkeit.

Während ich also in der Wüste brütete, Kamelscheiße mit dem Fuß wegstieß und um meinen Laster herum marschierte, dachte ich darüber nach, dass die Jungs im Zwinger sich nur deshalb Sorgen um mich machten, weil – ich war ein Marine, sie waren Marines; ich war ein Mann, sie waren Männer. Wie ich so hinunter auf mein *Walden*-Buch sah, in dem ich alles Mögliche unterstrichen und markiert und nummeriert und mit Randbemerkungen versehen hatte – alles Hinweise auf eine Karte, deren Wesen und Zweck ich noch nicht bestimmt habe –, ging mir auf, dass es dies Buch war, das ich mehr liebte als jeden Menschen. Und ich konnte Thoreaus Worten aus dem Kapitel *Einsamkeit* nicht mehr uneingeschränkt Glauben schenken:

> Nichts kann rechtens einen einfachen und braven Mann zu vulgärer Traurigkeit nötigen. Während ich die Freundschaft der Jahreszeiten genieße, traue ich darauf, dass nichts mir das Leben zu einer Last machen kann.

Ich schenkte ihm keinen Glauben – aber ich glaubte, dass er meinte, was er sagte. Nur wurde ich das Gefühl nicht los, dass es ihm entweder an einigen wesentlichen menschlichen Sehnsüchten mangelte oder dass er sich selbst Mut machte, um zu verdrängen, was er lange schon verloren hatte. Denn Tatsache ist, wir sind *politikon zoon* – ein soziales Wesen, wie Aristoteles sagt; und einen einfachen und braven Mann kann der Tod eines Verwandten oder eines Sohnes oder eines engen Freundes – kann die Scheidung der Eltern, die Misshandlung durch den Ehepartner, durch Mutter oder Vater, kann der Verrat eines Freundes oder einer Regierung – kann dies oder ganz anderes durchaus zu »vulgärer Traurigkeit« nötigen. Der Kummer kann ihn in die Knie zwingen und an seinen eigenen Sinnen zweifeln lassen.

Hatch, Farmer, Ebbers, Riley und Rat überbrachten mir in der Nacht Grüße aus dem Zwinger. Die Brüder schleppten mich ab. Ich liebte sie. Als der Morgen anbrach, ging ich hinaus in die Wüste, um zu pinkeln. Ich war erstaunt, Spuren von Vögeln und Schafswolle zu sehen. Doch am spektakulärsten war, wie sich der Wüstenboden, der zuvor von trockenen braunen Büschen und Gräsern gesprenkelt war, nach dem nächtlichen Regen in wildes Grün verwandelt hatte.

Als ich zu meinem Laster zurückging, kam einer der weißen Captains der Philadelphia-Reserveeinheit in einem Sattelschlepper die Straße hinuntergependelt, mit Ebbers als Beifahrer.

»Hey, Professor«, rief Ebbers, »ich bin da, um dich auszulösen. Jetzt fährst du schön zurück in'n Zwinger und nimmst 'ne schöne heiße Dusche und isst 'n gutes Marine-Corps-Brötchen mit Sauce, alles klar?«

Mit dem Captain, der schon immer mal einen »großen Sattelschlepper« fahren wollte, ging's zurück nach Jubayl. Er sagte, er habe sich überlegt, jetzt, da die Iraker besiegt waren, könnte er in aller Ruhe fahren üben. Ich war seit ungefähr vierundzwanzig Stunden ununterbrochen auf den Beinen, konnte aber immer noch nicht schlafen, da der Captain vom Wechseln der Gänge nicht den blassesten Schimmer hatte und darauf bestand, an fünfhundert RPMs vorbei den ganzen Weg zum Hafen zurück durchzufahren. Also sah ich hinaus auf die Wüste, diesen Ausbruch von Lebensfülle. Wie mit den Highway-Schildern und meinem voll gekritzelten *Walden,* ich wusste nicht, was ich mit diesem neuen Leben, das sich vor mir ausbreitete, anfangen sollte.

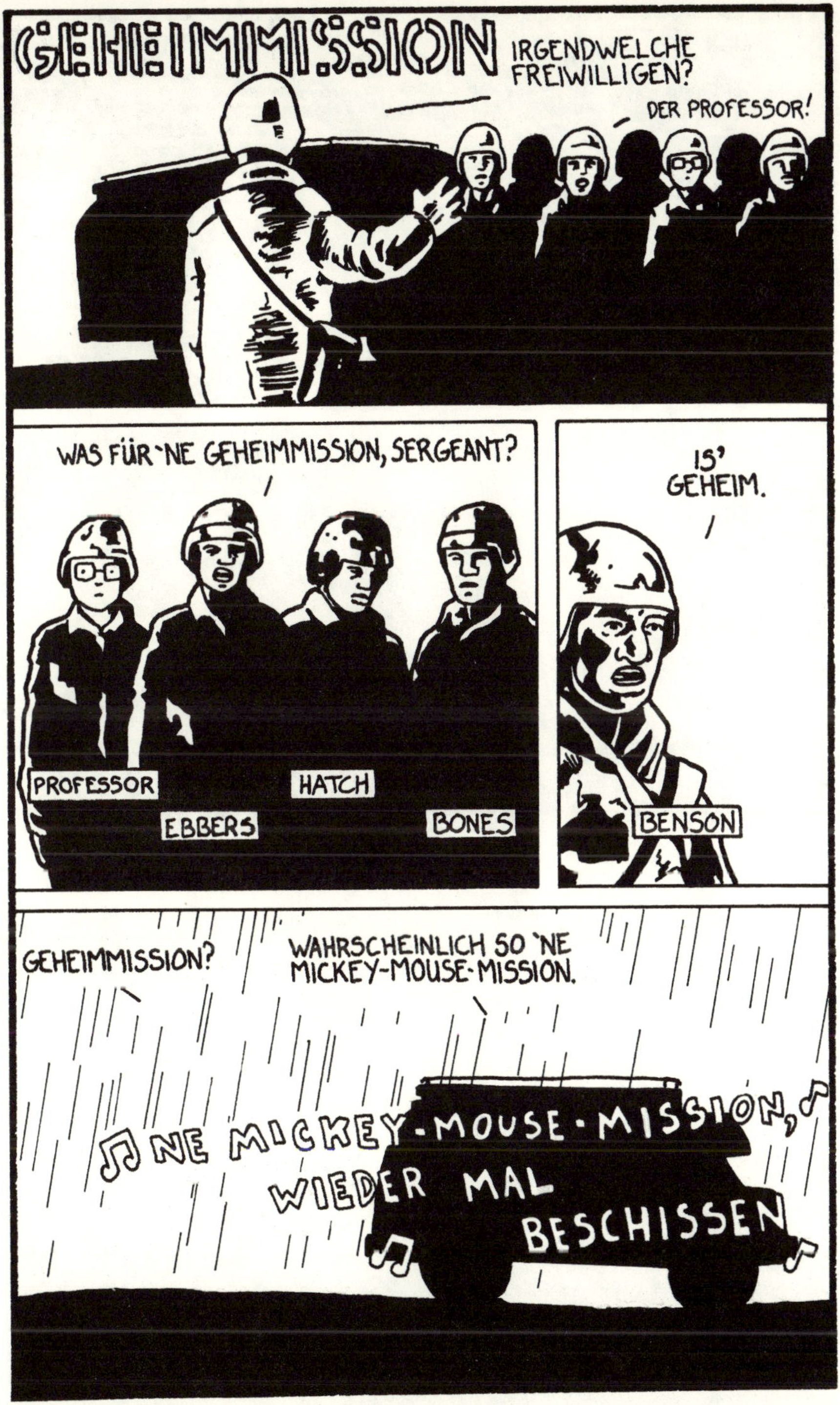
GEHEIMMISSION
IRGENDWELCHE FREIWILLIGEN?
DER PROFESSOR!
WAS FÜR `NE GEHEIMMISSION, SERGEANT?
PROFESSOR
EBBERS
HATCH
BONES
IS' GEHEIM.
BENSON
GEHEIMMISSION?
WAHRSCHEINLICH SO `NE MICKEY-MOUSE-MISSION.
'NE MICKEY-MOUSE-MISSION,
WIEDER MAL BESCHISSEN

4 STUNDEN SPÄTER.
HOLT EURE SCHLÜSSEL!
KNOW THYSELF
6 STUNDEN SPÄTER.
IRAKISCHES POW-LAGER.

VLADIMIR
ESTRAGON
BLITZ

Kriegsgefangene

Der Bodenkrieg dauerte einhundert Stunden. Ich hatte länger durchgemacht als auf dem College. Aber nichts, was ich in der Zeit hätte lesen können, machte mich so traurig wie unsere Geheimmission und ihre Nachwirkung. Wenn die Zahl der irakischen Kriegsgefangenen stimmte – und wir hatten von ungefähr hunderttausend gehört –, wurden sozusagen tausend von ihnen pro Stunde produziert. Sie strömten einfach durch die Wüste und suchten nach jemand, dem sie sich ergeben konnten. Wie soll ich ihren Anblick beschreiben? Den Wechsel von grimmiger Ausgelassenheit, Traurigkeit, von Ekel, Staunen und Schrecken, der unsere unterschiedlichsten Gefühle spiegelte, während wir unter den dunklen Rauchwolken der brennenden Ölfelder Kuwaits, gleich nördlich vom Lager, hinter der Grenze, lebten? Wieder und wieder könnte ich diese Geschichte erzählen – auf tausenderlei Art – und zweifele doch, ihr gerecht werden zu können. Aber immer wieder erzählen kann ich sie.

Ich hatte inmitten einer Reihe erschöpfter, halb rasierter, locker angetretener Marines gestanden. Ich erwartete, wieder einmal zehn, sechzehn oder zwanzig Stunden fahren zu müssen. Auch am darauf folgenden Tag. Der Schirm der ewig herunterrutschenden Mütze schützte meine Augen kaum vor der Morgensonne und ließ mich auch Sergeant Benson kaum sehen, der redend vor unserer angetretenen Truppe hin und her wanderte. Wir waren ratlos, denn das Ende des Kriegs hatte für uns nichts verändert. Unser Krieg hatte die Geschwindigkeit eines Anhängers mit 155-mm-Kugeln, der in den tiefen Furchen einer Versorgungslinie vorwärts drängt, die noch immer aus halb leeren Schiffen am Hafen von Jubayl nach Norden führte. Angetreten unter der arabischen Sonne, die brennenden Zigaretten in der gewölbten Handfläche, traten wir von einem Fuß auf den anderen und rückten unser Gewehr über der Schulter zurecht. Dann sprach Sergeant Benson.

»Okay, Gentlemen. Ich brauche ein paar Freiwillige für eine geheime Mission.«

»Freiwillige?«, sagte Ebbers. »Frag Farmer.«

Freiwillige – das am meisten verhöhnte Wort beim Militär, das für Kopfsäubern, Wachestehen und Dienstbeflissenheit stand. Also fragte Bones: »Dies ist doch nich etwa 'ne Kopfsäuberungsmission, oder, Sergeant?«

»Ich kann dir doch nich sagen, was für 'ne Mission das is, wenn du dich nicht, verdammt noch mal, freiwillig dafür meldest, Bones. Sie is *geheim.*«

»Scheiße, dann mach ich's nicht.«

»Hey, Professor, kommst du mit mir auf 'ne Geheimmission?«, fragte Hatch.

»Wer – *ich*?«

»Ham wir hier noch'n Professor?«

Sergeant Benson unterbrach uns und verkündete: »Bones, Ebbers, Hatch und Professor: Ihr habt euch soeben als Freiwillige gemeldet.«

Um zwei Uhr kamen wir vier ins leere Kompaniebüro. In der Nähe parkte ein Minibus. Limonengrün und zitronengelb bemalt, kaum mehr als ein Pisspott: Schwer lastete er auf geweißten Reifen, die sich wölbten. Ein Mann, so schwarz, dass er eine Herausforderung an das Farbspektrum bedeutete, lehnte an der geöffneten Bustür, die Haut schimmernd wie Öl im Sonnenlicht. Er trug abgewetzte Jeans, ein kurzärmeliges Arbeitshemd aus Polyester und eine Baseballkappe, während er mit beiden Händen seine Zigarette hielt.

Sergeant Benson schwang sich hinter ihm heraus und steckte seinen Glatzkopf durch die aufgeklappte Tür.

»Hey, Gentlemen, schnappt euch euren Müll und kommt rein fürs Briefing.«

»Warum haben wir'n Briefing im Bus, Sergeant?«

»Ich verliere die Geduld ...«, erwiderte er.

Wir kletterten in den Bus und verstopften den Eingang mit unserem Gepäck. Es war stickig heiß – die Hitze und der eklige Geruch nach heißen Plastiksitzen, Schweiß und zu vielen spätnächtlich gerauchten Zigaretten auf der Fahrt nach Mekka.

»Gentlemen, das hier ist David. Er wird euch Pfeifen hoch nach Norden bringen. Ihr erfahrt mehr über die hier *geheime Mission*, wenn ihr ankommt.« Mit diesen Worten schwang sich Sergeant Benson um die vordere Haltestange wieder zurück in die erfrischende Mittagsbrise.

»He, Bruder Dave, weißt *du*, wohin's geht?«, fragte Bones.

David zog die Tür zu, sagte kein Wort und startete den Bus.

»Bones, dieser Kerl spricht nicht mal Englisch«, sagte Ebbers. »Wie, um alles in der Welt, haben sie diesen Taxifahrer bloß den ganzen Weg von New York hier rüber in die Wüste gekriegt? Fängt gut an, die Scheiße.«

Hatch und ich drückten rasch alle Fenster herunter, deren Riegel nicht festgeklemmt waren. Während der Bus seinen Weg durchs Lager und hinaus auf den Abu Hadriyah holperte, setzten wir uns und sahen resigniert einer langen Strecke entgegen.

Wir schliefen ein, wachten auf, rauchten, rissen Witze und starrten auf Raffinerieschornsteine, Sanddünen mit ihrem Filigran aus verdorrten Büschen und einen gelegentlichen Konvoi auf dem Rückweg. Zuerst fiel Regen in kleinen, staublöschenden Schauern, überschrieb dann die fingerradierten Graffiti: Comics wie die von Kilroy, Peace und dem Logo von Public Enemy.

Um null dreißig hielten wir in der Dunkelheit neben einer kleinen Ansammlung von Lagerhäusern. Das Wetter hatte sich zu einem leichten Nieselregen entspannt. Der Wüstenhimmel entlang dem Horizont war so dunkel von Ruß, Staub und Wolken, dass die Nacht undurchdringlich schien. Davor hoben sich unsere Laster ab – alle die, die wir, wenn überhaupt, bisher nur auf den Bildern von National Geographics gesehen hatten. Sie zeigten eine gewisse Ähnlichkeit mit alten Farmlastern – beispielsweise 62er-Fords – mit grell bemalten Leisten um die Ladefläche herum. Auf diese Leisten waren zerdrückte Coladosen montiert, alte Mercedes-Radkappen, religiöse Ikonen ... heruntergekommene Karnevalszüge.

Ein bis auf die Haut durchweichter Staff Sergeant wartete auf uns. Er hielt einen Stock, von dem abgewetzte, gefleckte Spind-Papierschildchen mit dazugehörigem blankem Schlüssel baumelten.

»Also, die Kfz-Nummer, nach der ihr wahrscheinlich richtig suchen müsst, steht auf Schild und Schlüssel. Ich verteile sie jetzt, und dann dreht ihr gefälligst eine Inspektionsrunde um eure LKWs. Danach brechen wir auf.«

Mit dem Gepäck auf dem Rücken standen wir schweigend da, während David einfach an der Bustür lehnte, vor sich hin stierte und rauchte. Der Staff Sergeant ließ weiter nichts über unseren Bestimmungsort oder unsere Mission verlauten.

»Also los, Marines, hier sind die Schlüssel.«

Ergeben zog jeder von uns einen Schlüssel samt Anhänger von dem Stahlrohr. Im Vorbeigehen nickte er zustimmend. Zu was? Zu unserer *Mission*? Wir waren zu müde, um zu fragen.

Während ich fuhr, ließ ich meine Gedanken durch alle Kanäle, erhabene und absurde, wandern, still in meinem Kopf ein Singsang:

Halbwach, halbwach,
halbwach fuhren wir,
weiter durch den strömenden Regen,
fuhren wir alle vier.

Vor uns die Geheimmission,
verdammt, wenn uns die nicht unbeirrt ließ.
Nicht, als wüssten wir nicht,
wir waren's, die im Sprechen Stümper waren.
Wir durften nicht wissen, warum,
wir hatten 'ne smarte Antwort darauf,
wir, die entweder fuhren oder starben,
weiter zu unserer Geheimmission
fuhren wir alle vier.

Wüste zu unserer Linken,
Wüste zu unserer Rechten,
Wüste vor uns,
voller Regen und Donner etc. etc. etcetera.

Dann wurde der Regen stärker und prasselte gegen die Windschutzscheibe, während die Kiefer des Todes ein Gähnen unterdrückten. Ich lehnte mich vor an das Steuerrad, die Nase an der Scheibe, und versuchte durch die Schlieren hindurch etwas zu erkennen. Mein Laster holperte über die erhöhten Straßenkanten. Ruckartig blieb der LKW vor mir stehen. Rums. Auf die Bremsen. Holper, holper, holper voran, bis ich gegen die Stoßstange des Lasters vor mir prallte und stand – ich klaubte die noch brennende Zigarette aus den Falten meiner Hose, ließ die Schultern hängen und wartete dann in der dunklen Stille.

Staunend sah ich, wie das Rauchen einer einzigen Zigarette die Dämmerung am Horizont aufsteigen ließ. Ein Kriegsgefangenenlager. Von der Größe zweier Fußballfelder. Umrandet von Hurricane-Zäunen mit Stacheldrahtrollen obenauf. An jeder Ecke ragte ein Wachturm aus Holz. Es sah aus wie in Billy Wilders *Stalag 17*.

Zwei Männer standen im Regen beieinander und starrten durch

den Zaun auf meinen Laster. Ich konnte kaum ihre Gesichter ausmachen, durchschnitten von tiefen, schlammbespritzten Runzeln. Es waren Iraker in amerikanischen Wüstennachtparkas, dunkelgrün getarnt mit schwarzen Streifen und Flecken. Plötzlich grinsten beide und lachten dann auf, ohne einander anzusehen, wie Vladimir und Estragon aus *Warten auf Godot*, versetzt in ein irakisches Kriegsgefangenenlager. Knöcheltief im Schlamm, lachten sie über mich. Hinter ihnen, in der Mitte des Lagers, standen ein paar Dutzend GP-Medium-Zelte, die Verschläge hochgeklappt, um den Regen hereinzulassen und jede verstohlene Sauerei zu verhindern. Am Zaun entlang ein paar lange, hölzerne Baracken für die Kranken. Alle Zelte waren mit dem rot-weißen Roten Kreuz und Roten Halbmond bezeichnet. Hunderte, vielleicht Tausende von Männern standen im Schlamm und sehnten sich wahrscheinlich nach einer Zigarette und etwas zu essen, einer warmen Unterkunft und danach, ihre Stiefel, wenn sie welche trugen, aus dem Schlamm zu bekommen. Vielleicht auch, zu pinkeln. Ich zündete mir eine Zigarette an, und als ich wieder aufsah, waren Vladimir und Estragon verschwunden.

Das waren keine Feinde! Das waren Karikaturen von Feinden: abgezehrt, mit hängenden Schultern, unrasiert, mit gesenktem Kopf, und sie lachten gegen Regen und Niederlage an … sie lachten. In einer der Baracken lagen Iraker auf langen Tischen, andere hockten krumm in einer langen Reihe vor dem Messe-Zelt.

Wie gebannt saß ich in meinem Laster, sah hinaus und lauschte dem Prasseln des Regens auf der Kühlerhaube und den Windschutzscheiben – und merkte gar nicht, wie meine Zigarette herunterbrannte.

»Hey, Professor, willst du einfach nur dasitzen und vor dich hin träumen? Schüttel gefälligst die blöde Asche ab.«

»Ebbers?« Natürlich *Ebbers*, einer von den Jungs, mit denen ich hier hochgefahren war; einer der unerschütterlichen, Rap-witzelnden *Brüder.* »O Scheiße, hey, Eb. Was sollen wir jetzt eigentlich machen?«

»Wir sollen hier irgend'nen Rot-Kreuz-Verbindungsoffizier treffen. Der soll uns dann sagen, was wir tun soll'n, wenn er das Genfer Abkommen gebroch'n hat. Essen soll'n wir auch.«

»MREs oder warm?«

»MMMM-HMM, M-R-E«, sagte er, »*Meal-Ready-to-Eat,* mein Bruder. Campbell's in Tarnfarben; Popeye's in Plastik.«

Ich sah zu den Kriegsgefangenen zu meiner Linken, dann zu Ebbers. Nietzsches Bemerkung: »Ein Witz ist das Grab des Gefühls.«

Dann ging ich hinaus in den Regen zu einem Zelt, in dem ich Ebbers, Hatch, Bones, den Staff Sergeant und ein paar andere Jungs um zwei Picknicktische herum sitzend vorfand. Vor ihnen, Hände an der Hosennaht im »Rührt euch«, stand ein anderer Staff Sergeant, mit frischem Gesicht und Sommersprossen.

»… Auf Englisch bedeutet es: ›Tiere füttern verboten‹ und ›Nicht mit der Hand in den Käfig greifen‹.« Keine schlechte Zusammenfassung des Genfer Abkommens. Ich, für meinen Teil, hätte lieber schlafen wollen.

»Hey, Marine! Du da«, rief er, »du mit der Brille. Stillgestanden! Ich erkläre hier wichtige Vorschriften.«

Ich schlief an den Zeltpfosten gelehnt. Während ich darum kämpfte, aufrecht stehen zu bleiben, wanderten meine Gedanken zurück zu dem Lager.

»So ist das also.«

Was *das* war, wusste ich nicht genau, aber es hatte die Tiefe und Bedeutung von etwas, das so *war.* Das Gewicht hatte. Ein Scheideweg des Geistes, über den nachgesonnen werden musste, ein gähnender Abgrund, in den es hinabzublicken galt.

Die Luft war schwer vom entsalzten Gestank von Menschen, die zu lange in der Wüste gewesen waren. Drei Viehwagen, voll beladen mit Irakern, waren im Lager angekommen. Die Fahrer der Sattelschlepper, die die Wagen zogen, lange Anhänger mit hohen Holzplanken, waren verschwunden und hatten die Kriegsgefangenen, eingeschlossen in den Wagen, zu unserer Unterhaltung zurückgelassen. *Macht keine Fotos vom Feind, das ist entwürdigend und verboten.* Und das Erste, als die Tür geöffnet wird? Natürlich eine Foto-Session. Ebbers und Hatch und der Rest unseres Konvois posierten in einer Reihe zusammen mit Marines von wer-weiß-woher: Arme um Schultern, gehobener Daumen; wenn ein Mann sich vom einen Ende der Gruppe löste, kam ein anderer am anderen Ende hinzu wie in einer Foto-Session, die sich zu einem Feuerwehreinsatz entwickelt hatte. *Bietet den Gefangenen kein Essen (oder Zigaretten) an.* »Mann, hast du gesehen, wie hoch der Kerl da gesprungen ist, um die Cola zu kriegen?« Nachdem das Foto im Kasten war, warfen die Jungs nacheinander Coladosen und Zigaretten und MREs in die ausgestreckten, zugreifenden Hände der Iraker. *Behandle den Feind als menschliches Wesen, mit dem Respekt, den du als Mitmensch auch für dich beanspruchen würdest.* Nachdem die Coladosen und Zigaretten und MRE-Trockenobstpakete weg waren, entstand ein Gewühl um die Viehwagen herum, weil jeder direkt an die Holzplanken drängte: »Hey, sprichst du Englisch?« »Warum hast du den alten Saddam nicht abgemurkst?« Einem Mann, der aus irgendeinem Grund seinen Schritt fest im Griff hielt, rief jemand zu: »Hey, hast du so'n Bammel, dass du dir in die Hose gepisst hast? Oder bearbeitest du ihn nur?« Ich fand keine Worte, um zu protestieren. Aber ich konnte auch nicht alle Welt verarschen, rumwitzeln und diesen Maskenball traurigen Schicksals und heruntergekommener Existenzen lustig finden. Ich sah in die aschgrauen hohlen Augen, ihre von den langen, verzweifelten Monaten unzureichender Ernährung geschrumpften Gliedmaßen. Jeder von ihnen schien sich nur mit Mühe auf den Beinen zu halten und zu lächeln, doch hinter dem Lächeln war die Scham sichtbar. Richtig grinsen konnten nur die erfolgreichen Bettler. Das Lächeln derjenigen, über denen eine gelegentliche Zigarette hinwegflog, wurde zur Grimasse bei jeder verpassten Gelegenheit.

Die Wünsche, die ich bisher bezwungen hatte, bezwangen nun mich. Auch ich wollte ein Bild haben, und sei's, um mich später zu erinnern, um *objektiv* etwas auf Papier zu fixieren, sodass ich später begreifen würde, oder auch nicht, wenn ich mich selbst sah, wie ich da vor einer zwölf Meter langen Ladefläche voller hohläugiger Männer stand. Vielleicht konnte ich auf die Rückseite des Fotos ein paar Zeilen aus T. S. Eliots »Hollow Men« schreiben, die Marlon Brando so schön in *Apocalypse Now* gelesen hat. Das wäre so intensiv, so *cool*, um später …

Aber ich blieb nicht für das Foto. Ich ging zurück zu meinem Laster. Es kam wieder, nahm Besitz von mir, genau unter oder hinter meinem Zwerchfell, sodass ich nur mühsam atmen konnte. Meine Augen und mein Körper sehnten sich nach Schlaf, doch als ich in meinen LKW kletterte, griff ich reflexartig meinen tragbaren Nietzsche und blätterte durch die Seiten, bis ich *Die fröhliche Wissenschaft* fand. Angestrengt versuchte ich mich zu konzentrieren, um mit einem klugen Gedanken belohnt zu werden:

> 48. Kenntnis der Not: Vielleicht werden die Menschen und Zeiten durch nichts so sehr geschieden, als durch den verschiedenen Grad von Kenntnis der Not, den sie haben: Not der Seele wie des Leibes, in Bezug auf Letztere sind wir Jetzigen vielleicht allesamt, trotz unserer Gebrechen und Gebrechlichkeiten, aus Mangel an reicher Selbsterfahrung Stümper und Phantasten zugleich: Im Vergleich zu einem Zeitalter der Furcht – dem längsten aller Zeitalter –, wo der Einzelne sich selbst gegen Gewalt zu schützen hatte und um dieses Zieles Willen selber Gewaltmensch sein musste. Damals machte ein Mann seine reiche Schule körperlicher Qualen und Entbehrungen durch und begriff selbst in einer gewissen Grausamkeit gegen sich, in

> einer freiwilligen Übung des Schmerzes, ein ihm notwendiges Mittel seiner Erhaltung; damals erzog man seine Umgebung zum Ertragen des Schmerzes, damals fügte man gern Schmerz zu und sah das Furchtbarste dieser Art über Andere ergehen, ohne ein anderes Gefühl als das der eigenen Sicherheit. Was die Not der Seele aber betrifft, so sehe ich bei mir jetzt jeden Menschen darauf an, ob er sie aus Erfahrung oder Beschreibung kennt; ob er diese Kenntnis zu heucheln doch noch für nötig hält, etwa als ein Zeichen der feineren Bildung, oder ob er überhaupt an große Seelenschmerzen im Grunde seiner Seele nicht glaubt und es ihm bei Nennung derselben ähnlich ergeht wie bei Nennung großer körperlicher Erduldungen: wobei ihm seine Zahn- und Magenschmerzen einfallen.

Ich legte das Buch auf meinen Schoß und sah zu, wie auf der Windschutzscheibe die Streifen im Staub trockneten, wo der Regen vom Dach getropft war. Unser zwanzigstes Jahrhundert war anders als Nietzsches neunzehntes. Hätte er bloß Somme oder Auschwitz, Hiroshima, die Gulags oder My Lai gekannt … die Romantik und ihre Qualen sind nicht weniger tot als sein »Gott«.

Und doch, ich stellte mir den Schrecken des Krieges vor, während ich ihn vor mir sah. So wie ich mir mich selbst vorstellte, während ich doch existierte – ich war abseits, irgendwie neben mir selbst. In mir klang Rilkes vierte *Duineser Elegie:*

> Ich will nicht diese halbgefüllten Masken,
> lieber die Puppe. Die ist voll. Ich will
> den Balg aushalten und ihren Draht und ihr
> Gesicht und Aussehen. Hier. Ich bin davor.
> Wenn auch die Lampen ausgehen, wenn mir auch
> gesagt wird: nichts mehr – wenn auch von der Bühne
> das Leere herkommt mit dem grauen Luftzug

wenn auch von meinen stillen Vorfahrn keiner
mehr mit mir dasitzt, keine Frau, sogar
der Knabe nicht mehr mit dem braunen Schielaug:
Ich bleibe dennoch. Es gibt immer Zuschaun.
Habe ich nicht Recht?

Meine Phantasie sprang hin und her zwischen denen, die nicht hier waren: die, die in ihren Panzern verkohlt waren, unter einem Bunker begraben oder von einer Fünfzehntausend-Pfund-Bombe zerfetzt. Vielleicht sollten wir sagen: »Der Tod ist tot.« Ein unerfüllbarer Wunsch jetzt – irgendwann. Der Wind frischte auf und pfiff durch meinen LKW.

»To*nnkk!*« Ein metallisches Klopfen hallte im Fahrerhaus wider.

»Hey, Professor, sieh zu, dass du dein'n Arsch aus'm Wagen kriegst!«, rief Hatch.

Die Kriegsgefangenen marschierten jetzt an uns vorüber, eine grimme Prozession aus Ruß, Schmutz, getrocknetem Blut, glanzlosem, schmierigem Haar, toten, entrückten, starren Blicken, hohlen Wangen; Gedemütigte und Elende auf dem Weg, ihr Erbe einzuholen. Jetzt, da ich die Gesichter sehen konnte, bemerkte ich, dass es Männer in den Dreißigern, manche in den Vierzigern, waren. Unsere Blicke trafen sich nicht. Ich war so müde, dass mir schwindelig wurde bei dem Versuch, ihnen auszuweichen. Manche waren verwundet, manche nicht. Ich sah, wie ihnen die Kiefer herabhingen, sah ihre zahllosen Narben, rosa oder grau im Alter, aus dem Iran-Irak-Krieg. Ich verfolgte eine Narbe, die sich vom Ohrläppchen zur aufgeplatzten Haut am Auge hinzog, ein Auge, das sich kaum in meine Richtung drehte und meinem Blick auswich. Wer hatte Ehre? Wahrscheinlich weder er noch ich, keiner von uns. Obwohl wir selbst kaputt waren, sahen wir geradezu verboten gesund aus. Sie waren geschlagen. Manchmal verfiel einer der Iraker in Trott, während er sich dem weit geöffneten Tor des Lagers näherte, die Arme baumelnd, das Kinn verbissen gereckt, jedoch ohne die Kraft zu einem Lauf oder schnelleren Schritt – mehr ein Stolpern, ein gequälter, absonderlicher Trott. Als sei das beschissene Kriegsgefangenenlager Disneyland, und sie hätten den Höhepunkt der Karussellfahrt überschritten.

Geheime Mission! Als ich so vor ihnen im aufklarenden Dunst stand, wünschte ich mir halb, am Pump-Laster zu arbeiten und den Satellitenscheiß in Camp Shepard aufzusaugen. Aber auch nur halb, fasziniert.

Der grimmige Staff Sergeant kam auf durchweichten O-Beinen auf unseren Haufen zugewatschelt und setzte der Show ein Ende. »Okay, Gentlemen, ich erfahre eben, dass ihr abgelöst werdet«, sagte er.

»Wir sin' doch gerade erst angekommen«, sagte Ebbers.

»Ja, wie isses damit?«, fragte Hatch.

»Weiß ich nicht. Vielleicht braucht man euch unten in Jubayl. Der Corporal da drüben wird euch runterfahren, wenn ihr eure Ausrüstung aufgeladen habt. Lasst die Schlüssel in den Lastern, mit denen ihr hierher gekommen seid.«

Unsere Geheimmission endete als eine eineinhalb Tage dauernde Übung in Erschöpfung und Verstörtheit, in Hoffnungslosigkeit und Übermüdung. Während wir fuhren, verbrannte die Sonne den Himmel und machte Raum für den Wind, der den Regen aus schwarzem Rauch und Ruß der Ölbrände ersetzte. Als wir schließlich Camp Shepard am Spätnachmittag erreichten, nachdem wir über dreißig Stunden auf den Beinen und über zwölf Stunden auf der Straße gewesen waren, konnte ich kaum noch für ein warmes Essen anstehen.

Während ich am Golf eine Zigarette rauchte, weg von den Jungs im Zwinger, weg von den Kriegsgefangenen, fühlte ich mich wie ein Zwerg. Ich empfand Ekel vor meiner Weltfremdheit und der Unfähigkeit, meine Erfahrungen in Worte oder einen Gedanken zu fassen, und während ich zusah, wie sich der Rauch meiner Zigarette in der Brise auflöste, erkannte ich, was das richtige Wort war, der richtige Gedanke, der richtige Begriff und das richtige Losungswort: Nichts.

Am nächsten Tag erfuhr ich, dass einer der Männer aus Minneapolis, Corporal Joseph, ums Leben gekommen war, als sein Anhänger auf einem der Highways im Norden umkippte. Ich bekam den Tag frei, um mit hoch nach Mishab zu fahren und an der Gedenkfeier teilzunehmen.

Ich fuhr nicht. Stattdessen verbrachte ich den Tag damit, Zigaretten zu rauchen und zu lesen, neben den kläglichen Überresten unseres Bunkers auf dem Gelände von Saudi Motors. Niemand hatte sich auch nur im Geringsten um ihn gekümmert, seit wir mitansehen mussten, wie er um uns einstürzte. Regen und Wind hatten den losen Sand in die Ritzen und Sprünge auf der Teerung getrieben, sodass er aussah wie eine alte Ruine seiner selbst.

Am Nachmittag ging ich zum Conex-Zugwaggon, der als kleines Kino fungierte: ein Großbildschirm samt Video, davor ein paar Reihen Holzbänke. Im Zelt nebenan konnte man Videos ausleihen. Ich lieh mir *Empire of the Sun,* und während ich allein dasaß, liefen mir die Tränen übers Gesicht.

In der Nacht erfuhren wir vom »Highway of Death«, der sechsspurigen Schnellstraße von Kuwait City nach Basra, wo die Iraker, die sich nicht ergeben hatten, verzweifelt zu fliehen versuchten. U. S.-Fighter und Kampfhubschrauber sprengten den Highway auf beiden Seiten des strömenden Verkehrs irakischer Deserteure und töteten dann alles, was sich dazwischen bewegte. Sie ließen Meilen ausgebrannter Panzer, Laster, Busse und Leichen zurück.

Dies war ein brandneuer Geschmack von Niedertracht, kalt serviert. Seit wir die irakischen Kriegsgefangenen in ihren Viehwagen gesehen hatten und ihren Blicken ausgewichen waren, fiel es uns schwer, sie als Feinde anzusehen. Es war hart, an ihre abgeschlachteten Brüder zu denken, ganz zu schweigen von den Erinnerungen an andere Ungerechtigkeiten – egal ob in Fort Pillow, Tuskeegee oder My Lai. Nie sahen wir Hass in ihren Augen. Eher so etwas wie Bedauern und Erleichterung. Die ganze verregnete Affäre war unterdrückt, ausgeführt in einem Dunst der Erschöpfung, das ganz bestimmt, doch nicht mit Bosheit.

»Das is, verdammte Scheiße, was völlig anderes«, sagte Ebbers. »Brüder, die weglaufen, und wir gehn hin und schieß'n denen in'n Rücken. Da kommt'n großer grüner 155-Millimeter-Kolben vom Himmel runter und macht dich alle. Scheiße, verdammte, keine Art.«

»Ja, ja, Ebbers – als sie SCUDs auf dich losließen, hast du nich so geredet«, sagte Luke.

»Horst du irgendwo Alarm, Luke?«, rief Ebbers. »Scheiße, du redest wie'n Weißer, Luke.«

Das Zelt erbebte unter *sotto-voce*-Echos von »Verdammt, Bruder«. Jetzt war ich dran.

»He, Professor«, rief Hatch, »was hältst'n du von dem ganzen Scheiß?«

»Ich denke«, erwiderte ich, »dass die ganze ›Feind‹-Idee einfacher als Abstraktion zu verstehen ist – wie eine weitlaufende Kette aus Befehl und Unterwerfung. Dass Feinde auf mehr als eine Weise in die Niederlage getrieben werden – besonders wenn sie entwaffnet sind. Auf die Dauer werden die Taten auf dem Highway uns einholen und uns bedrücken.«

»Ach ja?«, fragte Bones. »Dabei hast du immer noch nich gesagt, was du denkst – noch weniger als Luke, Turnipstrudel. So'ne Art Politscheißer, he?«

»Weißt du, Bones«, entgegnete ich, »vielleicht hätte ich einfach Hatch beipflichten sollen: Ich denke, die ganze Scheiße ist echt zum Kotzen.«

Die nächsten zwei Wochen verbrachten wir in Schweigen und fuhren allein durch die Wüste.

Wiedervereinigung

Am frühen Morgen des 18. März wurden wir von Sergeant Bensons Gebrüll geweckt.

»Okay, Gentlemen, auf geht's, auf geht's! Heute Morgen reisen wir ab.«

Hinter seinem sonnengerahmten Schatten ratterten die Fünftonner im Leerlauf.

»Verdammte Scheiße, Sergeant, wie spät ist es?«

»Spät genug, dass ihr euren Arsch hier raushievt und euren Müll auf die LKWs ladet, so verdammt spät ist es«, schrie er und verschwand durch die Zeltklappen.

Wir konnten sein durch die Leinwand gedämpftes Brüllen hören, als er die anderen aus ihren Zelten rief. In dem blassblauen Licht trollten sich die Männer aus ihren Kojen und packten schweigend ihre Bündel zusammen. Ich drehte mich um und schlief wieder ein.

»Hey, Professor, pack dein'n Scheiß zusammen – wir fahr'n gleich los.«

Es war Mountain Man, der vor der jetzt leeren Leinwand unseres Zelts stand. Alle außer mir hatten ihre Sachen gepackt und auf den LKW geladen. Ich setzte mich auf und griff nach einer Zigarette.

»Eine Minute noch, Mountain Man, erst muss ich frühstücken.«

Hatch kam herein und Ebbers folgte.

»Pass mal auf, Professor«, sagte Hatch, »steh einfach auf und rauch das grässliche Ding draußen, während wir deinen Müll hier räumen.«

Überall im Zelt lagen Sachen herum: Plastiktüten, eine Reihe Literflaschen voller Pisse, gerissene Packschnüre, Schnürsenkel, MRE-Kartons. Als ich hinaustrat, fiel mir auf, dass es nicht mehr nach Pisse und Schimmel roch. Ich hatte noch nicht einmal meine Zigarette zu Ende geraucht, als Hatch und Ebbers und Mountain Man mit meiner Ausrüstung kamen: drei Seesäcke, ein ALICE-Gepäck und das Feldbett, sorgfältig auseinander montiert und zusammengelegt.

»Professor, leg schon deinen restlichen Kram drauf und komm hoch«, rief Ebbers, der jetzt auf dem Mannschaftssitz eines voll beladenen Fünftonners saß.

Ich kehrte noch ein letztes Mal zurück ins Zelt. Meine Flak-Jacke und der H-Gurt lagen in Einzelteile verstreut herum; Helm, Gasmaske und Gewehr mitten im Müll. Ich hob alles auf und atmete tief durch: Aufbruch und weiterfahren. Derselbe verdammte alte Scheiß.

Nach einer kurzen Fahrt vorbei an den Raffinerien, die Jubayl säumten, kamen wir zu unserer neuen Unterkunft: eine endlose Reihe verlassener Zelte auf sandbedeckten Betonplattformen. Die überwachten Platten, die sich eine halbe Meile in die Wüste hinein erstreckten. Entlang der Hauptstraße, die durch das Lager führte, standen Baracken in zwei Reihen: Scheißhäuser und Duschen. Die Duschen bestanden aus Fünfundfünfzig-Gallonen-Behältern, unterteilt in zwei Kammern, durchlöchert und auf einen Pfostenrahmen montiert. Sperrholzplatten waren als Sichtschutz an den Rahmen angebracht, in halber Höhe der Tür war ein Brett, von Angeln und einem Haken gehalten. Die Latrinen waren nicht viel anders: Ein halber Behälter mit einem Loch war unter einer Sperrholzplatte angebracht, und ein Pfostenrahmen hielt das Sperrholz hoch bis zum Nabel. Der einzige Unterschied war, dass die offenen Teile mit Fliegengittern versehen waren. Trotzdem musste sich ein großer Mann hinsetzen, um nicht gegen den Wind zu pissen. Ich betrachtete das Lager mit den Augen eines Altertumsforschers, insbesondere die seltsam konstruierten »Marine Corps Muscle Beach«, die ein roh bemaltes Schild auswies. Inmitten einer der Zeltreihen hatte man ein Gerüst frei gelassen, auf dem Bänke zum Gewichtheben und Gestelle für Sit-ups, Reckstangen und ein Bein-Trainer standen – alle aus Resten von Abfallholz und Planken gezimmert. Die Stemmgewichte waren einfache Holzstangen mit tief eingehackten Kerben an den Enden, in die man unterschiedlich schwere Sandsäcke einhängen konnte.

Wir waren die Ersten, die im Geisterlager ankamen, und verbrachten den Morgen und den Nachmittag damit, Sand von den kühlen Böden der Zelte hinaus auf den Weg zu fegen, auf dem sich nackte Telegraphenleitungen und Elektrokabel von einem Zelt zum anderen schlängelten. Wir holten liegen gelassene Bretter als Türschwellen ins Zelt und hängten Kartonschilder mit der Quartiersbezeichnung über die Türklappen der zukünftigen Wohnstätten für die bald eintreffenden Einheiten. Die Jungs aus dem Hundezwinger fertigten ein Schild für sich selbst an, auf dem die Mitglieder des wiedervereinten Zwingers aufgelistet waren, von denen einige aus dem Norden zurückkamen. Während sie ihr Schild anfertigten, hatte ich die Aufgabe, die drei Zelte zu markieren, die den Männern aus Minneapolis zugeteilt worden waren, und in einem davon hatte ich mir bereits eins der begehrten Eckchen reserviert. Als wir fertig waren, versammelten wir uns wieder im Zwinger zu einer Mahlzeit aus MREs und Wasser aus der Flasche.

»Hey, Professor«, sagte Flowers, »was sagst du dazu …«

Er hielt das große Schild hoch, das er für den Hundezwinger gemalt hatte. Darauf standen in groben Buchstaben die Namen und Grade der Mitglieder. Ganz unten stand in Großbuchstaben:

EHRENMITGLIED:

L/CPL TURNIPSEED – »DER PROFESSOR«.

Diese Liste besiegelte das Ende meiner Mitgliedschaft im Zwinger, und sogar während der Witzeleien beim Essen konnte ich spüren, wie sich eine Tür schloss.

Von einer vertrauten, fast vergessenen Stimme wurden wir unterbrochen:

»Hey, Turnip, wo sind unsere Zelte?«

»Solter, wie ist dir's ergangen?« Ich sprang vom Boden auf und starrte wie alle anderen die staubbedeckte Gestalt vor uns an: Noch immer von der Zeltklappe umhüllt, schien Solter von Staub und Sand geradezu verkrustet. Er sah aus, als hätte er einen Monat lang kein Wasser an sich herangelassen. Hatte er wohl auch nicht.

»Ich bin okay«, sagte er. »Bist du hier der Einzige?«

»Ne, ich sitz hier nur mit einem Haufen unsichtbarer Männer – was soll der Scheiß, Solter, kannst du nicht *schwarz* sehen?«

Sogar Bones musste schallend lachen.

»Ich wollte sagen«, erwiderte Solter ungeduldig, »bist du hier der Einzige aus Minneapolis, Quatschkopf.«

»Sollte denn noch jemand hier sein?«, fragte ich.

»Na ja«, entgegnete Solter, »eine ganze Busladung von Jungs. Sind eine Stunde vor uns aus Mishab losgefahren, und wir sind das Schlusslicht.«

»Leute«, sagte ich zum Zwinger, »ich glaube, ich zeige Solter jetzt erst mal sein Zelt.«

»Lass von dir hören, Professor«, sagte Hatch.

»Und dass dir ja nicht einfällt, einfach abzutauchen«, sagte Ebbers.

»Okay, Brüder«, sagte ich. Wie ich so neben Solter stand, schien es unwirklich, auch sie verblassten langsam für mich.

Während ich mit Solter zurück zum Minneapolis-Zelt ging, kamen mehrere verbeulte Busse, gefolgt von einer knatternden Wolke aus Fünftonnern, vom Highway herunter und blieben mit kreischenden Bremsen fünfzig Meter vor uns stehen.

»Da sind sie!«, rief Solter.

Mit großen Schritten rannte er los, und ich folgte ihm. Die Männer sprangen, strömten, hüpften, fielen und kletterten aus den Bussen und LKWs wie Käfer auf der Flucht vor dem Kammerjäger. Dann kletterten sie wieder hoch und hinein, um ihr Gepäck zu holen, als ließe man den Film ihrer Vernichtung rückwärts laufen, abgesehen von den Rauchern, die sich in Gruppen zusammenscharten. Langsam erkannte ich im Schwarm einzelne Gesichter: Bergman, Solter, Sergeant Bernie und Schlitz; Sergeant Burt, unsere einzige Marine-Frau, mit der ich den gesamten Krieg über noch nicht ein einziges Wort gesprochen hatte und die jetzt ihr Gepäck in das isolierte WM-Zelt trug; Clem und Heinemann; Landers und Boomer, die mit Sergeant Benson quatschten; außerdem noch ein Dutzend anderer Männer, gebückt unter ihren Feldbetten, Gewehren und Seesäcken.

Ich holte Clem und Heinemann auf ihrem Rückweg aus dem WM-Zelt ein und beneidete sie um die ziemlich abgewetzten Wüstennachtparkas, die sie lässig über die Schultern geworfen hatten.

»Hey, Jungs!«, rief ich. »Wie war euer Campingtrip?«

»Turnipseed?! Wo kommst du denn her? Wir dachten, du hättest die nächste Maschine genommen und würdest deinen Laster jetzt durch Paris kutschieren oder so«, sagte Clem.

»Nein, aber jetzt, wo du es sagst ...«

»Wo ist unser Zelt, Turnip?«, wollte Heinemann wissen.

»Genau da drüben«, sagte ich und zeigte in die Richtung. »Wie bist denn *du* nach Norden gekommen, Heinemann?«

»Ich bin etwa eine Woche nach deiner Wachablösung los. Hast du mich etwa nicht vermisst?«

»Irgendwie nicht. Hier immer genau zu wissen, wo jeder ist und was er tut, ist wie'n russischen Roman lesen.«

»Turnipseed – unverändert, wie eh und je, was?«, sagte Clem. »Schön, dich zu sehen.«

»Dich auch«, erwiderte ich, »dich auch.«

»Burt hat'n Nachtparka für dich«, setzte Clem hinzu. »Geh einfach zu ihr.«

»Ihr habt echt einen für mich?«, fragte ich. Es war zwar blöd, aber ich wollte wirklich unbedingt einen von diesen verdammten Parkas haben. Als ich all die Iraker oben in Kibrit in solchen Parkas sah, glaubte ich schon, es würde keiner mehr für mich bleiben.

»Ja, wir haben 'ne Palette voll davon auf 'ner Versorgungsfahrt fürs Rote Kreuz verloren. Einfach so, ganz zufällig, weißt du. Du glaubst doch nicht etwa, wir würden sie alle den Irakern überlassen, ohne dir einen mitzubringen, oder, Turnip?«

Ich brachte es nicht über mich zu sagen, ja, das hab ich geglaubt, und rannte hinter Sergeant Burt her wie ein aufgeregter junger Hund.

Als die Lichter für die Nacht ausgingen, lag ich auf meiner Koje und überließ mich meinen seltsam vertrauten alten Empfindungen: alten Abneigungen und Feindseligkeiten und dem Gefühl, dass niemand mich verstand. Ich dachte an all die Freunde, die ich im Laufe meines Lebens verloren hatte – so viele Trennungen, so viele veränderte Gefühle. Über meine Brust hinweg sah ich durch die Zeltklappen, hinüber zu dem Licht, das durch die Nähte des Fahrtenzelts schimmerte. Die Schatten schnitten wellenförmige Lichtrillen in den von Stiefelspuren pockigen Sand. Durch die nächtliche Luft vibrierte gedämpft die Kakophonie der Wiedersehensfreude.

Im Zelt nebenan saßen ein paar Jungs aus Minneapolis um eine Koje gekauert und zockten eine Runde Poker.

»Also, bist du dabei, oder was?«

»Schätze schon. Ich meine, ja, bin ich.«

»Pass auf deine Eier auf, Solter, ich hab vier Zehner.«

»Schlägt das 'nen Straight?«

Gelächter brauste auf wie Teufel für die Verdammten.

»Also, ich mein, diese Straights, wo alle dieselbe Farbe haben in Diamantform?«

»Scheiße, Solter. Du bist 'n verdammter Glückspilz. 'n echten Straight-Flush?«

»Heißt das, ich gewinne?«

Ganz in der Nähe war der Hundezwinger untergebracht; auch von dort klangen Stimmen herüber.

»Luke, Luke, sieh zu, dass du deinen Stinkarsch und deine Giftgasfüße in 'nen Schlafsack steckst. Eigentlich dachte ich immer, du hast was für mich übrig, Luke. Warum versuchst du dann dauernd, mich umzubringen?«

»Halt's Maul, Mountain Man«, schimpfte Luke. »Im andern Zelt hast du dich auch dran gewöhnt.«

»Hey, Luke, immer mit der Ruhe«, rief Ebbers, »wir sind deine Zwinger-Brüder – wir lieben deinen Stinkarsch. Komm schon: Wenn ich Hunde sage, sagst du Zwinger! – Hunde ...«

»Zwinger!«

»Hunde, Hunde!«

»Zwinger, Zwinger!«

»Okay, jetzt will ich euch alle hör'n!«

»Ooh, ooh, ooh, ooh!«

Ebbers stimmte einen Rap an, und Sergeant Bernie kam von seiner Koje hoch und brüllte, ohne jemand Bestimmten zu meinen: »Hoffentlich ist da drüben, zum Teufel noch mal, bald Ruhe!«

Er warf mir einen anklagenden Blick zu.

»Was? Ich gehör nicht dazu«, sagte ich.

»Ja, na ja«, grummelte er, »du solltest denen sagen, sie sollen, zum Teufel noch mal, endlich Ruhe geben!«

»Was? Heißt das, du gehst auch rüber zu Heinemann und Solter und Blegen und sagst ihnen, sie sollen's Maul halten? Ich meine, was für'n Scheiß is das hier?«

»Unsere Jungs spielen Karten. Und quasseln einfach nur drauflos.«

Ich sah ihm direkt in die Augen. »Scheiße.«

Er nickte, als wolle er sagen: »Du hast ja Recht – dumm von mir. Aber ich bin zu müde, um rüberzugehen ...«

Er ließ sich wieder auf seine Koje fallen und wühlte sich verärgert in sein Kissen. Ich versuchte dasselbe, aber ich hatte mir eine Infektion der Atemwege geholt. Immer, wenn ich auf der Seite lag, leerten sich meine Lungen und Schleimhäute wie 'ne Sanduhr: zwei Minuten, dann umdrehen auf die andere Seite. Zwei Minuten, umdrehen. Zwei Minuten, umdrehen.

Ich stand auf und ging hinaus in die Nacht. Ich hatte meinen Büchersack dabei und zeigte mich stolz in meinem neuen Wüstennachtparka – mit Futter. Ganz kurzer Weg zu den Fünfundfünfzig-Gallonen-Tank-Scheißhäusern, und ich warf einen Blick in das leere Kompaniezelt: zwei Schreibtische, zwei Stühle, eine Glühbirne mit Kette, ein Bunsenbrenner und ein neuer Kasten mit MREs. Vielversprechend.

Im angrenzenden Fahrtenzelt hatten sie sich doch tatsächlich einen Wasserkühler besorgt, also spazierte ich rein, um meine Feldflasche mit Kaffeewasser zu füllen. Einer der Captains aus Dallas hing in seinem Sessel, über dem ganzen Schreibtisch vor sich ein Haufen Q-Tipps und Pfeifenreiniger verstreut. Er hielt seine Beretta dicht vor dem Auge, zielte auf die nackte Glühbirne, die vom Deckenholm herabhing, und biss auf eine Zigarre. Eine rothaarige WM-Sergeant aus Dallas spuckte Tabak aus, während sie den Dienstplan auf den neuesten Stand brachte. Keiner von ihnen sah auf, als ich zum Kühlbehälter ging.

Nachdem ich in einem bereits geplünderten Carepaket nach etwas Essbarem herumgewühlt hatte, sah ich hinüber zum Captain, der jetzt eifrig seine 9-mm-Beretta scheuerte.

»Entschuldigung, Sir, aber haben Sie hier vielleicht eine *New Republic* herumliegen sehen?«

»Wer will das wissen?«, fragte er, die Augen weiterhin auf seine Waffe fixiert.

»Ich. Sie gehört mir, die mit Norman Schwarzkopf auf dem Titel.«

Er sah auf. »Turnipseed? Ich habe mir schon gedacht, dass das Ihr Kommuniss-Müll ist. Ich hab's in die Latrine geworfen.«

»In die Latr …? Macht nichts«, erwiderte ich und versuchte, nicht verzweifelt zu wirken, während ich in den Papierkorb voller Q-Tipps und Pfeifenreiniger sah.

»Da ist sie nicht, Turnipseed. Wie gesagt, ich hab sie dahin befördert, wohin sie gehört, in die *Latrine.*«

»Wohin sie gehört? Sie gehört mir.«

»Nicht mehr. So'n Schwuchtelscheiß tolerieren wir hier nicht.«

»Sind Sie vö…«

»Ich bin fertig«, sagte er. »Warum gehen Sie jetzt also nicht wieder nach nebenan? Sie sind doch im Dienst, oder?«

Ich taumelte, fing mich aber wieder. »Dienst?« Offiziell war ich nicht im Dienst, aber mir wurde rasch klar, dass dies ein einzigartiges Angebot des Schicksals war: Es gab keinen Nachtdienst, aber ich war soeben dabei, einen solchen Posten sowie die Einberufung dazu mit ausdrücklicher Genehmigung des Captains zu schaffen.

»Jawohl, *Dienst.* Sie *haben* doch Nachtdienst, oder nicht?«

»Ja. Selbstverständlich.«

Ich wünschte, er hätte meine *New Republic* nicht weggeworfen. Ich wurde nur einmal in der Nacht von meinem Taster's Choice und *Sieben Säulen der Weisheit* aufgescheucht, als der Captain kam, um mich zu kontrollieren. Den Rest der Nacht verbrachte ich mit Brieferschreiben, Lesen, meinem Tagebuch und einer gelegentlichen Zigarette draußen unter dem klaren arabischen Himmel.

Nach fast sechzig Tagen Krieg hatten wir drei Tote, ungefähr ein Dutzend Verletzte und von den mehr als tausend von saudischen Zivilisten geleasten Lastern gerade mal ein paar hundert zurückgegeben. Jetzt »säumten« wir, spielten Volleyball, Poker oder krank. Ich spielte nicht – ich war krank, hustete Lungenbröckchen und spuckte rasselnd Schleimklumpen. Einzig und allein durch Kettenrauchen konnte ich den Husten aufhalten. Ich hatte Fieber. Ich konnte nichts essen, obwohl man uns endlich eine Futterstelle eingerichtet hatte, draußen, hinter den Volleyballnetzen, wo wir warmes Essen serviert bekamen.

Ich verschlief die heißen Tage. Gewöhnlich erwachte ich dann aus der Betäubung kurz vor dem abendlichen Futterfassen, wenn alle nach Dienst ins Zelt gestürmt kamen und sich auf die Kojen fallen ließen. Immer noch versuchten wir, die zwei Dutzend LKWs zu finden, von denen wir wussten, dass wir sie nicht zu Schrott gefahren hatten, um so viele wie möglich davon zu reparieren und so dem geizigen Vater Staat ein paar Cent zu sparen. Obwohl es uns scheißegal war, ob Corps und Vaterland Geld sparten, hatten wir so lange keine echte Mechanikerarbeit mehr gehabt, dass wir uns eifrig ans Werk machten. Auch ich, bevor ich krank wurde. Nach der Arbeit versammelte sich ein halbes Dutzend von uns um Heinemanns Koje herum zum Poker: fünf Karten ziehen, sieben Karten geben, Texas Hold'Em, Arizona, Guts und die gelegentliche Blackjack-Partie, wenn der Geber klamm war.

Als Tisch benutzten wir eine umgedrehte Kabelrolle aus Sperrholz, und für die Wetteinsätze wurde bar eingezahlt. Heinemann saß auf seiner Koje, Blegen gewöhnlich rechts von ihm. Solter saß rechts von Blegen, einer aus Memphis oder Philly oder Dallas neben Solter (manchmal ein Statist auf Solters Platz, wenn er gerade seine Frau anrief), dann ich, dann noch einer aus einem anderen Zelt zwischen mir und Heinemann. Da Spiel und Geber um den Tisch herum rotierten, machte es kaum einen Unterschied, wo man saß, strategisch gesehen. Und doch war es gut, Heinemann gegenüberzusitzen, weil er ein ausgebuffter Pokerspieler war, so wie die Barbaren aus Edward Gibbons *Untergang des Römischen Reiches*: intelligent und listig, jedoch mit animalischen Instinkten. Angst, Aggression, Hoffnung, Versagen, Vertrauen – sowohl seine eigenen als auch die Emotionen der anderen – zeichneten sich in kaum wahrnehmbaren Bewegungen der Augen und der Brauen ab, wie bei einem Hund, der genau weiß, dass er seines Herrchens Herr ist. Man wollte ihn gern im Auge behalten, sein typisches Feixen – und wusste nicht, ob er bluffte oder tatsächlich ein gutes Blatt hatte, aber zuletzt wusstest du auf jeden Fall, dass er dich in die Tasche gesteckt hatte.

Wir warteten auf Solters Rückkehr von seinem Telefonat mit seiner Frau.

»Spielt man so bei euch da oben im Norden?«, fragte ich.

»Und ob«, prahlte Heinemann, »ich habe schon zwei Riesen nach Hause geschickt. Zu schade, dass wir nicht öfter im Lager zusammenkommen konnten – wahrscheinlich wären's sonst vier gewesen.«

»Hey, Heinemann, Blegen! Du auch, Turnip. Hört euch das an. Meine Mom sagt, das Parlament von Minnesota erwägt, den Golfkriegsteilnehmern zwei Jahre das College gratis zu gewähren. Was hältst du davon, Turnip, zwei Jahre gratis Philosophie?«

»Das wär toll«, erwiderte ich, »aber ich warte erst mal ab, bis das durch ist, bevor ich feier.«

»Ich weiß nicht«, sagte Clem, »meine Mom sagt, jeder, den sie gesprochen hat, ist dafür. Wir sind bestimmt richtige Helden zu Hause.«

»Zwei Jahre College? Hat sie was über Privatschulen gesagt?«, wollte Heinemann wissen, der in Macalester studierte.

»Also wirklich, Leute«, protestierte ich voller schmerzender Hoffnung, »warten wir's erst mal ab, bis wir wieder zurück sind und sie dahinter kommen, dass unser ganzes Heldentum darin bestanden hat, LKWs zu Schrott zu fahren und uns zu verfransen.«

Clem sah auf. »Hast du dich etwa auch verfranst, Turnip?«

»Ja, ich bin eineinhalb Tage lang quer durch Saudi-Arabien gegurkt: mitten in die Wüste, am Golf entlang zurück. Ich bin stecken geblieben, habe mich verfranst und mindestens zwei Tage lang nicht geschlafen.«

»Hast du davon gehört, wie wir uns verfranst haben?«

»Mann, das ist ein Knaller!«, brüllte Heinemann.

»Ja, Turnip«, erzählte Clem, »ich war ganz schön am Arsch. Ich bin mit Boomer und Heinemann und Solter los, und irgendwo sind wir falsch abgebogen. Wir mussten die Nacht über am Straßenrand kampieren. Wir hatten nicht die verdammteste Ahnung, wo wir waren.«

Heinemann beugte sich auf seiner Koje vor. »Nicht die leiseste Scheißahnung, Turnipseed. Wir waren so weit draußen in der Wüste, dass uns nicht mal 'n Kamel erreicht hätte.«

»Also setzt Boomer uns die ganze Nacht auf Feuerwache, mit Sack und Pack«, fasste Clem zusammen, »und am nächsten Morgen, kurz nach Sonnenaufgang, kommen diese Cobras auf uns zugeschossen, wie Fledermäuse aus der Hölle. Es war total wie *Apocalypse Now*, stimmt's?«

»Habt ihr Gas gegeben?«

»Nein, aber dieser Colonel springt raus und *brüllt*: ›Verdammt noch mal, wer ist für diesen Sauhaufen zuständig?‹ Na, Boomer hat nur noch 'n letzten Pissetropfen Geduld, und ohne Uniformjacke stellt er sich vor den Colonel: ›Ich bin der zuständige Arsch. Und was für'n Scheiß ist *Ihr* Problem?‹«

Heinemann, Clem und Blegen fanden das zum Schießen komisch und krümmten sich vor Lachen, als Solter ins Zelt trat.

»Erzählt ihr schon wieder die Geschichte, wie wir uns verfranst haben?«, fragte er. »Ich liebe den Gesichtsausdruck der Leute, wenn man ihnen sagt, dass wir nur ungefähr eine Meile oder so von den Irakern entfernt waren. Habt ihr den Teil schon erzählt?«

Heinemann, Clem und Blegen fanden das die blödeste Unterbrechung der Erzählung und starrten Solter wütend an, der am Zelteingang zwei anderen Platz machte: einem Army Sergeant und einem Spec-4, beide so staubverkrustet, dass sie bratfertig aussahen. Sie trugen pralle Seesäcke und den verstopften Gesichtsausdruck von Hausierern.

»Kommen Sie zum Kartenspielen?«, fragte Heinemann. »Wir könnten noch ein bisschen Kleingeld brauchen.«

Der Sergeant, untersetzt, ein Kreuz wie ein Schrank, räusperte sich, um sich Gehör zu verschaffen. »Eigentlich, Marines, sind wir hier, um euch 'ne einzigartige Gelegenheit zu bieten. Einmalig. In diesen Duffel-Säcken haben wir echte irakische Waren. Wenn ihr daran interessiert seid, diese jeweils einmaligen Objekte als Andenken zu erwerben, kommt ins nächste Zelt, dort zeigen wir sie.«

»Folgt mir, Marines«, sagte der Sergeant und winkte seinen Kumpel mit den Säcken vor sich her.

Blegen rief ihnen nach: »Hey, Leute, habt ihr richtigen Scheiß gesehen?«

Der Sergeant drehte sich halb um, anreißerisch. »Nee, als wir da durchkamen, war alles nur noch verdammt verwüstet. Ein paar Kriegsgefangene irrten rum. Die meisten Waren haben wir bei der Durchsuchung der Leichen eingesammelt.«

»Ihr habt das Zeug von Toten genommen?«, fragte Solter.

»Wir zeigen die Ware im nächsten Zelt«, sagte der Sergeant. »Mehr braucht ihr nicht zu wissen.«

Wir debattierten eine Zeit lang und entschieden dann, das Kartenspiel zu verschieben. Als wir ins Zelt der Marines aus Dallas kamen, sahen wir, wie Blegens Protegé Junior ein Nachtsichtgerät an die Augen hielt.

»He, Tex«, sagte der Sergeant, »ich würd den Linsenverschluss nicht hier drinnen abnehmen ...«

»Schscheiße, war das hell«, rief Junior und prallte zurück. »Kann ich es für'ne Minute mit nach draußen nehmen?«

»Klar, gehen Sie ruhig«, sagte der Spec-4, »aber wenn Sie's kaputtmachen, bezahlen Sie's.«

»Teufel auch, ich werd dieses Scheißgerät auf jeden Fall kaufen. Perez, gib dem Mann zweihundert Dollar, ich geh draußen damit spielen.«

Die Kojen waren zusammengeschoben, darauf lag, was es zu kaufen gab: ein zweites Nachtsichtgerät, ein halbes Dutzend Pistolen, haufenweise Bajonette und Messer, komplette und nicht komplette Reihen Propagandaschriften, die von den Alliierten abgeworfen worden waren, Insignien verschiedener Grade und Einheiten, Berettas, Helme, Epauletten, Patronengurte, Feldflaschen; es sah aus wie eine Mischung aus irakischer Uniforminspektion und Survival-Messe. Ich erwartete fast, dass die Typen auch noch wirklich gruseligen Scheiß wie Ohren und Finger hervorholten.

Mir war ein bisschen schwindelig vor Kaufrausch; besonders scharf war ich auf die irakischen Banknoten mit den Propagandakarikaturen auf der Rückseite. Dann traf ein Lichtstrahl mein Auge, vom anderen Ende des Zeltes her. Ein Mann stand über einen Krummsäbel gebeugt und schliff die Klinge. Er war versunken bei der Sache. Nach einem Blick auf die irakischen Gegenstände wandte er sich dem Burschen auf der Nebenkoje zu. »Ich will verdammt sein, wenn ich mir nicht so'n Araber holen kann.«

Scheiße, ich konnte es nicht fassen. »Salerno!«, sagte ich. »Wo ist dein ganzer fröhlicher Jesusscheiß geblieben?«

Verdutzt sah er mich an, den Krummsäbel noch immer in der Hand. Eine lange Sekunde lang starrte er mich an. Als er mich erkannte, veränderte sich sein Gesicht. Er sagte nichts und widmete sich wieder seiner Aufgabe.

»Salerno«, rief einer der Dallas-Jungs, »bist du 'n Jesus-Freak?«

»Ja, der ist jede Art von Freak«, sagte einer der anderen.

Salernos Kopf ruckte bei jedem Streichen über den Schleifstahl mit. Er würde nichts mehr sagen. Ich wusste das, und er wusste das, aber niemand sonst im Zelt. Es war tieftraurig. Nicht, weil er in seinem fehlgeschlagenen Kreuzzug ein Opfer von Erniedrigung und Hänseleien war. Scheiße, wir alle mussten da durch – immerhin waren wir Marines. Nein, ich war traurig, weil sein Blick, bevor er die Lider senkte, einen Moment die Erkenntnis spiegelte, dass man für alles im Leben zahlen muss, wenn Eigenstilisierung und Realität aufeinander trafen; war traurig darüber, dass er den Schmerz seiner

Tagträume verdammt nicht teilen und dass ich ihm nicht sagen konnte, dass dies das wahre Leben war. In einem Zelt voller Soldaten und Marines, die um die Besitztümer von Toten feilschten, war es bitter, dass ein Moment so reinen Daseins so still, so unbemerkt vorübergehen sollte.

Die Army-Krämer mussten einen raschen Rückzug antreten, weil Staff Sergeant Landers ungemeldet von hinten ins Zelt trat, in der Hand ein Schreibbrett.

»Okay, Marines, ich habe euch hier etwas mitzuteilen.«

»Sollen wir etwa noch mehr von diesen abgefuckten Pillen nehmen?«

»Nein«, sagte er, »keine Pillen. Wir fangen heute Abend an, eure Munition einzusammeln, im Fahrtenzelt. Es wird ein Buch mit euren Namen ausliegen, und zwei WMs werden die Kugeln zählen. Wenn ihr eine verloren habt, sagt's gefälligst jetzt, damit ihr nachher keine Zeit vergeudet. Hat jemand von euch Kugeln verloren?«

»Scheiße, Mann, ich hab meine Kugeln schon seit Monaten nich mehr gesehen. He, Rivera, hast du meine Kugeln gesehen?«

Solter hatte vergessen, was Kugeln waren. »Kugeln?«

»Geschosse«, sagte Bergman, »wie in ›Wo, zum Teufel sind meine?‹«

Wir hatten uns so sehr an die Mühle des täglichen Sattelschlepperfahrens und das Herumschleppen unserer M-16er gewöhnt, dass es uns seltsam vorkam, dass wir auch NATO-Kugeln bei uns gehabt hatten – oder auch nicht –, und wir nun überlegten, wo wir sie aus Sicherheitsgründen versteckt hatten.

Was nicht besagen soll, dass wir uns sicher fühlten. Nicht, wenn man Sattelschlepper fährt, was selbst in den Vereinigten Staaten einer der gefährlichsten Berufe ist. Wir hörten, dass schon wieder einer aus unserem Bataillon, aber nicht aus unserer Kompanie, tot war. Ich weiß nicht genau, was passiert war. Der Bursche hatte einen

Panzer oder Bulldozer oder was weiß ich entladen, und die Rampe, die von der Anhängerladefläche herabschwenkte, hatte ihn an der Stirn getroffen und sein Gesicht samt Hirn aufgelöffelt wie Eiscreme.

Als ich spät am Morgen des Memorial Service aufwachte, dampfte das Zelt bereits. Mir war hundeelend und ich konnte kaum atmen, sodass ich den Gestank ranziger Socken und verschimmelter Schlafsäcke mit jedem Atemzug einsog. Es war erst ungefähr vier Stunden her, seit ich von meinem »Nachtdienst« in der Kompaniestube auf Zehenspitzen hereingeschlichen war. Ich wurde geweckt von Staff Sergeant Landers näselnder Tirade.

»Hey, Turnipseed, Bernie sagt, dass du wirklich krank bist. Du musst'n Corpsman aufsuchen. Brauchst du jemand, der deinen Nachtdienst übernimmt?«

»Ich geh heute zum Corpsman. Den Nachtdienst krieg ich schon hin.«

»Ja? Vielleicht sollten wir dich für 'n Nachtdienst *light* einsetzen.«

Es war alles zu viel. Ich lehnte mich über den Rand meiner Koje, rieb mir die Augen und kratzte mir den Kopf. Über den Sand neben meiner Koje verstreut lagen kleine Blüten aus schnodderverkrustetem Toilettenpapier. Ich sah hinunter auf Landers verstaubte Stiefel, ein zerrissener, verknoteter Senkel auf halber Höhe der Schnürschnallen. Landers meinte es gut.

»Hier hast du 'n Zettel für die Krankenstation. Und beeil dich lieber, wenn du den Dienst antreten willst.«

Nachdem er gegangen war, lag ich allein im Zelt, hörte mein Herz pochen und versuchte die Packung Camel zu ignorieren, die mir in die Rippen stach, und die Stangenspitze meines Kojengestells, die sich mir in die Knöchel grub. Ich wusste, es war Gift für mich, aber aus irgendeinem Grund milderten ein paar Züge an der Zigarette den trockenen Husten des Todes. Ich gab auf und ging hinaus, um eine zu rauchen. Das Licht vor den Zeltklappen war hell, weiß und flach gegenüber der verstaubten Zeltleinwand.

Auf dem Weg zum Gottesdienst ging ich beim Zelt der Krankenstation vorbei. Die Corpsmen hatten keine Krankenakte von mir, also gaben sie mir ein Stück Papier, das besagte, ich hätte Bronchitis und achtunddreißig-fünf Fieber, und man hätte mir Antibiotika verabreicht und mich auf leichten Dienst gesetzt. Da wir keine Laster mehr hatten, war so ziemlich jeder auf leichten Dienst gesetzt: Die Hälfte unserer Kompanie spielte Volleyball, als ich zu dem leeren Platz ging, wo der Gottesdienst abgehalten werden sollte.

Ich hockte mich auf die Stoßstange eines LKWs und sah dem Kaplan bei seinen Vorbereitungen zu: wie er mit Papieren jonglierte, das Mikrophon überprüfte, am Kassettenrekorder herumfummelte und nur gelegentlich einen Blick auf die paar Marines warf, die sich nach und nach einfanden. Die Sonne ließ das goldene Kreuz auf seinem Kragen aufblitzen.

Ich war unruhig. Mein Magen war angespannt von zu viel Kaffee und zu vielen Zigaretten – ohne feste Nahrung. Mehr als einen Tag lang hatte ich nichts gegessen. Mein Mund war sauer von Galle und Tabak, verkleistert vom Wasserentzug. Wann hatte ich zuletzt die Zähne geputzt? Vor mehreren Tagen? Ich griff nach meiner Feldflasche und schüttete die letzten Tropfen röchelnd in mich rein. Es war der erste Gedenkgottesdienst, an dem ich teilnahm. Das ungefähre Dutzend Marines, das aufkreuzte, trat militärisch an. Ich wollte gehen. Doch dann zerrieb ich meine Zigarette auf der karstigen Stoßstange des Fünftonners, gegen den ich mich lehnte.

Während ich der monoton vorgetragenen Predigt des Kaplans lauschte, versuchte ich mir vorzustellen, dass er für Corporal Joseph sprach …, und sah den leeren Platz in den angetretenen Reihen, wo ich eigentlich stehen sollte. Während ich mit leerem Blick den Kaplan anstarrte und seiner dumpfen, zerkratzten Aufnahme vom

»Ewigen Vater« lauschte, stellte ich mir Joseph in seinem Laster vor. Der A-Fahrer neben ihm mochte noch gelacht haben, kurz bevor der LKW kippte, das Fahrerhaus vorne aufschlug und ihn in seinem Sitz festklemmte, Joseph jedoch hinaus in den Sand schleuderte, wo er unter dem vollen Gewicht des Sattelschleppers zerquetscht wurde … *Sein* Gedenkgottesdienst. So musste es irgendwie gewesen sein. Die gnadenlos sengende Sonne, zwei übereinander geschlagene und wieder entschlungene Knie, pochend schmerzende Hacken in kochenden Stiefeln, jedes Zucken der Nerven oder jede leichte Verlagerung der Haltung ein Aufbäumen gegen die Endgültigkeit. Die Flaggen der Vereinigten Staaten und des Marine Corps hingen schlaff in der fast unmerklichen Brise. Hinter und neben der angetretenen Truppe standen mehrere Dutzend geparkte Laster, deren verbogene oder abgebrochene Mercedes-Sterne daran erinnerten, dass Erschöpfung und Tod zusahen.

Dem Toten wurde die Navy-Commendation-Medaille für seine Verdienste zuerkannt.

Wir hatten nur noch eine Woche vor uns, ehe wir nach Hause flogen.

Soldatengeschichten

Wir hatten unsere Munition zurückgegeben, genau wie unsere Laster. Ich war allein im Zelt der Kompaniestube, über den Schreibtisch gebeugt und las. Neben mir stieß der Bunsenbrenner flüsternd kleine Flammen aus, und der mit Wasser gefüllte Blechnapf darüber blieb kalt und stumm. Aus dem Fahrtenbüro nebenan konnte ich hören, wie jemand am Dienstbrett die letzten Meldungen verlorener oder zerstörter Laster hervorquiekte. Ich lehnte mich auf dem Stuhl zurück, hob ein Knie an die Schreibtischkante und neigte *Die sieben Säulen der Weisheit* gerade schräg genug, um das Licht der einzeln herabbaumelnden Glühbirne aufzufangen:

> Wir ritten an all den anderen Leichen von Männern und Frauen vorbei – auch vier Kinder darunter – dem Dorf zu, dessen Schweigen, das wussten wir jetzt, Tod und Schrecken bedeutete. Außerhalb der Häuser standen niedrige Lehmmauern, Schafhürden, und auf einer bemerkte man etwas Rotes und Weißes. Ich sah genauer zu und erblickte den Körper einer Frau über die Lehmwand gelegt, Rücken nach oben, dort festgenagelt mit einem Sägebajonett, dessen Heft grässlich zwischen ihren nackten Schenkeln hervor in die Luft ragte. Um sie her lagen noch andere, vielleicht zwanzig im ganzen, auf die verschiedenste Weise hingemetzelt.

Unser Krieg war vorüber, und abgesehen von ein paar Tausend Kriegsgefangenen, deren Anblick mich über alle Worte hinaus bedrückte, war ich ohne Schaden davongekommen. Ich war nicht Zeuge von Grausamkeiten geworden, und der Tod der Männer aus unserem Bataillon, wie der von Corporal Joseph aus Minneapolis, hatte sich nicht vor meinen Augen zugetragen. Keiner von ihnen war dem

Feind in die Hände gefallen. Doch anstatt mich glücklich zu schätzen, fühlte ich mich betrogen – als ob mein Krieg lahm gelegt oder mir gestohlen worden wäre.

Ich sah vom Buch auf: Hatch und Phalen, ein Bursche aus Philly, der zu Beginn des Kriegs einer anderen Einheit zugeteilt worden war, standen in der Tür und sahen zu mir rüber. Krumm standen sie da, und sie schienen nicht zu gehen, sondern die paar Schritte zu meinem Tisch ins Zelt zu schaukeln.

»Turnipseed?«, fragte Phalen, »schiebst du hier Dienst?«

In meiner Verwirrung, wobei ich immer noch versuchte, mit Lawrences entsetzlichen Bildern klarzukommen, hatte ich vergessen, dass ich mich hinter meinen Büchern bloß verdrückte: »Ja, ich denke schon.«

»Du denkst, Professor?«, fragte Hatch, »na, ich will verdammt hoffen, dass du richtig denkst, denn wir haben da ein paar Probleme. *Ernste* Scheiße.«

Phalen zuckte die Achseln. »Das Lager da«, sagte er und ließ seinen müden irischen Arsch auf den Tisch sinken. Er schien die Scheiße nicht allzu ernst zu nehmen. »Wir sind für die Kriegsgefangenen drüben vor Camp Three abgezogen.«

»Prüf das mal«, sagte Hatch, »es heißt, 'n paar Jungs sind da von Turbanköpfen in einem weißen Toyota angegriffen worden. Terroristenattacke, kein Scheiß.«

»Verdammter Scheiß ist das«, sagte Phalen, »und jetzt ohne Munition wollen sie uns nicht auf die Straße lassen.« Am Ende des Satzes senkte er die Stimme nicht, so, als habe er noch nicht zu Ende gesprochen und wollte noch etwas sagen, wofür er aber die Zigarette brauchte, nach der jetzt griff.

Während er sie anzündete, beendete ich seinen Satz. »Und wir haben unsere Munition schon abgegeben, stimmt's?«

Hatch ging an mir vorbei hinten aus dem Zelt hinaus, um Sergeant Benson, der für den Abend unser Dienst habender Staff NCO war, zu wecken. Es war vier Uhr morgens.

»Was liest du da?«, fragte Phalen und drehte das Buch auf dem Tisch um. »Lawrence von Arabien? Kein Scheiß. Der hat auch 'n Buch geschrieben?«

»Und Homer übersetzt und Gargamisch ausgegraben«, erwiderte ich, »unter anderem.«

»Ja? Und was sagt er über das Land hier?«

»Er sagt, es sei schön und verraten worden.«

Hinter uns kamen Hatch und Sergeant Benson herein. Der Sergeant stöhnte wie ein Mann, der sich unbeobachtet fühlt, während er sich auf einen Stuhl hinter dem einzigen Schreibtisch im Zelt sinken ließ.

»Turnipseed?«, fragte er, »haben sie dich wirklich zum Nachtdienst eingeteilt, oder machst du hier nur Scheiß?«

»Sergeant, eigentlich …«

»Eigentlich brauchst du nicht zu antworten. Ich will's gar nicht wissen.«

»Hat Corporal Hatch Sie informiert?«

»O *klaaar*, Corporal Hatch hat mich geweckt, damit er mich mit all den guten Neuigkeiten den Arsch hoch abfüllen konnte. Was ist mit *dir*?«

»Eigentlich wollte ich erst noch mehr Informationen von Phalen bekommen, ehe ich sie weitergeben wollte an …«

»Den Captain. *Nachdem* du mit deinem Kaffee und deiner Zigarette fertig gewesen wärst, was?«, fragte Sergeant Benson grinsend. »Scheiß drauf, ich glaube, ich mach heute allen Scheiß mit. Ich geb sowieso nichts auf irgend'ne Nachricht um vier Uhr morgens. Gibst du heut Nacht 'ne Zigarette aus, Turnipseed?«

Er lehnte sich auf seinem Stuhl zurück und stieß eine graue Wolke aus. Sein kleiner Kugelbauch drückte sanft gegen seine graue

Trainingshose, sein graues Brusthaar blähte sich unter dem ausgewaschenen braunen T-Shirt, auf dem in gebrochenen, verblassten Goldbuchstaben »M-A-R-I-N-E« stand.

»Was liest'n da, Professor?«, fragte Hatch.

»*Die sieben Säulen der Weisheit*«, erwiderte ich, »von T.E. Lawrence.«

»Er hat Homer und so'n Scheiß übersetzt«, sagte Phalen, »wussten Sie das, Sergeant?«

»Glaube nicht. Heißt eine der Säulen: ›Werde bloß nie Kompaniechef‹?«

Er ging nach nebenan, um mit dem Captain zu sprechen, und telefonierte dann mit den anderen Basen, um sich zu informieren. Ich nahm mir wieder Lawrence vor:

> Und wieder kam mir das Geheimnis der Uniform zu Bewusstsein: sie gibt einer Masse Festigkeit, Würde und etwas Überpersönliches, gleichsam die Straffheit eines einzelnen, aufrechten Mannes. Diese Livree des Todes, die ihre Träger vom gewöhnlichen Leben abschied, war das Zeichen dafür, dass sie sich mit Leib und Seele dem Staat verkauft und sich zu einem Dienste verpflichtet hatten, der deshalb nicht weniger verächtlich war, weil er freiwillig übernommen wurde. Einige von ihnen hatten ihrem Hang zur Gesetzlosigkeit nachgegeben; andere trieb der Hunger; andere wieder dürsteten nach dem Glanz, den ihrer Meinung nach das Soldatenleben mit sich brachte. Aber von ihnen allen fühlten nur die sich wirklich wohl, die ihr Selbst auszugeben bereit waren; denn für jeden, der den Frieden liebte, waren sie weniger als Menschen.

In der Stille der Nacht grübelte ich über die ein Jahrhundert alte Soldatengeschichte, von der ich einen Teil erzählen wollte. Ich hoffte halb, der weiße Toyota würde die Tore durchbrechen und hinter den

Sperrholzschuppen heraus ins Kompaniezelt schießen. Ich bemerkte Sergeant Bensons Eintritt nicht, aber plötzlich stand er allein in der Tür vor mir.

»Was dagegen, wenn ich reinkomme?«, fragte er.

»Tun Sie sich keinen Zwang an. Ist alles okay mit der Munition?«

»Was, zum Teufel, weiß ich, ich habe keinen Einzigen an die Strippe gekriegt. Die *meisten* Leute, musst du wissen, schlafen nämlich um vier Uhr morgens.«

Ich seufzte. »Ich nehme an, wir werden schon bald wieder in unseren eigenen Betten schlafen. Meinen Sie nicht?«

»Ja? Schon bald ist mir nicht früh genug. Gib mir noch 'ne Zigarette, Professor.«

Ich reichte ihm eine Camel und wollte gerade etwas sagen, aber mit einer Handbewegung schnitt er mir das Wort ab, während er nach meinem Feuerzeug griff.

»Professor«, wollte er wissen, »was, glaubst du, passiert hier, nachdem wir abgezogen sind?«

»Mit dem Lager oder im Mittleren Osten?«

»Im verdammten Mittleren Osten«, sagte er. »Glaubst du, sie schaffen sich Saddam vom Hals? Seine eigenen Leute, meine ich?«

»Keine Ahnung«, sagte ich, »aber ich zweifle daran. Es ist wirklich interessant zu sehen, durch welche Schwierigkeiten damals während des Ersten Weltkriegs Lawrence hindurchmusste – die in nichts Besserem als einer korrupten Machtbalance endeten, genau wie dies hier.«

»Wir sind dazu verdammt, es zu wiederholen, stimmt's?«, sagte der Offizier. »Es stimmt. Die meisten Leute machen sich nicht mal die Mühe, sich mit offenen Augen umzusehen, und wenn doch, haben sie zu große Angst, mit dem Finger auf den Mann zu zeigen, der sie unterdrückt. Die Leute lernen einfach nicht dazu. Haben Betonköpfe, dicker als'n verdammter Kevlar-Helm.«

Ich hielt eine Zigarette, ohne sie anzuzünden. »Wissen Sie was,

Sergeant, ein Freund von mir sagt immer, dass der Unterschied zwischen einem klugen Mann und einem Narren der ist, dass der kluge Mann zwanzig Jahre Erfahrung hat, der Narr hingegen zwanzigmal ein Jahr Erfahrung.«

Schweigend saß er da und sah zu, wie ich meine Zigarette ansteckte. Er blickte zu Boden, dann lächelte er. »Hast du so mit den Jungs im Zwinger geredet? Das hast du, ich weiß es. Schlimmer noch, sie haben sich diesen Scheiß *angehört*. Dabei kriege ich sie, verdammt auch, nicht mal dazu, sich den einfachen Scheiß anzuhören, den ich ihnen beim Antreten erzähle, und ich bin ihr *Zugführer*.«

»Vielleicht«, sagte ich, näselnd wie ein echter Weißer, »vielleicht sollten Sie lernen, ihnen den Scheiß zu verklickern, wissen Sie, daran arbeiten.«

Nach diesem Satz schoss mir das Leben im Hundezwinger durch den Kopf: quatschen mit Ebbers und Farmer und Hatch, mit Rat draußen irgendeinen Scheiß von der Army klauen, mit Riley über Psychologie und Literatur labern, mit Bones über Rassismus streiten ..., und jetzt würde ich sie nie wiedersehen. Nach dem Krieg würde Hatch wieder nur ein Schwarzer wie jeder andere sein, der um seinen Lebensunterhalt in North Philly kämpfte, ebenso wie Ebbers und Farmer. Bones würde in Delaware Ringkämpfer unterrichten und trainieren. Riley würde an der Temple-Uni studieren. Ich wäre nicht länger der Professor, sondern nur ein Philosophiestudent kurz vor dem Examen, wie so viele andere an der University of Minnesota.

Sergeant Benson lachte, richtete sich auf seinem Stuhl auf und schüttelte sanft den Kopf vor Entsetzen. »Turnipseed, Sie sind vielleicht 'ne abgefuckte Marke.«

In der Stille, die seinem Lachen folgte, schüttete ich eine weitere Flasche Wasser ins Kochgeschirr und hielt ein Streichholz an den Bunsenbrenner.

»Sie steh'n echt auf Philosophie, he? Ist wohl so was wie 'ne *Leidenschaft*, stimmt's?«

»Ja, ist es wohl«, entgegnete ich. »Leidenschaft – ein gutes Wort, nicht?«

»Ist es. Aber niemand gibt überhaupt noch einen Scheiß auf irgendwas, Professor. Haben Sie von Dick Gregory gehört?«

»Nein, hab ich nicht«, antwortete ich.

»Er ist einer meiner Helden. Ich wette, Sie haben nicht geglaubt, dass ich Helden hab, was? Jawohl, Dick Gregory. Er hat mal gesagt: Eines schönen Tages wird es in Amerika keine Bildung mehr geben, nur Indoktrinierung, wenn die Menschenrechte von Eigentumsrechten verdrängt werden – was halten Sie davon, Professor?«

»Ich denke, der Tag ist längst da.«

»Das stimmt. Ich hörte das, nachdem ich aus Vietnam zurück war. Schon damals sagte ich genau dasselbe: Bruder, der Tag ist längst da.«

»Ich hätte nicht gedacht, dass Sie so ein Radikaler sind, Sergeant.«

»Schwarze müssen radikal sein, Professor. Das hat mir Gregory beigebracht. Er war auch so'n Oberschlaumeier, genau wie du. Du wirst auch radikal sein, ein Stinkarsch-radikaler Scheißer, Professor.«

»Das werden wir erst noch sehen. Ich will gar kein Radikaler mehr sein, Sergeant. Aber ich kann Ihnen gar nicht sagen, wie glücklich ich bin, einen Marine Corps Artillery Sergeant vor mir zu haben, der einen schwarzen Radikalen zitiert. Dies ist wirklich der Höhepunkt meines Werdegangs.«

In demselben näselnden Ton, in dem der Zwinger sich so oft über mich lustig machte, erwiderte der Artillery Sergeant: »Na ja, eigentlich kommt es auch nicht alle Tage vor, dass man mit einem weißärschigen kleinen Professor aus Scheiß-Minneapolis mitten im Krieg in der verdammten Wüste so zusammensitzt.«

Der Sergeant griff nach einer Zigarette. »Weißt du was, Turnipseed? Ich bin verdammt froh, dass wir hier so rumsitzen und Scheiß reden können und dass du genauso wenig wie ich am Arsch bist, oder? Bin ja nich gerade sehr religiös, aber ich hab gebetet wie'n

Arsch, dass keiner meiner Jungs im Zwinger verletzt wird. Wie'n gottesfürchtiger Arsch.«

Er atmete tief durch.

»Und für euch alle da drüben aus Minneapolis muss es hart gewesen sein, Corporal Joseph zu verlieren.«

»Ja, es war hart«, sagte ich. »Aber wissen Sie was? Ich versteh's zwar nicht, es ist mir nicht allzu nahe gegangen, als er starb. Ich bin nicht mal zum Gottesdienst gegangen. Doch dann neulich, als ich zum Gedenkgottesdienst für einen Burschen gegangen bin, den ich nicht mal kannte, fing ich fast an zu flennen. Sie spielten ›Eternal Father‹ und die Marine-Corps-Hymne, und ich konnte mich fast nicht mehr beherrschen.«

»Ja, das ist hart. Du weißt nie, was du fühlst, wenn Scheiße im Anzug ist. Eins weiß ich jedenfalls …«

Ein Dschungelgeruch verbreitete sich im Zelt, und das Thema Vietnam umgab das gebrochene Schweigen des Sergeants.

»Doch mit Vietnam hat's nichts zu tun. Das war 'ne echte Scheiße. Wir waren Kids, jünger als du, und mussten Scheiße mit ansehen … Patrouillen, Feuergefechte, sogar die Straßen von Saigon. Jeder Mensch war verflucht untermenschlich, Professor. Weißt du, es gibt Scheiße, die bringt dich um, ohne dich auch nur zu berühren.«

Er schwieg. Der Blechnapf mit Wasser verbrodelte, während ich hinunter auf die Zigarettenasche sah, die auf seine Zehen und Flipflop-Latschen gefallen war. Der Captain im Fahrtenzelt schnauzte gerade eine der WMs wegen irgendwelchen versauten Papierkrams zusammen. Reisetickets.

»In Vietnam hatte ich zwei neue Kids in meinem Zug, solche, die sich noch gar nicht rasieren. An ihrem ersten Tag kam der Befehl: Raus ins Feld. Also zogen wir los mit diesen verdammten neuen zwei Burschen. Himmel auch. Die beiden verloren die Nerven an ihrem allerersten beschissenen Tag. Ich glaube, einer von ihnen für immer. Wir kamen aus dem Busch raus in ein kleines Dorf, das schon bis auf die Mauern abgebrannt war, was ich vorher schon gesehen hatte, okay? Aber nicht auf meiner ersten Patrouille. Das ist 'ne Scheißsache. Und dann machten wir da irgendwie am Kopfende der Straße das Dorf aus, gingen aber nicht da entlang, sondern kamen vom Arschende her, und der Vietkong hatte echten Terror für uns parat. Zwei Mädchen waren an Pfosten genagelt; sie waren *gekreuzigt*, und, weißt du, Professor, sie waren schwanger, ihre kleinen Babys hatte man ihnen direkt aus dem Bauch geschnitten und zur Erde herabhängen lassen. Die ganzen Scheißdärme und so zuckten noch, als wär'n sie am Leben, und ihre Babys waren überzogen von Scheiße, übersät von Maden und Würmern, die ihnen aus dem Kopf gekrochen kamen. Zwei kleine Mädchen, gekreuzigt wie vietnamesische Jesusse. Hingen einfach da mit gesenktem Kopf und weinten Maden, die auf den Boden tropften. Es war zu viel für *mich*, und ich war schon auf meiner zweiten Tour. Ich hab in dem Moment zu mir gesagt: ›Benson, du musst sofort deinen Arsch von hier wegbringen – hau sofort ab, verdammt noch mal.‹ Und dann kotzte sich einer der Kids das Hirn ausm Leib und heulte und spuckte alles über sich, und dann … saß er einfach da und starrte auf die Mädchen, sah sie unverwandt an, weißt du, konnte seine verdammten Augen nicht mehr davon lösen. Wir mussten das Arschloch wegtragen; hievten ihn hoch und trugen seinen Arsch weg, denn er war bereits tot. Okay, er atmete noch, aber er war verdammt mausetot.«

»Und *wir* sind jetzt Helden«, sagte ich. »Ist das nicht verquirlte Scheiße?«

»Nee, das is keine Scheiße, Professor. Ihr alle habt euch den Arsch aufgerissen, und ihr hattet keine Ahnung, als ihr hierher gekommen seid, ob euch nicht der Arsch weggerissen wird. Scheiße, wir hatten so was wie drei Tote in unserem Bataillon – hätte ebenso gut dein toter Arsch darunter sein können.«

»Aber doch kein Vietnam. Was für'n Scheiß muss es gewesen sein, aus der Scheiße zurück nach Hause zu kommen.«

»Jawohl, Professor, das war echt 'ne traurige Scheiße. So'ne stereotypenartige Scheiße, genau wie im Film. Nach Vietnam kamst du allein nach Hause. Niemand, mit dem ich reden konnte, weißt du, so wie du und ich das hier gerade tun, hatte niemand nach Vietnam. Also, als ich dann aus der Scheiße zurückkam, Scheiße, die man da dauernd, jeden Tag, gesehen hat, und den Zug nach Philly nahm, wollte ich nur noch meine Familie sehen, was, verdammt noch mal, nicht besonders viel ist, aber's war okay, denn ich wollte mal wieder Leute sehen, die nicht andauernd töten, wollte mal wieder jemanden sehen, der Liebe in sich trug, weißt du, denn vielleicht färbte so'ne Scheiße ja auf mich ab. Aber nicht Benson, der war noch nicht fertig mit dem Krieg und sollte es noch mal so richtig in den Arsch besorgt kriegen. Ich komme da also die Stufen am Bahnhof Thirtieth Street hoch, und so'n kleines Mädchen, hübsch in so'nem Spitzenkleidchen, wie'n Engelchen direkt von unserm Herrn gesandt, kommt auf mich zugerannt mit'm großen, breiten Lächeln, und ich sage: ›Hallo, Kleine‹, also, da ruft diese Fotze von Mutter ihr nach: ›Hey, Schätzchen, geh bloß nicht näher an *den* Mann ran.‹«

Nichts im Zelt bewegte sich, nur der Rauch unserer Zigaretten stieg in ruhigen Qualmwolken auf.

»Ich konnte fast nicht an mich halten. Echt nicht. Den ganzen Krieg hatte ich überlebt, ohne die Beherrschung zu verlieren, doch als diese verdammte Fotze den Scheiß da sagte, also da ... Turnipseed, du kannst nur deinen eigenen Absichten trauen. Deinen eigenen und denen, die du liebst. Du brauchst Leute, die du liebst. Wenn du keine Leute hast, die du liebst, weißt du nicht, auf wen, zum Teufel, du noch hören kannst, wenn du verrückt wirst. Ich würde 'n verdammten Arsch an dem Tag umgebracht haben, Turnipseed, wäre da nicht dieser Veteran ausm Zweiten Weltkrieg gewesen, der mir einen Drink nach'm andern vorsetzte. Jawohl, wär da nicht dieser liebevolle Arsch gewesen, wär ich aufgestanden und hätte jemand umgebracht. Ich *weiß*, dass ich das getan hätte, weil ich auf niemand mehr irgend'n Scheiß gegeben habe, auf Leute, die mich so behandelten. Was für'n Scheißgefühl sollte ich denn dabei auch empfinden? Keine Scheißahnung. Ich werd nie wissen, was in den Tagen damals geschah, sie waren so verdammt beschissen. Wenn dich niemand liebt, Professor, hast du nix mehr, worauf du die Welt bauen kannst – ich bin vielleicht 'n tumber alter Arsch von Sergeant, aber so viel weiß ich.«

Es herrschte langes Schweigen, und wir wischten uns beide eine Träne aus dem Augenwinkel. Als er wieder sprach, hatte er eine frische Stimme, müde, aber erholt.

»Man sollte annehmen, dass die Leute es früher oder später kapieren, Professor«, sagte er, »also, aufhören, wie Arschlöcher zu leben. Stattdessen tun sie denselben alten Scheiß wieder und wieder. Vielleicht solltest du mal das Wort des Tages dafür finden.«

»Ja, vielleicht.«

»Ich sag jedem Scheißer, der mir unter die Augen kommt, was ich meine. Scheiß drauf, is mir doch egal, ob sie mit meinem schwarzen alten Arsch streiten, denn vielleicht lernt auf die Weise wenigstens *einer* von uns was.«

Sergeant Benson stand jetzt auf und sah rüber zu den Zeltklappen, hoch zu dem blauen Himmel dazwischen.

»Also dann, Turnipseed – Professor –, ich werd jetzt noch mal versuchen, 'ne Mütze voll Schlaf zu kriegen, ehe ich wieder antreten lasse. Bleib nur da sitzen und lass weiter deine Gedanken schweifen. Du bist mir'n Kumpel geworden, weißt du? Versprich mir bloß, dass du weiter all die Bücher liest. Und vergiss nicht: Bei jeder Gelegenheit, die du kriegst, musst du die Leute am Arsch packen, musst sie streiten lassen, damit sie anfangen zu denken.«

Als der Sergeant gegangen war, wandte ich mich wieder Lawrence zu, der mich bis zum Morgen aufrecht hielt:

Die Ironie dabei lag darin, dass ich die Dinge mehr liebte als das Leben oder die Ideen, und die Ungereimtheit darin, dass ich dem verführerischen Ruf zur Tat nachkam, die doch die Vielfalt der Dinge betonte. Es war eine schwere Aufgabe für mich, Gefühl und Tat auseinander zu reißen. Ich hatte mein ganzes Leben lang den Wunsch gehabt, mein Ich in irgendeiner geistigen Form auszudrücken, war aber zu zersplittert gewesen, mir jemals eine Technik anzueignen. Der Zufall machte schließlich in einer perversen Laune aus mir einen Mann der Tat, gab mir einen Platz bei dem arabischen Aufstand, ein fertiges Epos, bereit für ein unmittelbares Erfassen durch Auge und Hand, und zeigte mir so den Ausweg zur Literatur, der Kunst, die keiner handwerklichen Technik bedarf. Von nun an war es nur noch der Ablauf der Handlung, der mich fesselte. Das Heldenhafte war mir fremd, wie meiner ganzen Generation, und auch die Geschichte gab mir keinen Zugang zum Heroischen, sodass ich für Männer wie Auda keinen Widerhall in mir selber fand. Es schien mir so phantastisch wie die Berge der Rumm, so alt wie Malory.

Semper Fidelis

Ich schob noch immer Wache, als die Busse ankamen, die uns zum Zolllager bringen sollten. Dort filzte man uns, leerte unsere Seesäcke und inspizierte unsere Taschen. Ich war gerade von einem langen Spaziergang und einer Zigarette zurück, als ich die Hydraulikbremsen der Busse oben am Lagertor hörte. Ich beendete eine Tagebucheintragung, als sie kreischend vor dem Zelt neben dem Fahrtenzelt und meinem, dem Kompaniebüro, hielten.

Ich trat aus dem Zelt und lehnte mich an den Zeltrahmen. Schweigend stand ich da, sah zu und rauchte. Männer hievten Seesäcke auf die Ladeflächen von Fünftonnern, arbeiteten im Scheinwerferlicht des LKWs dahinter. Taschenlampen und Scheinwerfer schwenkten ihr Licht durch den aufgewirbelten Staub. Gewehrkästen wurden mit Vorhängeschlössern verschlossen und auf einem separaten LKW gestapelt. ALICE-Gepäck und Sporttaschen und Rucksäcke waren an einer Zeltwand beiseite gestellt worden, wo sie ihre Besitzer schnell finden und selbst zum Bus tragen konnten. Antretende Männer gaben dem Chaos langsam Form.

»QUINONES!«

»Hier.«

»Gut. RICARDO!«

»Hier.«

»SALERNO! Wo ist Salerno?«

»Er bleibt hier, Sergeant«, antwortete jemand.

»SAUNDERS!«

»Ist in einem Arbeitstrupp.«

»Kein Scheiß, Sergeant, Sie haben ihn selbst vor einer halben Stunde losgeschickt.«

Alles lachte.

»Ist das wahr, Burgess? Na, dann wirst du ihn jetzt sofort ablösen. SULLIVAN!«

»Hier.«

Als alle Männer aufgezählt waren, ich eingeschlossen, stiegen wir in den Bus zum Flughafen. Ich drückte das Gesicht ans Fenster und sah hinaus zu den Raffinerien. Sie waren jetzt keine tropfenden Rüttelkerzen auf Gottes Zeichentisch mehr, sondern Orientierungspunkte auf dem Highway ins Hafengebiet. Tatsächlich waren sie keine Raffinerien mehr, sondern Gas-Öl-Trennungsanlagen, die wir grüßten. Jetzt fuhr ich zum letzten Mal an ihnen vorbei.

Früh am Morgen erreichten wir den Jubayl Naval Airport. Die Fenster waren nicht länger mit Sperrholz verschalt, sondern glitzerten taubenetzt. Die Gehsteige waren erst vor kurzem gegossen worden, und die Ziegelsteinfassade war noch vom Bau her mit Zement bespritzt. Innen hatte man verschiedene Videospiele und einen Fastfood-Tresen installiert. Fernsehgeräte hingen an Trägern hoch in den Ecken, und wir sahen CNN: Sport, Hollywood, die Märkte. Eine Minute Mode. Wir waren noch immer im Krieg, aber der Rest der Welt war schon weitergegangen. Ernüchtert starrten wir auf die Mattscheiben.

Als unser Flieger ankam, sahen wir ihn die Landebahn hinunterrasen.

»Okay, Leute! Nehmt eure Ausrüstung! Und alle Mann antreten!«

Rufe ertönten von den Stabsoffizieren, die ihren Trupps Befehl gaben, auf dem Hallenvorfeld anzutreten. Der Wind war stark, und der ohrenbetäubende Lärm der Turbinen rüttelte uns noch zusätzlich durch. Schulter an Schulter standen wir da, die Mützen an die Brust gedrückt, stolz wie nie zuvor in unserem Leben und ebenso erwartungsvoll. Wir standen nur zu zweit in Reih und Glied, und ich blickte über die linke Schulter zurück auf die Reihe von über hundert

Männern: hässliche, gut aussehende, kluge und dumme, große und kleine, und alle stolz, Amerikaner zu sein. Wir standen alle zusammen: Mechaniker und Fahrer und Ingenieure, die bald wieder Lehrer, Buchhalter, Farmer und Vertreter sein würden.

»Also, alle Mann hergehört: Alle hintereinander von der ersten Reihe an! Los, los!«

Eine ohrenbetäubende Fanfare ertönte. Gemeinsam erschütterten unsere Stiefel den Teerboden. Ich war Vierter in der Reihe und stolperte vor Freude. An den Aluminiumstufen, die hoch ins Flugzeug führten, blieben wir stehen, strahlten hinauf zum Captain und den Stewardessen, die oben auf uns warteten, und schwenkten kleine amerikanische Flaggen. Mir war schwindelig. Die Tränen kamen mir, ich schämte mich nicht, stolzgeschwellt. Ich ging die Stufen hinauf, vorbei an den sauberen breiten Schultern des Captains und dem kräftigen Parfüm der Stewardess.

Sarah hat nie geschrieben. Der Krieg und der Medienrummel auf CNN waren zu viel für ihre ohnehin schon zarte Empfindsamkeit. Es hieß, sie habe buchstäblich ihr eigenes Ich verloren. Sie konnte ihre Gedanken nicht länger mit ihrem Körper in Verbindung bringen. Sie hörte auf zu essen, kam nicht mehr nach Hause. Mary fand sie eines Tages an einer Bushaltestelle in St. Paul in der Nähe des Hauses auf der Summit Avenue, in dem Mary ihr ein Zimmer gemietet hatte. Sie wog weniger als siebzig Pfund. Als ich sie später im Krankenhaus besuchte – das letzte Mal, das ich sie sah –, ging mir auf, dass sie noch ausgemergelter war als die irakischen Kriegsgefangenen.

Als wir auf der Norton Air Force Base landeten, waren wir erschöpft. Es war fast Mitternacht, und wir versammelten uns in einem feuchten Hangar, nachdem alle von Bord gegangen waren. Der Geruch von Kaffee ätzte sich wie Säure durch die Feuchtigkeit, und ich entdeckte zwei mit Grünspan verkrustete Kaffeemaschinen. Daneben, bei den abgeblätterten Toilettentüren, stand ein kaputter Verkaufsautomat.

»Okay, Gentlemen«, rief der Captain mit der gebrochenen Nase aus Dallas, »bevor wir in den Bus zurück nach Pendleton steigen, wird Ihnen Staff Sergeant Grey – Boomer – ein paar Worte über diejenigen von uns sagen, die in unserem letzten Krieg gekämpft haben.«

Die Nase des Captain war richtig schön in ihrer Hässlichkeit, und wir alle standen stockstill, unterdrückten ein Schaudern, als Boomer auftrat. Hinter ihm der Captain und Sergeant Benson und noch zwei Männer, die ich nicht kennen gelernt hatte: Männer in den Vierzigern, mit grauen Stoppeln auf dem kantigen Kinn, Säcken unter den Augen und Rundbäuchen, die gegen ihren Tarnanzug drückten.

Boomers Stimme war schon heiser, als er begann.

»Ich werde mich hier nicht hinstellen und uns allen die verdammte Zeit stehlen«, sagte er, »denn ich will Sie, Gentlemen – und Ladys –, raus zum Bus und wieder zurück nach Pendleton bringen. Die Flieger hier sagen mir gerade, da wartet ein höllischer Empfang am Ausgang auf Sie. Ein richtiges tittenschwingendes Helden-Willkommen. Also …«

Er machte eine Pause und sah sich dann um nach dem halben Dutzend Männer hinter ihm. Sergeant Benson zeigte ein kleines Grinsen und nickte. Der Captain tat es ihm nach. Auch die anderen Männer. Jeder von ihnen lehnte sich etwas zurück im »Rührt Euch!«.

»Also …, merkt euch das, Gentlemen, jeden einzelnen Moment, jede Scheißsekunde. Jede Halbsekunde. Diese Verrückten da draußen werden euch bejubeln, als ob ihr die größten Helden Amerikas seid, die es je gegeben hat. Und das verdient ihr auch. Auch wenn ihr nicht das Gefühl habt, es zu verdienen, verdient habt ihr's. Der Bagdad-Express hat mehr Munition weggeschleppt als jedes andere Motor-Transport-Bataillon in der Geschichte des Marine Corps. Das seid ihr, Gentlemen. Wir hatten ein paar Verwundete. Ein paar

Tote. Jeder von euch hätte einer davon sein können. Ihr könnt es glauben, Gentlemen, ihr seid Helden.«

Er hielt inne, um seine Worte einsickern zu lassen. Die Flieger, die hinter Boomer standen, und die Vietnam-Veteranen sahen klein, jung und verlegen aus. Meine Brust schmerzte, und ich konnte das Vor- und Zurückzucken meines Körpers mit jedem pochenden Pulsschlag spüren.

»Der Grund, Gentlemen – und Ladys – *Marines*, dafür, dass ich hier oben stehe mit all diesen alten Knackern hinter mir, ist, wir Vietnam-Veteranen wollten euch nur sagen, was für ein besonderer Moment dies sein wird, und wir wollen euch allen helfen, ihn angemessen zu gestalten. Niemand von uns kann sich je wirklich wie ein Held fühlen. Seht uns an, wir sind alle ein bisschen alt und ein bisschen sehr kaputt. Der Empfang da draußen, egal ob die Ladys ihre flotten kleinen Titten wackeln lassen oder wie viele Fahnen wehen oder wie viele Kästen kaltes Bier man uns vorsetzt, kann uns nie den Empfang nachträglich geben, den wir nie bekommen haben. Wir hatten unseren Krieg, und wir können ihn nicht zurückhaben. Ihr, Marines, habt euren jetzt gehabt und seid als Helden nach Hause gekommen. Seid stolz … und denkt immer daran.«

Eisernes Vertrauen in Wahrheit und Recht. Platon wusste, dass es ein zerbrechliches Vertrauen war, denn sein griechischer Kollege Homer schrieb in der *Ilias* über die Schrecken des Vertrauensbruchs. Als Agamemnon Achilles die Beute raubte, raubte er damit auch sein Vertrauen und zerstörte im Gegenzug sich selbst. Dass ein Vertrauensbruch einen Menschen zerstören kann, ist so alt wie das Vertrauen selbst. Dass ein Mensch sich von seinem Bedürfnis nach Vertrauen frei machen kann, ist das erste Geschäft der Philosophie. Der Konflikt zwischen diesen beiden – oder der Akzeptanz des einen und dem Streben nach dem anderen – ist die Basis für das, was Platon vor zweieinhalbtausend Jahren den »uralten Hader« genannt hat.

Und wie hätten wir's wissen sollen, im Schatten von Boomer und Benson, dass Unbehagen und Unwahrheit auch uns treffen würden. Dass wir keine Witze über Agent Orange reißen, sondern klinische Studien anfertigen würden über PB, Anthrax-Impfungen, Uranium, Rauch, Pestizide … und dass wir uns im Sog von Golfkriegssyndrom und nachklingenden Zweifeln über den Zweck unseres Kriegs befragen würden und danach, welche Rolle unser Vertrauen in unsere Regierung, unsere Gesellschaft, unsere Führer bei der Aufgabe spielt, uns Vertrauen in uns selbst einzuflößen.

Wir beluden die grünen Marine-Corps-Schulbusse, als wären wir auf dem Sprung in den nächsten Krieg. Höchstens mal ein Flüstern unterbrach das Schweigen, und die Nacht hing dunkel und niedrig hinter den Magnesium-Lichtscheinen der Basis. Die Busse rollten über die Teerbahnen, dann auf die Zufahrtsstraße zum Tor. Fenster wurden heruntergeklappt, um die erwartungsvoll erhitzten Körperausdünstungen hinauszulassen. Die Scheinwerfer des ersten Busses schweiften über die Einfahrtstore und beleuchteten Hunderte von Gesichtern. Chrom von Dutzenden Autos und LKWs funkelte, und ein erstes hörbares Raunen in der Menge drang durch die lautlosen Gänge unseres Busses. Zwei Air Force MPs öffneten die Tore, und wir rollten in einen bacchantischen Traum: Frauen mit Brüsten, auf die Sterne gemalt waren, Feuerwerkskörper, die zu Hunderten in den Himmel schossen, an unserem Bus abprallten und zu wirbelnden Funken die Straße entlang explodierten; Gesichter von feisten Männern und spiddeligen Kindern, die sich kreischend an die Busfenster pressten; nicht Dutzende, sondern Hunderte von Autos, zu dicht aufgefahren, deren Besitzer grillten und tranken; Schilder in allen Größen, von der kleinen Flagge bis zum Transporter-Banner, die uns zu HELDEN proklamierten.

Die erste Biergranate ging ganz nahe bei meinem Sitz hoch: ein rot-weißer Kanister mit hochprozentig verdichtetem Budweiser. Er zerplatzte an einem Fenster. Ein totales Gemetzel setzte ein, die Jungs hechteten in alle Richtungen. Als ich mich umsah, bemerkte ich, dass jemand den Notausgang geöffnet hatte. Hinter uns her rannte, so schnell er konnte, ein Mann mit schütterem Haar und hievte einen Kasten Budweiser in den Bus. Er barst am Türrahmen und verspritzte noch mehr Schaum in alle Richtungen. Bergman warf sich als Erster auf den Kasten, dann Heinemann. Aus dem schäumenden Durcheinander aus Männern und Bier stieß mir eine Faust vors Gesicht:

»He, Turnipseed, was sagst du zu 'nem lauwarmen Budweiser?«

»Danke!«, sagte ich und nahm die Dose; die Hälfte spritzte ich mir in die Nase, und den Rest genoss ich überglücklich.

Ich hatte das Gefühl, ich hätte den Gehirnkasten verloren. Und zwei neue gefunden. Die ganze Nacht über blieb ich mit Boomer und den Jungs auf und trank in der Kantine, die sie für uns geöffnet hatten. Unseren letzten Drink kippten wir fünfzehn Minuten vor dem Morgenappell runter und standen dann, nach Bier und Pisse stinkend, mit Zwei-Tage-Bärten stramm. Ich fand das eigentlich eine ganz nette Staatsaffäre. Am Nachmittag ging ich zum Kiosk, wo ich Ray Monks neue Wittgenstein-Biographie fand und den *General in seinem Labyrinth* über Simón Bolívar von García Márquez. Nie hätte ich gedacht, dass ein Militärkiosk solche Schätze barg. Es war, als sei eine neue Welt aufgegangen, in der ich gleichzeitig ein grässlicher, betrunkener Marine und ein »philosophe manqué« sein konnte.

Es waren seltsame, träge Tage. Langsam wurde ich ungeduldig. Und komischerweise zuversichtlich – als hätte ich eine unsichtbare Grenze überschritten; als sollten einstmals widersprüchliche Dinge keine Rolle mehr spielen.

Es ist nicht leicht, dieses Gefühl zu erklären, aber man kann es in einem Vorfall zusammenfassen, der erfunden klingen würde, wäre er nicht wahr: der Tag, an dem ich einem Brigadier General eins auf den Deckel gab. Während der ganzen Zeit, die wir nun schon in Pendleton waren, hatte uns nie jemand mitgeteilt, wann wir nach Hause fahren konnten. Wir hatten nichts zu tun. Also hatten wir den ganzen Tag frei, jeden Tag, abgesehen vom Antreten am Morgen und am Nachmittag. Fast jedes Wochenende hatten wir Sonderurlaub. Nach mehreren solchen Wochen ließ man uns in ein Baseball-Spielfeld einrücken und hintereinander auf die Tribüne marschieren: Der Häuptling der Fourth Marine Air Wing war in der Stadt und wollte uns eine Rede halten. Der Brigadier General rückte also mit seiner quasselnden Schar aus Colonels und First Lieutenants ein und hielt seine Rede. Wir sind der Bagdad-Express. Wir haben mehr Munition als Gott transportiert. Und transportierten sie wieder zurück. Wir sind echt Helden. Kein Wort sagte er übers Nachhausefahren. Dann fragte er uns, ob wir irgendwelche Fragen haben.

Ein Typ stand auf und fragte: »Sir, ist es wahr, dass für unsere Einheit eine Auszeichnung für ehrenvolle Dienste ansteht?«

»Nun, Marine. Ich habe großartige Dinge über das Sixth Motor Transport Battalion gehört – über Sie alle, Männer und Frauen von Saudi Motors und vom Bagdad-Express. Sie sind Legende. Wenn der Gerechtigkeit Genüge getan wird, bekritzelt gerade jetzt jemand seitenweise Papier, um Sie zu empfehlen.«

Die Menge raunte einen Moment und schwieg dann. Genau da wussten wir, dass es keine Medaillen für uns gab – wir waren LKW-fahrende Reservisten.

»Noch eine Frage?«

Ich stand auf.

»Ja, ich habe eine Frage.«

Einer der Offiziere, die neben dem General standen, brüllte: »Sir!«

»Ja«, sagte ich. »Meine Frage lautet: ›Wann werdet ihr endlich aufhören, euch Rauch in den Arsch zu blasen, und uns sagen, wann wir nach Hause kommen?‹«

»Sir!«

Der General traute seinen Ohren nicht.

»Marine«, verkündete er, »ich schlage vor, dass Sie, wenn jemand Sie schlecht behandelt haben sollte, auf dem Dienstweg einen Bericht weiterleiten.«

»Ich spreche doch nicht von mir, ich spreche von sagen wir mal Leuten, die kein Gehalt mehr bekommen, die Frühjahrsaussaat auf ihrer Farm vornehmen müssen, deren Kinder sich in die Baseball-Liga eintragen wollen, die sich nach Sex mit ihren Ehefrauen sehnen. Und alles, was wir hier tun, ist, den lieben langen Tag herumzuhocken und am PX-Kiosk von unserem lausigen Sold Snacks und Limonade zu kaufen. Ach ja, und anzutreten. Also, wann kommen wir nach Hause?«

Eins muss ich ihm lassen, er hatte das »Keine-schlechten-Tage«-Führungsprinzip total drauf, denn er entließ uns mit einem großen kalten Guss wie begossene Pudel.

»Marines, ihr seid Helden. Ihr habt alles für euer Land und euer Corps aufs Spiel gesetzt. Ihr macht ihm Ehre. Wenn euer nobles Opfer beendet ist, werdet ihr wieder mit euren Familien und Freunden und Nachbarn vereint sein. Semper Fidelis, Marines.«

Ja, du bleicher Bock, sieh zu, dass du wegkommst, verdammt. Als er weg war, wandte sich unser Major einem seiner Captains zu, einem der Kerle aus Dallas, und rief mich dann aus der Reihe.

»Turnipseed! Bewegen Sie Ihren Arsch hierunter.«

Ihr werdet's nicht glauben, aber verdammt noch mal, nach all dem Zoff, den wir miteinander gehabt hatten, spendeten mir die Jungs auf der Tribüne jetzt stehend Applaus. Scheiße. Und das war's dann. Keine Strafe, kein Ärger – nur die Erkenntnis, dass wir – wenigstens dieses eine einzige Mal – alle zusammen in derselben Scheiße steckten.

Wenn heute an heißen Nachmittagen in Minneapolis die Sirenen für den Zivilschutz getestet werden, erregen sie auch meine Aufmerksamkeit, wie ein Imam, der zum Gebet ruft, und fordern mich auf, gen Mekka zu blicken, oder auch ein paar hundert Meilen darüber hinaus, Orten zu, von denen ich nie zuvor gehört hatte: Kibrit, Mishab, Khafji und Jubayl; zu jenem Ort, wo ich mein Verlangen nach der höchstmöglichen Erkenntnis aufgab, die die Philosophie von mir forderte, und mich den Schatten zuwandte. Schatten, wie sie die im Wind schwankenden Bäume werfen oder die zehnjährigen Mädchen mit Afrozöpfchen und endlosen Reimen, endloser Begeisterung, oder die langen Schatten an späten Juniabenden, geworfen von einem Schriftsteller, der früher einmal ein Marine war. Und ich werde den Rest meines Lebens damit verbringen, das Knäuel aus Zorn, Stolz, Liebe, Ehre, Betrug, Verrat und Hoffnung zu entwirren, das den Wahlspruch ausmacht: *Semper Fidelis*.

„DIE SCHÖNSTE WELTORDNUNG: EIN HAUFEN AUFS GERATEWOHL HINGESCHÜTTETER DINGE."
HERAKLIT, LETZTES FRAGMENT.

Danksagung

Zuallererst möchte ich Professor John M. Dolan danken. Seinem hohen intellektuellen und ethischen Standard zu entsprechen ist für mich eine Herausforderung; seine Großzügigkeit und Toleranz sind unschätzbar. Ohne ihn wäre ich nicht, was ich bin. Meiner Frau Lyra Hernández: Jede Nacht hängst Du für mich die Sterne auf. Mein Dank gilt allen, die mich zu einem Schriftsteller gemacht haben: Trish Hampl, Mimi Sprengnether, Bill Kettredge, Tom Mallon, Robert Bly, Alec Wilkinson, Jane Brox. Ein besonderer Gruß gilt meinen guten Freunden Joseph Clark und Aliki Barnstone – Eure Freundschaft ist mir kostbar. Ich danke den Institutionen, die mir mit Anerkennung und Aufmunterung halfen, wenn ich mich abrackerte: The Loft, The Bread Loaf Writers' Conference und das Minnesota State Arts Board. Dank auch all denen, die meine Texte publizierten und deren Vertrauen dieses Buch möglich machte: *Blue Moon Quarterly* und *GQ*. Ilena Silverman zeigte mir, dass man einen längeren Text schreiben kann und dass man sogar durch die Hölle gehen kann, um es zu schaffen: Sie schrieb die Landkarte für mich. Meinem Verleger Ted Genoways und den Mitarbeitern von Borealis Books danke ich dafür, dass sie mir erlaubten, vom Weg abzuweichen und andere Welten zu entdecken. Größter Dank gebührt Brian Kelly für seine Cartoons – bleib cool, Brian. Zuletzt möchte ich auch denen danken, die mir so viele Jahre zur Seite standen und mir beibrachten, menschlich, nachsichtig und humorvoll zu bleiben, ich danke meinen Freunden, meiner Familie und meinen Lesern: Dave und Maggie Knutson, Mark und Mary Durfee, Andy und Debbie Cox, Paul und Jess Fischer, Kevin Fenton und Ellen Shaffer, Chi-Ting Huang, Flo Wu, Dave Dikeman, Matt Gould, Scott Sanders, Francis J. Lu, David Olson, Diane Palmquist, Jason Scherschligt, Dan Carr, Reverend Ray McDaniel, Jen Yasis, Niels Strandskov, meinem Bruder Mike Turnipseed, meinen Großeltern John und Merna Maher sowie der Crew vom Village Wok 2530 und den Jungs aus dem Hundezwinger. Ich widme dieses Buch Euch allen.

Zeitgeschichte – Zeitgeschehen

Greg Campbell
Tödliche Steine
Der globale Diamantenhandel und seine Folgen
Aus dem Amerikanischen von Angelika Hildebrandt
Broschur, 260 Seiten

Giulietto Chiesa
Das Zeitalter des Imperiums
Europas Rolle im Kampf um die Weltherrschaft
Aus dem Italienischen von Bettina Müller-Renzoni
Broschur, 230 Seiten

György Dalos
Der Gast aus der Zukunft
Anna Achmatowa und Sir Isaiah Berlin
Eine Liebesgeschichte
Geb. mit Schutzumschlag, 256 Seiten

György Dalos
Olga
Pasternaks letzte Liebe
Fast ein Roman
Geb. mit Schutzumschlag, 180 Seiten

György Dalos
Die Reise nach Sachalin
Auf den Spuren von Anton Tschechow
mit zahlreichen Abbildungen
Geb. mit Schutzumschlag, 286 Seiten

Anna Funder
Stasiland
Aus dem Englischen von Harald Riemann
Geb. mit Schutzumschlag, 360 Seiten

Dirk Fust
Klimabank und Umweltbörse
Neue Wege aus der Klimamisere
Broschur, 156 Seiten

Josef Gräßle-Münscher
Terror und Herrschaft
Die Selbstbespiegelung der Macht
Broschur, 165 Seiten

Kai Hirschmann
Terrorismus
eva wissen 3000
Broschur, 96 Seiten

Michael Ignatieff
Die Politik der Menschenrechte
Aus dem Englischen von Ilse Utz
Broschur, 121 Seiten

Michael Ignatieff
Virtueller Krieg
Kosovo und die Folgen
Aus dem Englischen von Angelika Hildebrandt
Broschur, 231 Seiten

Michael Ignatieff
Die Zivilisierung des Krieges
Ethnische Konflikte, Menschenrechte, Medien
Aus dem Englischen von Michael Benthack
Broschur, 243 Seiten

Michael Ignatieff
Empire *lite*
Die amerikanische Mission und die Grenzen der Macht
Aus dem Amerikanischen von Christiana Goldmann
Broschur, 120 Seiten

Karl Kopp
Asyl
eva wissen 3000
Broschur, 96 Seiten

Bernd Oswald
Europa
eva wissen 3000
Broschur, 96 Seiten

Jedediah Purdy
Das Elend der Ironie
Aus dem Amerikanischen von
Holger Fliessbach
Geb. mit Schutzumschlag, 216 Seiten

Jedediah Purdy
Das ist Amerika
Freiheit, Geschäft und Gewalt in der globalisierten Welt
Aus dem Amerikanischen
von Ilse Utz
Geb. mit Schutzumschlag, 368 Seiten

Stefan Reinecke (Hg.)
Die neue NATO
Vom Verteidigungsbündnis zur Interventionsmacht
Broschur, 163 Seiten

Edelgard Skowronnek
Die Kinder des Krieges
Spanische Bürgerkriegskinder in der Sowjetunion
mit Abbildungen
Broschur, 214 Seiten

David Stafford
Berlin underground
Wie der KGB und die westlichen Geheimdienste Weltpolitik machten
Aus dem Englischen von Sonja Schuhmacher, Rita Seuß, Thomas Wollermann
mit zahlreichen Abbildungen
Geb. mit Schutzumschlag, 264 Seiten

Wendell Steavenson
Gestohlene Geschichten. Aus Georgien
Aus dem Englischen von
Otto und Xenia Osthelder
Geb. mit Schutzumschlag, 296 Seiten

Gore Vidal
Ewiger Krieg für ewigen Frieden
Wie Amerika den Hass erntet, den es gesät hat
Aus dem Amerikanischen von Bernhard Jendricke und Barbara Steckhan
Broschur, 136 Seiten

Gore Vidal
Bocksgesang
Antworten auf Fragen vor und nach dem 11. September
Aus dem Amerikanischen von
Bernhard Jendricke und Rita Seuß
Broschur, 124 Seiten

Michael Walzer
Erklärte Kriege – Kriegserklärungen
Aus dem Amerikanischen von
Christiana Goldmann
Mit einem Vorwort von Otto Kallscheuer
Broschur, 184 Seiten

eva

Anregungen und Kritik, Lob und Tadel erreichen uns unter
www.europaeische-verlagsanstalt.de
oder per Post: Europäische Verlagsanstalt, Bei den Mühren 70, 20457 Hamburg